# 元圣周公颂辑注

主　编　姬传东　臧　克

中州古籍出版社
·郑州·

**图书在版编目（CIP）数据**

元圣周公颂辑注 / 姬传东，臧克主编 .—郑州：中州古籍出版社，2022. 9

ISBN 978-7-5738-0331-3

Ⅰ. ①元… Ⅱ. ①姬… ②臧… Ⅲ. ①中国文学－古典文学－作品综合集 Ⅳ. ① I212.01

中国版本图书馆 CIP 数据核字（2022）第 174468 号

YUANSHENG ZHOUGONG SONG JIZHU

**元圣周公颂辑注**

---

责任编辑 王小方
责任校对 高 雅
美术编辑 古青风
装帧设计 马玲利

---

**出 版 社** 中州古籍出版社（地址：郑州市郑东新区祥盛街 27 号 6 层
邮编：450016 电话：0371-65788693）
**发行单位** 河南省新华书店发行集团有限公司
**承印单位** 洛阳创彩印刷有限公司
**开 本** 880 mm × 1230 mm 1/32
**印 张** 9.75
**字 数** 186 千字
**印 数** 1—3000 册
**版 次** 2022 年 9 月第 1 版
**印 次** 2023 年 1 月第 1 次印刷
**定 价** 80.00 元

---

# 编委会名单

| | | | | |
|---|---|---|---|---|
| 姬光海 | 姬同德 | 姬刚乾 | 姬传全 | 姬传军 |
| 姬传玺 | 姬传领 | 姬延杰 | 姬会卿 | 姬庆厂 |
| 姬庆选 | 姬江波 | 姬江峰 | 姬兴发 | 姬兴金 |
| 姬军正 | 姬红卫 | 姬红梅 | 姬麦德 | 姬运听 |
| 姬志广 | 姬利民 | 姬秀花 | 姬秀丽 | 姬怀渊 |
| 姬怀飚 | 姬良虎 | 姬君彩 | 姬现立 | 姬茂盛 |
| 姬虎成 | 姬虎峰 | 姬国正 | 姬国平 | 姬国伟 |
| 姬国军 | 姬国良 | 姬明民 | 姬明富 | 姬忠连 |
| 姬忠杰 | 姬忠晓 | 姬忠源 | 姬金金 | 姬学刚 |
| 姬建军 | 姬建春 | 姬孟森 | 姬绍杭 | 姬相伟 |
| 姬厚民 | 姬厚岭 | 姬厚晨 | 姬保令 | 姬保坤 |
| 姬保建 | 姬保家 | 姬信民 | 姬胜强 | 姬脉芝 |
| 姬脉行 | 姬脉贤 | 姬脉强 | 姬彦涛 | 姬洪胜 |
| 姬恒新 | 姬宪君 | 姬祖松 | 姬振万 | 姬振华 |
| 姬振江 | 姬振海 | 姬晓君 | 姬晓喃 | 姬铁见 |
| 姬祥峰 | 姬培更 | 姬培清 | 姬营军 | 姬晨阳 |
| 姬跃利 | 姬鸿飞 | 姬雅云 | 姬景诗 | 姬景南 |
| 姬斌山 | 姬富平 | 姬富明 | 姬瑞兴 | 姬瑞明 |
| 姬瑞宗 | 姬鹏举 | 姬新生 | 姬慧芳 | 姬慧聪 |
| 姬镇江 | 姬德君 | 姬耀航 | 扈耕田 | 蒋志格 |
| 蒋鸿林 | 鲁丰奇 | 翚书向 | 翚国庆 | 翚宝球 |
| 翚鸿星 | 臧跃进 | | | |

法律顾问：上海海华永泰（郑州）律师事务所执行主任姬瑞明

# 前　言

周公姓姬名旦，出生于元旦黎明之际，故名“旦”，字：朝明，笔名：象，系黄帝姬轩辕嫡裔、周文王姬昌第四子、周武王姬发之胞弟、周成王姬诵的叔父。他年轻时被封于周地（今陕西岐山县），爵位为公，故称周公。

他立德、立功、立言、立制，可谓“四不朽”，在中国历史上的地位非常崇高，影响极其巨大：

他是伟大的政治家、思想家、战略家、军事家。

他制礼作乐，构建《周礼》《仪礼》《礼记》框架，先孔子而圣，被尊为“元圣”（第一圣人）。

他是国家统一、官民和谐的象征。

他是爱国忠君、勤政为民的典范和榜样。

他是至今寿祚最长的周朝（延续八百年）的奠基人。

他是自觉从事精神生产的第一人，堪称中国国学——儒学的创始人、中华文化的缔造者。

他有治国、德政、和谐、改革、军事、经济、教育、法律、忧患、史鉴、家教、文化、音乐等完整的思想体系。

他是明德慎罚、德主刑辅治国理政的先驱。

他大公无私，大义灭亲，诛杀、流放牵头武装叛乱的同胞兄弟管叔姬鲜、蔡叔姬度。

他的《周公诫子》被誉为中国家训的开山之作，他开创了优良家风家训的先河，而且是成功的践行者。

他系作爻辞，对博大精深的《易经》贡献很大，他是易学的实践者。

他是伟大的文学家和诗人，创作并发布流传至今的经典诰书《金縢》《大诰》《康诰》《酒诰》《梓材》《洛诰》《多士》《多方》《立政》等，并创作多首诗词，还最早组织编纂《诗经》。

他是制度创新的先行者、伟大的改革家，改一都制为两都制，创立"世卿世禄制"、等级制度、礼仪制度，完善分封制、宗法制，改革祭祀、殉葬制度。

他发明了珠算、汤圆、麻团、帘子、纱罩、台盏、火炬、计里鼓，改进指南车，是伟大的发明家。

他是二十四节气的制订者，在社会发展、农业生产中意义非常重大。

他测定天下之中，营建洛邑，被誉为洛阳之父，被评选为洛阳十大文化名片中位的一个历史名人。

他是中国第一部限酒令《酒诰》的厘定者和发布者。

他是茶叶的命名者、茶道的倡导者。

他有八个儿子，共衍生200多个姓氏，当今人口一亿多，遍布世界各地，这些姓氏（含主支、多支、一支）主要有：姬、周、蒋、邢、汪、孟、柳、鲁、季、查、香、桂、郎、闵、符、茅、施、宣、费、秦、贺、高、展、仲、柳、胥、江、公、皮、管、惠、樊、臧、戴、颜、穆、闻、南、漆、左、卿、但、梓、勤、作、昨、翚、鞠、东野……

他品德极为高尚，至今世界罕见。周武王姬发临终再三让他继承王位，他婉言谢绝，忠心耿耿辅佐年幼的侄子，七年之后，他把一个好端端的国家政权拱手移交给侄子周成王姬诵,这与那些为争夺权力而互相残杀者相比,简直有天壤之别!

由于他的贡献和影响特别巨大,被列为影响中国历史进程的100位名人之一。

周公的出现是中华民族的幸运。清朝历史学家夏曾佑说过:“孔子之前,黄帝之后,于中国有大关系者,周公一人而已。”周公是孔子最崇拜的完人、伟人、圣人。

元圣周公是中国有史以来公认的伟人、完人、圣人,他的优良品质主要表现在忠、孝、仁、义、礼、智、信、勤、勇、博,实在是值得下功夫解读的大百科全书!

元圣周公辞世已三千多年,但是,他虽死犹生,永远活在人们心里,他像天上的太阳和月亮一样,永远照耀着人类灵魂前进的方向。古今中外,很多人从多方面深入研究周公,历朝历代修建纪念他的庙宇1500多座,先后出版过许多有关他的书籍,媒体上发表过很多有关他的文章、视频,互联网上有关他的信息数以万计,从治国理政、国计民生到婚丧嫁娶、日常生活,几乎处处都能找到周公礼乐的影子。他的思想文化、丰功伟绩、高尚品德影响中国乃至世界几千年,并将继续影响下去,已经走进千家万户,正走出国门。然而,由于年代久远,周公在许多方面被披上了神秘的面纱,留下许多难解之谜,以至于当今有些人连周公的姓名和丰功伟绩知之甚少。围绕元圣周公多方面的深层次研究、弘扬、传承、创新,还远远不够,亟待深入!

已故伟人在我的心目中,元圣周公与三皇五帝、周文王、周武王、毛泽东、周恩来等伟人的位置不相上下。我已经潜力研究元圣周公20余年，花费数十万元，行程可绕地球六圈多，编著、出版《姬姓史话》《元圣周公》《周公后裔姓氏大全》《解读周公 中国国学探源》之后，一直想把古今中外歌颂周公的经典诗篇编著成书。开弓没有回头箭。我在浩如烟海的史籍中，寻觅、翻阅、搜集、整理周朝至今很多赞颂元圣周公的诗、词、赋、额联、楹联、祭文、碑文、赞语以及修建曲阜周公庙、洛阳周公庙、岐山周公庙、登封周公祠的记载和多位名人为周公嫡裔姬姓家谱撰写的序言等资料，并精心进行甄别、订正，加了注释。

非常庆幸的是，2022年4月14日，中共中央办公厅、国务院办公厅发出《关于推进新时代古籍工作的意见》，这恰恰是在我编写本书书稿的关键时刻，极大地增加了我的底气和自信，加速了编著出版该书的进度。

我在搜集整理本书文稿过程中，诸多问题时常萦绕在脑际：为什么古今中外众多的帝王将相、名人骚客，对元圣周公评价如此之高？我们应该从中受到什么启迪？他有哪些方面值得学习、借鉴？能从本书学到哪些知识、智慧、技能？怎样更好地古为今用，推陈出新，服务当代，面向未来？

本书精选古今中外赞颂元圣周公姬旦的多种经典文稿300余首（篇、幅），且有当代名人宫长为、杨朝明、谭杰精心撰写的序言，这些文体不同的文章，不仅短小精悍，文采飞扬，而且内涵厚重，历久弥新，历久弥香，分别从不同角度高度赞颂元圣周公的高尚品德、丰功伟绩和深远影响，堪称赞颂元圣周公诗文之渊薮、研究元圣周公之津梁，不仅是全方位研究元圣周公的瑰宝，而且是学习、研究诗、词、赋、额联、楹联、散文、序言写作技巧和历史知识的珍贵参考资料。

元圣周公九十四代嫡裔　姬传东

2022 年仲秋于西安市临潼

# 序 一

辛丑冬日，河南洛阳姬传东先生函喻，嘱托为其主编的《元圣周公颂辑注》一书作序，甚是心灵相通。

周公作为中国古代伟大的政治家、思想家、军事家，堪称千秋功业，亘古一人。当年，孔子称赞周公为完美无缺之人，在《论语·泰伯》篇中，子曰“如有周公之才之美，使骄且吝，其余不足观也已”，还在《论语·述而》篇中，多次发出感慨：“甚矣，吾衰也！久矣，吾不复梦见周公！”汉初，贾谊在《新书·礼容下》篇中也说过：“文王有大德，而功未就；武王有大功，而治未成。”言下之意，唯周公集大德、大功，乃至大治于一身而已。

这使我们自然联想起穆叔如晋与范宣子讨论“死而不朽”的问题。据《左传·襄公二十四年》记载范宣子问焉：“古人有言曰：‘死而不朽’，何谓也？”“昔匄之祖，自虞以上为陶唐氏，在夏为御龙氏，在商为豕韦氏，在周为唐杜氏，晋主夏盟为范氏，其是之谓乎？”穆叔曰：“以豹所闻，此之谓世禄，非不朽也。鲁有先大夫曰臧文仲，既没，其言立。其是之谓乎！豹闻之‘太上有立德，其次有立功，其次有立言’，虽久不废，此之谓不朽。若夫保姓受氏，以守宗祊，世不绝祀，无国无之，禄之大者，不可谓不朽。”

所谓“太上有立德，其次有立功，其次有立言”，可谓之“三不朽”。杜注以为，“太上有立德”者，“黄帝、尧、舜”是也；“其次有立功”者，“禹、稷”是也；“其次有立言”者，“史佚、周任、臧文仲”是也。孔疏又云，“立德”者，“谓创制垂法，博施济众，圣德立于上代，惠泽被于无穷，故服以伏羲、神农，杜以黄帝、尧、舜当之，言如此之类，乃是立德也”；“立功”者，“谓拯厄除难，功济于时，故服杜皆以禹、稷当之，言如此之类，乃是立功也”；“立言”者，“谓言得其要，理足可传，《记》《传》称史逸有言，《论语》称周任有言，及此臧文仲既没，其言存立于世，皆其身既没，其言尚存，故服杜皆以史佚、周任、臧文仲当之，言如此之类，乃是立言也”。

显然，杜注、孔疏，包括服氏注在内等，皆服膺前贤旧说。进一步探讨“三不朽”的内涵与外延，在我们看来，穆叔面对范宣子问，在辨明“世禄”与“不朽”本质不同属性的基础之上，着重阐述所闻“三不朽”人生价值之真谛，它实际上包括了两个层面：一是衡量人生价值的三种境界，以其次有“立言”为第一种境界，到其次有“立功”为第二种境界，再到太上有“立德”为第三种境界，“立言”“立功”“立德”三者，属于递进关系；一是实现人生价值的三种历程，由“立德”为根基的修身历程，到“立功”为根本的修业历程，再到“立言”为根脉的修道历程，“立德”“立功”“立言”三者，属于统摄关系。

毫无疑问，衡量人生价值的三种境界与实现人生价值的三种历程，本是一个问题的两个层面，“立言”“立功”“立德”三者，属于递进关系；反之，“立德”“立功”“立言”三者，属于统摄关系。它们三者之间，可谓三位一体，不可一缺，相辅相成，相补相合，构成完整人生旅途，体现完整人生价值，最终由“立德”“立功”“立言”

三者合一,达到"立制"。由"立言""立功""立德"三者归一,达成"立制"。也就是说,由"三不朽"到"四不朽",即由"三种境界"合一,达到"四种境界",也就是最终境界;由"三种历程"归一,达成"四种历程",也就是最终历程。

概言之,由两千年前知之"三不朽",到两千年后识之"四不朽";以其次有"立言"为第一种境界,到其次有"立功"为第二种境界,再到太上有"立德"为第三种境界,最终三者归一,有"立制"为第四种境界;由"立德"为根基的修身历程,到"立功"为根本的修业历程,再到"立言"为根脉的修道历程,最终三者合一"立制"为根深的修行历程。

我们心目中的周公,由"立德""立功""立言"到"立制",由"三不朽"到"四不朽",《左传·文公十八年》记载,季文子使大史克对鲁宣公曰:"先大夫臧文仲教行父事君之礼,行父奉以周旋,弗敢失队。"并进一步引述:"先君周公制《周礼》曰:'则以观德,德以处事,事以度功,功以食民。'"强调"则",可以"观德","德",可以"处事","事",可以"度功","功",可以"食民"。所谓"观德""处事""度功""食民",最终归结于"则"。这个"则",也就是"立制",无疑即指"周礼"。这个"周礼",我们按照金景芳《中国奴隶社会史》的说法,至少包括以下内容:畿服、爵谥、田制、法制、官制、嫡长子继承制及礼乐等等,诚如《论语·八佾》篇所载,子曰:"周监于二代,郁郁乎文哉!吾从周。"

《元圣周公颂辑注》一书,辑录至周朝至当今历朝历代歌颂周公的诗词、额联、楹联、歌赋等300多首(篇、副),也正好印证周公"四不朽"也。

如何更加全面地、准确地评价周公,思绪始终萦绕脑际之中,无以雅言,是以为序。

宫长为

壬寅春日于京东大运河畔

宫长为,1957年生,吉林省永吉县人。先后获历史学学士、硕士和博士。现为中国社会科学院古代文明中心秘书、中国先秦史学会会长兼秘书长。

# 序　二

学习中国文化,不能不熟悉孔子;学习孔子儒学,不能不了解周公。孔子以前,中华文明已有数千年以上之积累,这就是说,孔子儒家思想的形成有一个广阔背景。对孔子思想影响最深、贡献最大者,当然非周公莫属。孔子晚年说:“甚矣,吾衰也!久矣,吾不复梦见周公。”周公是孔子心中魂牵梦绕的人物,后人尊孔子为“至圣”,以周公为“元圣”。

孔子常常“梦见周公”,是由于周公的特殊地位和他做出的巨大贡献。周公乃文王之子、武王之弟、成王之叔父。周公与武王为同母兄弟,都是太姒之子。在同母兄弟之中,武王、周公曾是文王的左膀右臂,共同辅助文王。周公以恭顺与谨慎闻名,年轻时就渴求上进,谨慎交友,注意学习别人的优点。他想要兼学历代圣王,实践他们的勋业。他反复思考,甚至夜以继日,想通了便付诸实施。他的努力,使他具有了出众的才能;他辅国安邦,是武王的得力助手。

克殷之后第四年,武王去世,年幼的姬诵继位为成王。周公以冢宰的身份摄政,全面处理国家事务。他殚精竭虑,日理万机,亲自率军平叛,消除了武庚以及管、蔡等“三监”的祸患,又率军大举东征,经过艰苦卓绝的战争,彻底稳定了东方。为进一步巩固统治,周公进行了分封,将宗室懿亲、功臣和先哲后贤分封到各战略要地,以王室重臣、近亲把守要塞,作为屏藩。又营建洛邑,修建王城,迁殷遗民。周公还建立典章制度,使周王朝彻底走上正规。

周公摄政,经略天下,对稳固统治起了至关重要的作用。《尚书大传》说:"周公摄政,一年救乱,二年克殷,三年践奄,四年建侯卫,五年营成周,六年制礼作乐,七年致政成王。"基本概括了周公的主要历史功绩。周公归政之年的岁末,成王感念周公,在洛邑举行了封命"周公后"的仪式,将周公之子伯禽分封到泰山之南,建立鲁国,周公也就成了鲁国始祖。

孔子尊崇周公,在于周公的崇高历史地位,尤其是周公经天纬地、制礼作乐的历史功绩。周公"制礼作乐",不是一句空话。说到"周礼",你可能会想到它是一部著作,是作为古代"三礼"之一的《周礼》;也可能会想到它是一种规范,是西周初年周公制定的礼乐制度。人们对于"周礼"的理解还有模糊不清之处。其实《周礼》与"周礼"内在相通,密切关联。《周礼》属于周代文明的核心内容,"周礼"影响中国既深且广。

《周礼》成书很早,争论很多。《周礼》是儒家所尊奉的经书,是中国最重要的典籍之一。《周礼》记述国家治理的框架,是社会管理的体系。殷周鼎革之际,天下的稳固关键在建章立制,周公在营建洛邑、分封诸侯之后,着眼于周朝的长治久安,于是汇通前世各代,损益殷商礼制,制定了周朝的政治体制,确立了官职结构,这应该就是今天看到的《周礼》了。《周礼》有严密的体系，严谨的逻辑。《周礼》关于天地四时的职官设计，反映了设计者的宇宙观，这是朴素的自然哲学。六官的设定，天官象征天所立之官，地官象征地承载万物，四时之官反映自然界春生、夏长、秋收、冬藏在政治中的运用，是农业文明的结晶和反映。六官职责明确，体系完备，是一个不可分割的整体。《周礼》记政治和礼仪制度，论述国家体制和官吏职掌。所以后人称其为“古文先秦旧书”，认为是周公“为成王所制官政之法”，是“周公致太平之迹。”

作为周公封国，鲁国在传承周公思想文化方面具有特殊的担当。正如典籍所说“周礼尽在鲁矣。”“先君周公制周礼”几乎成了鲁人的口头禅；正像曲阜周公庙牌坊上所书，周公“经天纬地”“制礼作乐”，从而影响了鲁国，产生了儒学。孔子生长在鲁国，鲁国文化是孔子思想的母体。了解周公封国的鲁国，才能把握孔子思想渊源，才能更好地理解孔子思想特质，更好地认识“前儒学时代。”

鲁国是周代众多邦国中的诸侯国，但其地位非同寻常，是诸侯“望国”、姬姓“宗邦”。鲁国的第一代国君是周公长子伯禽，周公对伯禽要求十分严格。关于周公教子，《史记·鲁周公世家》《孔子家语·曲礼子夏问》《荀子·尧问》《论衡·遣告》都有记载。周公教育伯禽要注意礼贤下士，具备谦德。周公希望伯禽任贤使能，治理好鲁国。伯禽年富力强，精力充沛，勤奋努力。他到鲁国后，对当地“商奄之民”的固有习俗进行了改革。

伯禽所带来的周文化与殷遗民及当地土著固有的文化相互交会、影响，共同形成鲁国的文化。

鲁为周公封国，因此，鲁国初封时，所受封赐格外丰厚，相对于他国来说得到了不少特权。鲁国较完整地保存着周礼，周代的礼乐传统深深影响了鲁国社会的方方面面。时人视礼为国家的根本，周礼是周王朝统治的象征，这样，鲁国作为宗周东方代表的形象更加突出。春秋时期“政由方伯”，但在诸侯国会盟等的班次上，鲁国却位居前列，列为首席。周公逝世后，为褒周公之德，特许鲁国享有天子礼乐，这就是史籍所说的“世世祀周公以天子之礼乐。”因此，像祭祀之中的禘、郊、大雩等“重祭”礼仪，本为周天子独用，而鲁国也得以拥有这些“殊典”。

作为政治家、思想家，周公不仅奠定了周王朝 800 年基业，把我国的古代文明推向新的巅峰，而且还是中国儒学的先驱，周公“敬德保民”的思想是儒家学说的基础。鲁人不忘祖述“先王之训”，追忆“周公之礼”。鲁国因是周公长子伯禽的封国而成为周代的“文物之邦”，儒学则由于鲁为“文物之邦”而兴而盛。孔子之学导源于周公，“周孔之学”几乎成为儒学的代名词。

作为中国礼乐文明的奠基人，周公以后的 3000 多年中，人们不断地对他进行感念、效法、称颂、研究，历代留下了许许多多的崇仰周公的匾额、题赞、楹联、诗文、歌赋，毫无疑问这些都弥足珍贵。姬传东先生长期致力于周公思想文化研究与弘扬，成果丰硕，贡献突出。他联合同人，将这些散落在各处的珠玉汇为《元圣周公颂辑注》，并且甄别去取，订正注释，按照时间顺序结集出版，不独为人们更好地理解周公提供了宝贵资鉴，而且它本身就是一部国人尊崇周公的史诗。

是为序。

杨朝明

2021 年 12 月 12 日　于曲阜圣水苑

杨朝明，山东梁山县人，1962 年出生，孔子研究院研究员、博士生导师，历任洙泗书院院长、至圣文化书院院长，国际儒学联合会副理事长、中华孔子学会副会长、中国哲学史学会常务理事、全国政协委员、民进中央委员、《齐鲁学刊》编辑，曲阜师范大学孔子研究所所长、孔子文化学院院长、历史文化学院院长，山东省儒学研究基地主任、首席专家，尼山世界儒学中心副主任，孔子研究院院长。

# 序　三

籍贯洛阳，总怀几分“帝都”之骄，遂不时感念周公。假想焉，若无周公营建洛邑，未知洛阳今为何郡也？于是乎，便与元圣周公姬旦结下千古之缘。

天下帝王，各领风骚。秦统天下，唐兴诗吟，强者可得数百年之鼎盛，弱者难持三五日之阳春。周朝，顶天立地，巍巍乎！传承800余载，历经37王，悠悠华夏无与伦比者焉。

周公东征而一统天下，或显几分天意；若怀无鸿才大略，弗立宗法，不制典章，勿分封诸侯，无兴农安庶，纵有把持天下之雄心，亦终不可长守焉。周公心怀黎民，治国安邦，制礼作乐，明德慎罚……满腹良策，妙谱宏篇，终使周王朝煌煌乎千古伟岸焉。读《尚书》之《洛诰》《酒诰》《康诰》《多士》《无逸》《立政》，品言琢行，可知周公之卓尔不同也！

从周朝到汉朝、三国，从唐朝到宋朝，以致明清至今，称颂周公者赋声动地，诗韵荡天，足鉴人心之所向也。姬传东等先生几经筛辑以成《元圣周公颂辑注》，不失当今一大盛事，不仅是周公后裔200余个姓氏、1亿多人之责任，更是时代所赋予的使命。歌颂周公，就是对历史正、误之定位；肯定周公，就是对帝王功、过之宣判。中国人不经意间常常忘掉了皇帝将相，无形之中却牢牢铭记着李白、杜甫……因为，炎黄文化传统使他们相信高尚的文人情怀，崇尚诗人的高节正气，欣赏诗韵的顿挫抑扬。读者将在《元圣周公颂辑注》中进一步找到答案。

余久仰周公,曾作《周公赋》以颂之。尝思焉:天下芸芸众生各肩其"任"也,或一国之君,或三军之帅,或桑田之汉,或机杼之女,千工百业,概无殊列焉。周公,位居一人之下、万人之上,功盖朝野,威镇众卿,出可乘龙驹之驾,入可栖牙床之榻,食可品百味之宴,娱可醉美女之音……然穷其一生,惴惴焉如履薄冰,惶惶乎食不甘味,日日未敢举酒,夜夜难以成寐,时时有感苍天目视、先王履巡、山水聆窗、百姓仰门者何也?深明其"任"也。普天之下鲜出其右者焉!

青史悠悠,诗文累累,皆于庸君无缘焉。史载周公,缘其鼎国有方也;诗吟周公,缘其安民有道也。皇皇乎!万古留名焉。

是为序。

谭杰

2021 年隆冬于洛阳

谭杰,河南洛宁人。历任洛阳大学副校长兼师范学院院长,中国辞赋家协会副主席,中国书画学会副主席,河南诗词学会副会长,洛阳市作协副主席,洛阳诗词研究会会长,《洛阳诗词》主编,2002 年加入中国作家协会。

# 凡 例

一、本书精选历朝历代歌颂元圣周公的诗、词、赋、额联、楹联、赞语,周公嫡裔姬姓家谱序言,各地周公庙、祠的有关史料,旨在为深入全面研究元圣周公发挥作用。

二、本书收录资料范围上至周朝、下迄当今散见于正史、方志、家谱、报刊、书籍等史籍中的精品,对没有标点的古文,加注标点;对难懂的古文,适当注解;对生僻字词,加注拼音。需要注释的相同的字、词,原则上仅在首次出现时注释。对古代地名,尽可能注明当今名称或区域。古籍中个别字迹残缺、漫漶不可识和缺字之处,以“□”或“缺字”标识。对于古籍中的繁体字、异体字,则径直改为简化字。原文中的“姬氏”全部改为姬姓。将古籍中排版中抬头、大小字混排等版式,改为现代规范排版版式。本书所有注释,均放在每篇(幅)文稿之后。

三、本书以文稿体裁和时间先后为排列顺序的基本单元,在每种体裁的文稿中,每个朝代帝王将相的作品放在前边。同一朝代其他作者的作品,且内容相同、相近的,按照作者生卒或写作时间先后排列。一人有两首(篇、副)以上作品,且题目或内容相近者,一般连续排列。内容不同的,则另行安排。作者佚名或生卒年份不详者,则插空安排。

四、本书涉及人物,凡男性、汉族者,不标明性别、民族;女性、少数民族则分别注明。凡能查到的作者简介,均标注。一人有多篇作品入选,其简介放在首次出现其作品注释中。生卒年份有一项不详者,标注“?”;生卒年份全部不详者,则不标注。健在的作者,只注明出生年份,客观简介,不做评价。

五、本书使用文字、标点、数字、计量,均按国家统一规范书写。古代纪年采用朝代纪年,夹注公元纪年。公元“前”纪年,仅标注“前”,不再加“公元”。

六、本书编委不分贡献大小,均按姓氏笔画排序。

# 目 录

## 第一章 歌颂元圣周公的短语辑注

## 第二章 歌颂元圣周公的诗词辑注

# 第一章

# 歌颂元圣周公的短语辑注

如有周公之才之美[1]，使[2]骄且吝[3]，其余不足观也已。

——孔子[4]:《论语·泰伯第八》

**注释：**

(1)周公之才之美：周公多才，其才又甚美，故称“之才之美”。

(2)使：假使，假如。

(3)吝：贪鄙，吝啬。

(4)孔子(前551—前479年)：子姓，孔氏，名丘，字仲尼，春秋末期鲁国陬邑(今山东曲阜)人，祖籍宋国栗邑(今河南夏邑)，中国古代思想家、教育家，儒家学派创始人。

吾今乃知周公之圣，与周所以为王也。

——《孔子家语·观周》

甚矣，吾衰矣！久矣，我不复梦见周公。

——孔子:《论语·述而五》

周公，古圣人也。

——孟子[1]:《孟子·公孙丑下》

**注释：**

(1)孟子(约前372—前289年)：名轲，字子舆，山东邹城东南人。战国时期哲学家、思想家、教育家，是孔子之后、荀子之前儒家学派的代表人物，与孔子并称“孔孟”。被韩愈列为先秦儒家继承孔子“道统”的人物，元朝追封为“亚圣”。

周公因天下之和，遂文、武之业，明枝主之义，抑亦变化矣，天下厌然犹一也。非圣人莫之能为，夫是之谓大儒之效。

——《荀子·儒效》[1]

**注释:**

(1)荀子(约前313—前238年):名况,字卿,汉族,战国末期赵国人。著名思想家、文学家、政治家,儒家代表人物之一,时人尊称"荀卿"。

若周公之于成王也,可谓大忠矣。

——《荀子·君子》

文王有大德,而功未就;武王有大功,而治未成;周公大德大功大治于一身。

——贾谊[1]:《新书·礼容语下》

**注释:**

(1)贾谊(前200—前168年):河南洛阳人,西汉初年著名政论家、文学家,世称贾生。文帝时任博士,迁太中大夫、梁怀王太傅。著作主要有散文和辞赋,代表作有《过秦论》《论积贮疏》《陈政事疏》等。

依之违之,周公绥之;愤发文德,天下和之;辅翼成王,侯宗周。

——司马迁[1]:《史记·太史公自序》

**注释:**

(1)司马迁(约前145—前90年):陕西韩城西南人,字子长,西汉伟大的史学家、文学家、思想家,汉武帝时任郎中、太史令、中书令。所著《史记》是中国第一部纪传体通史,被鲁迅称为"史家之绝唱,无韵之离骚"。

周公复唐虞之旧域,斥九州之境[1]。王畿之外分五服：侯、甸、男、采、卫，蛮夷镇蕃九畿。周公摄政凡七年，制礼作乐，致太平，乃复政成王而告老。王曰："公无困我哉！"留周公为太师，与召公共辅王室。

——司马光[2]：《稽古录》

**注释：**

(1)斥：此处谓扩展。另有责备、拿出钱、侦察、斥齿之义。

(2)司马光(1019—1086年)：字君实，号迂叟，山西夏县人，世称涑水先生。北宋政治家、史学家、文学家，自称西晋安平献王司马孚之后代。为人温良谦恭、刚正不阿；做事用功，刻苦勤奋。以"日力不足，继之以夜"自诩，堪称儒学教化下的典范，著作甚多，最有名的是《资治通鉴》。

(3)荀卿之好妄也：荀卿(荀子)说假话太厉害了。

孔子之前，黄帝之后，于中国有大关系者，周公一人而已。

——夏曾佑[1]：《中国古代史》

**注释：**

(1)夏曾佑(1863—1924年)：字遂卿，作穗卿，号别士、碎佛，笔名别士。浙江杭州人。诗人、历史学家、学者。光绪十六年(1890)进士，授礼部主事。民国时，任教育部普通教育司司长。后任京师图书馆馆长，致力于中国古代历史的研究，用章节体编著《最新中国学》《中国历史教科书》，重版时改名《中国古代史》，是近代中国尝试用进化论研究中国历史的第一部著作。

"六经"之文，皆周公之旧典也。以其出于官守而皆为宪章，故述之无所用作。

——章学诚[1]：《校雠通义·汉志六艺》

**注释：**

(1)章学诚(1738—1801年)：原名文镳、文酕，字实斋，号少岩，浙江绍兴人。清代史学家、思想家，中国方志学奠基人。乾隆四十三年(1778)进士，官国子监典籍。先后主修《和州志》《永清县志》《亳州志》《湖北通志》等10多部志书，撰写了《文史通义》《校雠通义》《史籍考》等论著。

周公实近似于西方哲人柏拉图在其国中所要求的理想政治领袖。但周公不是“哲人王”，仅是一“哲相”。他可以说是以一学者哲人身份而建立了西周一代的政教体制，奠定了此下数千年优良基础。……以学术创立政教制度者，周公为第一人。

——钱穆(1)：《中国历史研究法》

**注释：**

钱穆(1895—1990年)：字宾四，笔名公沙、梁隐、与忘、孤云，晚号素书老人、七房桥人，斋号素书堂、素书楼。江苏无锡人，吴越太祖武肃王钱镠之后。中国近现代历史学家、思想家、教育家，国学大师，“中央研究院”院士，“故宫博物院”特聘研究员。曾任小学、中学教师，燕京大学、北京大学、清华大学、北平师范大学教授。抗战时，随北大南渡，先后在西南联合大学、齐鲁大学、武汉大学、浙江大学、华西大学、四川大学主讲文史课程。抗战后，执教于昆明五华书院、云南大学、江南大学、广州私立华侨大学。1949年赴香港，创办新亚书院。1967年迁居台北，任中国文化学院史学教授。1992年，归葬太湖。他被中国学术界尊为“一代宗师”，专著多达80种以上，代表作有《先秦诸子系年》《中国近三百年学术史》《国史大纲》《中国历代政治得失》《中国历史精神》《中国思想史》《宋明理学概述》等，出版《中国学术思想史论丛》《中国文化丛谈》等论文集。

姬姓主政的周朝是迄今寿祚最久的朝代。周武王继承周文王的遗志，灭商建周，数年驾崩，其后大局全赖其弟周公姬旦支撑。周公辅佐成王，平顶武庚、“三监”之乱，封建诸侯，营建洛邑，制礼作乐，奠定了周朝八百多年的基业。周公握发吐哺，辛勤劳瘁，天下归心后致政成王，甘愿称臣，晚年又完善《周易》。周公立德、立业、立言，有较完整的思想体系，堪称中华文化的缔造者和始祖。后人称他为“元圣”“文宪王”。孔子因传承周公礼乐文化而出名，成为“至圣”“文宣王”。周公礼乐文化博大精深，至今仍有现实意义，是研究的重大课题。

西周初年的周公，即周文公旦，是中国古代上最著名的人物之一。对周公事迹、思想及其影响的探讨，历来是学术界关注的重大课题。

——李学勤：写给洛阳周公研究会的贺信，姬传东收信

**注释：**

李学勤（1933—2019 年）：北京人，清华大学哲学系肄业。著名历史学家、古文字学家，清华大学出土文献研究与保护中心主任、教授。在甲骨学、青铜器、战国文字、简帛学，以及与其相关的历史文化研究等领域，均有卓越建树。曾任国际欧亚科学院院士，国务院学位委员会历史评议组组长，夏商周断代工程专家组组长、首席科学家，中国先秦史学会理事长，英国剑桥大学、美国加州大学（伯克利）等多所外国名校的客座教授及国内多所高校的兼职教授。主持“清华简”的整理研究工作。2013 年获首届汉语人文学术写作终身成就奖。2014 年 9 月获首届“全球华人国学奖终身成就奖”。

一位雄才大略、道德与才能均可算作中华民族代表的周公，辅相王家，东征讨，灭国者五十，立七十一国，其

姬姓之国四十，使全国名城大邑统归于周王统领之下，为统一中国立下了汗马功劳。

——徐旭生：《中国古史的传说时代》

**注释：**

徐旭生（1888—1976年）：名炳昶，字旭生，笔名虚生、遁庵。河南唐河县桐河镇砚河村人。中国考古研究所研究员，现代著名的史学家。

没有周公，便没有武王灭殷后的一统天下；没有周公，便不会有传世的礼乐文明；没有周公，便没有儒家；没有儒家，中国的传统文明可能是另外一种精神状态。

——杨向奎：《宗周社会与礼乐文明》

**注释：**

杨向奎（1910年—2000年）：字拱辰，著名的中国思想史研究专家，先后致力于中国社会史、经济史、思想史、学术史、历史地理的研究，被誉为一代宗师。主要学术专著有《西汉经学与政治》等，发表学术论文数百篇。

儒家从孔子开始，一贯推崇周公的政治文化，特别推崇西周开国之君王文、武和周。孟子进一步把尧、舜、禹、汤、文王到孔子推崇为“圣人”的传统……荀子又开始把代表西周政治文化包括周文王、周公等人物影响很是深远。

——杨宽(1)：《西周史·序言》

**注释：**

杨宽（1914—2005年）：字学正，江苏青浦人，历史学家，曾任上海市博物馆馆长、复旦大学历史系教授、上海市社科院历史所副所长等职。著有《西周史》《战国史》《古史新探》《中国历代尺度考》等。

周公确实是文化的始祖。

——易中天[1]:《奠基者》

**注释:**

易中天:1947 年生于湖南长沙,厦门大学教授,知名作家、学者、教育家。任教于厦门大学人文学院中文系 。长期从事文学、艺术、美学、心理学、人类学、历史学等研究。著有《〈文心雕龙〉美学思想论稿》《艺术人类学》等作品。2019 年,入选新中国 70 周年百名湖湘人物榜。

周公是历史上最伟大的政治家,周公制礼作乐,使得中国社会从崇尚鬼神的时代解放出来,这是古代中国历史上意义最为深远一次变革,这原本是史学界多数学者的一个共识。

——彭林[1]:《礼乐人生》

**注释:**

彭林:1949 年生于江苏无锡。中共党员。清华大学人文学院历史系思想文化研究所教授、博士生导师,国际儒学联合会理事,二十六国学网礼乐高级顾问 。主要从事先秦史等历史文献学和中国古代学术思想史的教学与研究,尤其偏爱经学,注重对儒家经典(《周礼》《仪礼》《礼记》)以及中国古代礼乐文化的研究。

周公是中国文化史上极为重要的人物,读中国传统的礼乐文化,读人文化成,都离不开周公。更重要的是周公对于中国传统文化价值体系的形成和发展有着独特的贡献。

周公是中国传统文化中忠义之士的代表,是贤人政治的典范,是忠臣贤相的楷模。

——李宗桂(1):《周公评传》序言

**注释:**

李宗桂:1952 年生,四川眉山人。中山大学哲学系教授、文化研究所所长,博士生导师。国务院学位委员会和国家教委(教育部)表彰的在工作中做出突出贡献的中国学位获得者,广东省首届“优秀中青年社会科学家”。主要研究方向为中国文化与现代化、当代中国文化、中国古代哲学、现代新儒学。

伟大的儒学思想,建立于周公,发扬于孔子,乃使中华民族与文化虽遭历劫而长存。

——台湾学者洪安全:《周公》

中国之所以幸者,即在周公德为圣人,又居高位,才艺兼备,能诗能乐,故既先自昭其“德性”而知德,以至于“成德”,再制作音乐成“德音”,“以其昭昭,使人昭昭”……

今天,吾人亟需者,即是一个天下文明、世界大同的政治典范。而在西方,每以希腊为精神智慧之源泉,但希腊连自身都没有统一起来,如何能作今日天下之典范?而今日所适宜参考之典范,并无多少可供选择者在,其中第一位值得吾人注意者,当即为周公礼乐。

——台湾学者汪中兴博士论文:《周公礼乐之研究》

我常深思中国人的性格,详考西洋人的习俗。最后恍然大悟：中国的"民族文化"，便是中国古代的礼乐。由这种礼乐，以养成中华民族的根本思想。

——李健：《历代乐官制度试析》)

周公为千古伟人。

——日本林泰辅(1)：《周公》(钱穆翻译)

**注释：**

林泰辅：20世纪初期的日本甲骨学专家，文学博士，曾任日本高等师范学校教授

你们在现代化建设中，可要吸取我们西方人的教训，千万不要把你们老祖宗传下来的好思想、好传统给丢掉了。现在，西方人解决一些社会问题，反过来还要向你们中国人的老祖宗周公、孔子学习呢。

——联合国科教文卫组织原总干事、德国大学教授波尔1989年与中国代表的谈话。

# 第二章

# 歌颂元圣周公的诗词辑注

## 咏甦杨

四明　陈镌　监生

曾闻老桧生新干，又见枯杨发嫩枝。
千古同根同一辙，惭惟能拜莫能诗。

## 甦杨呈瑞

孝谿　陈兆祥　国学

世有传人树亦传，谁知根气在当年。
金刚不坏如来相，桧楷甦杨同一坚。

## 甦杨呈瑞

慈水　周清(1)

古殿青杨枯更奇，欣欣应运长新枝。
根深不畏龙蛇(2)东，材老偏宜雨雪欺。
翘望鸾舆来上甲，瑞征翰院袭承时。
西周一干原同本，片叶遥分覆浙慈。

**注释：**

(1)周清：字谷漾，彭泽县丞。

(2)龙蛇：指非常的人物。

# 短歌行其一

曹操[1]

对酒当歌[2],人生几何[3]!
譬如朝露,去日苦多[4]。
慨当以慷[5],忧思难忘。
何以解忧?唯有杜康[6]。
青青子衿,悠悠我心[7]。
但为君故,沉吟至今[8]。
呦呦鹿鸣,食野之苹[9]。
我有嘉宾,鼓瑟吹笙[10]。
明明如月,何时可掇[11]?
忧从中来,不可断绝。
越陌度阡,枉用相存[12]。
契阔谈宴,心念旧恩[13]。
月明星稀,乌鹊南飞[14]。
绕树三匝,何枝可依?
山不厌高,海不厌深。
周公吐哺,天下归心[15]。

**注释:**

(1)曹操(155—220年):字孟德,一名吉利,小名阿瞒,沛国谯县(今安徽亳州)人。东汉末年杰出的政治家、军事家、文学家、书法家,东汉丞相,后为曹魏政权的奠基人(魏王),去世后谥号为武王。精兵法,善诗歌,鲁迅评价其为“改造文章的祖师”。

(2)对酒当歌:一边喝酒,一边唱歌。当:是对着的意思。

(3)几何:多少。

(4)譬如朝露,去日苦多:清晨的露水,比喻生命短暂或事物不能久存。有感叹人生短暂之意。

(5)慨当以慷:应当用激昂慷慨的方式来歌唱。

(6)杜康:相传是古代最早造酒的人,这里代指酒。

(7)青青子衿,悠悠我心:出自《诗经·子衿》。原指姑娘思念情人,这里比喻渴望得到人才。子:对对方的尊称。衿:古式的衣领。青衿:周代读书人的服装。

(8) 但为君故,沉吟至今:是因为您的缘故,让我沉痛吟诵至今。

(9)呦呦鹿鸣,食野之苹:阳光下鹿群呦呦欢鸣,悠然自得啃食在绿坡。

(10)我有嘉宾,鼓瑟吹笙:一旦四方贤才光临舍下,我将奏瑟吹笙宴请嘉宾。

(11)明明如月,何时可掇:当空悬挂的皓月,什么时候才能拾到。

(12)越陌度阡,枉用相存:远方宾客踏着田间小路,一个个屈驾前来探望我。

(13)契阔谈宴,心念旧恩:久别重逢欢宴畅谈,争着将往日的情谊诉说。

(14)月明星稀,乌鹊南飞:月光明亮星光稀疏,一群寻巢乌雀向南飞去。

(15)周公吐哺,天下归心:我愿如周公一般礼贤下士,愿天下的英杰振信归顺与我。

# 周公颂(1)

曹植(2)

成王即位,年尚幼稚。
周公居摄,四海慕利。
罚叛柔服,祥应(3)仍至。
诵长反政(4),达天(5)忠义。

**注释:**

(1)此诗录于周公嫡裔江苏滨海县姬姓家谱(至德堂)

(2)曹植(192—232年):字子建,安徽亳州人,三国时期曹魏著名文学家、诗人,封陈王,谥思,世称陈思王。文学造诣上与其父曹操、其兄曹丕合称“三曹”。因富于才学,早年曾被曹操宠爱,一度欲立为太子。及曹丕、曹叡相继为帝,备受猜忌,郁郁而死。善诗,作品多为五言。其《洛神赋》很有名。

(3)祥应:祥瑞的先兆。

(4)诵长反政:周成王长大后,周公把大权还给他。

(5)达天:上告天地。

# 君子行

曹植

君子防未然,不处嫌疑间。
瓜田不纳履(2),李下不正冠。
嫂叔不亲授,长幼不比肩。
劳谦得其柄(3),和光甚独难(4)。
周公下白屋,吐哺不及餐。

一沐三握发，后世称圣贤。

**注释：**

(1)君子行：乐府相和歌辞平调名。

(2)纳履：穿鞋。

(3)劳谦：勤劳而谦虚。

(4)和光：谓才华内蕴，不露锋芒。

## 怨歌行(1)

曹植

为君既不易，为臣良独难(2)。
忠信事不显(3)，乃有见疑患(4)。
周公佐成王(5)，金縢功不刊(6)。
推心辅王室，二叔反流言(7)。
待罪居东国(8)，泫涕常流连(9)。
皇灵大动变(10)，震雷风且寒(11)。
拔树偃秋稼(12)，天威不可干(13)。
素服开金縢(14)，感悟求其端(15)。
公旦事既显(16)，成王乃哀叹(17)。
吾欲竟此曲(18)，此曲悲且长。
今日乐相乐，别后莫相忘。

**注释：**

(1)怨歌行：属乐府的《相和歌·楚调曲》歌辞。

(2)良：实在。

(3)显：明白，懂得。

(4)见：被。疑患：猜忌。

(5)周公佐成王：周武王薨后，成王继位，年幼，以周公辅政。

(6)金縢(téng):指用金属捆封起来的柜子。刊:削除,磨灭。指周公请求代武王死之功不可磨灭。

(7)二叔:指管叔姬鲜和蔡叔姬度,成王的二位叔叔。流言:指管、蔡二叔散布的周公要篡位的谣言。

(8)待罪:等待惩罚。东国:东都洛阳,周公在流言起来的时候,到东都洛阳避居。当时曹植的封地在东方,"东国"一语也有隐喻诗人自己之意。

(9)泫(xuàn)涕:流泪。泫:水珠下滴。流连:接连不断。

(10)皇灵:上天之灵。动变:感动而生变。古人认为天人之间有感应,这是说周公的遭遇感动了上天。据《尚书·周书·金縢》载,周公避居洛阳的第二年秋天,镐京暴风大作,雷电交加,把田禾刮倒了,把大树拔起来。

(11)震:打雷。

(12)偃:倒下。秋稼:禾。

(13)干:触犯,抗拒。

(14)素服:指没有文绣的衣服,古时祭天时所穿。

(15)端:原由,原委。

(16)事既显:指发现了周公愿以身代武王死的策文。

(17)乃:于是。哀叹:指周成王大为感悟,悲叹不已。

(18)吾欲:诗末套语,与诗旨无关,为合乐所加。竟:终。

# 豫章行(1)

曹植

## 一

穷达难预图(2),祸福信亦然。

虞舜不逢尧，耕耘处中田。
太公未遭文(3)，渔钓终渭川(4)。
不见鲁孔丘，穷困陈蔡(5)间。
周公下白屋(6)，天下称其贤。

## 二

鸳鸯自用亲(7)，不若比翼连(8)。
他人虽同盟，骨肉天性然(9)。
周公穆康叔(10)，管蔡则流言。
子臧让千乘(11)，季札慕其贤(12)。

**注释：**

(1)豫章行：属乐府《相和歌·清调曲》歌辞。

(2)穷达：穷困与显达。豫图：预料，预谋。豫：通“预”，参与。信：相信。亦然：也是这样。

(3)不遭：没有遭遇。文：周文王姬昌。

(4)渔钓：打渔垂钓。终：终老，终身。渭川：渭水平川，即渭水，亦泛指渭水流域的土地。

(5)陈：陈国。蔡：蔡国。

(6)白屋：指不施彩色、露出本材的房屋。指以白茅覆盖的房屋，为古代平民所居。

(7)自用亲：自己使用自己的至亲。

(8)不若：不如，不像。比翼：比翼鸟，翅膀挨着翅膀。连：翅膀相连。

(9)然：使然，如此，这般。

(10)穆：恭敬诚信。

(11)子臧：姬姓，名欣时(一作喜时)，曹国公子，谦让王位。千乘：拥有千乘战车的国王王位。

(12)季札:春秋时吴王寿梦第四子,姬姓,吴氏,名札,为避王位“弃其室而耕”,于常州武进焦溪的舜过山下。季札不仅品德高尚,而且是具有远见卓识的政治家和外交家。

## 周公诫伯禽赞

庾信[(1)]

伯禽居鲁[(2)],鸣玉来朝。
周公政治,为国风谣。
北山有梓[(3)],南山有桥[(4)]。
礼容虽备,俯仰无骄[(5)]。

**注释:**

(1)庾信(513—581 年):北周文学家,字子山,河南新野人,初仕梁,后出使西魏,值西魏灭梁,被留。历任西魏、北周骠骑大将军、开府仪同三司,世称庾开府。善诗歌、骈文。

(2)伯禽:周公姬旦长子,字伯禽,亦称禽父。周公东征胜利后,代父就封,成王把殷民六族和旧奄国地,连同奄民,分封给他,国号鲁。

(3)梓:梓,植物名,落叶乔木。

(4)桥:树木名。

(5)俯仰无骄:一举一动都不傲慢。

## 箜篌谣[(1)]

李白[(2)]

攀天莫登龙,走山莫骑虎。
贵贱皆交心不移,唯有严陵及光武[(3)]。

周公称大圣，管蔡宁相容。
汉谣一斗粟，不与淮南舂[4]。
兄弟尚路人，吾心安所从。
他人方寸[5]间，山海几千重。
轻信托朋友，对面九疑峰[6]。
开花[7]必早落，桃李不如松。
管鲍[8]虽已死，何人继其踪。

**注释：**

(1)箜篌谣：《乐府诗集》谓《箜篌谣》。宋代郭茂倩缩编《乐府诗集》中的篇名，为唐代浪漫主义诗人李白所作。

(2)李白(701—762年)：字太白，号清道居士，唐朝浪漫主义诗人，被誉为“诗仙”，有《李太白集》传世。

(3)严陵及光武：《汉书·逸民传》：“严光，字子陵，浙江姚余人，与汉光武帝刘秀同学。光武即位，改变姓名，隐身不见。”

(4)“汉谣”二句：语出《史记·淮南衡山传》：“民有作歌歌，淮南厉王曰：一尺布，尚可缝；一斗粟，尚可舂。兄弟二人不相容。”讲的是汉文帝刘与淮南王刘史弟之间的恩怨故事。

(5)方寸：指心。

(6)九疑峰：也作九嶷峰，一名苍梧山。在湖南宁远县。

(7)开花：一作多花。

(8)管鲍：春秋时管仲和鲍叔牙的并称。两人相知最深。后常用以比喻交谊深厚的朋友。

## 岐　下

韩愈[1]

谁为我有耳，不闻凤凰鸣。

朅来岐山下(2),日暮边鸿惊(3)。
丹穴五色羽,其鸣为凤凰(4)。
昔周有圣德,此鸟鸣高冈(5)。
和声随祥风,窅窕相飘扬(6)。
闻者亦何事,但知时俗康。
自从公旦死,千载闷其光(7)。
吾君尚勤理,迟尔一来翔(9)。

**注释:**

(1)韩愈(768—824 年):字退之,河南孟州人,世称"韩昌黎""昌黎先生"。中唐杰出的文学家、思想家、政治家。贞元进士,历任监察御史、行军司马,从"淮西之乱"后,因力谏佛骨一事,谨奉《论佛骨表》以闻,被贬为潮州刺史,又累迁吏部侍郎。谥号"文",故称"韩文公"。名列"唐宋八大家"之首。代表作有《师说》《进学解》等,作品有《昌黎先生集》传世。

(2)朅(qiè):离去。

(3)日暮边鸿惊:鸿或作火。

(4)丹穴五色羽,其鸣为凤凰:《山海经》云:"丹穴五色羽,有鸟状如鸡,五色而文,名曰凤。"传说是鸟,见则天下大安宁。岐山周公庙背靠之凤鸣岗有五色土,传为"凤鸣岐山"时,凤凰所踩之土,"丹穴凤迹",为岐山周公庙八景之一。

(5)昔周有圣德,此鸟鸣高冈:《诗经·卷阿》:"凤凰鸣矣,于彼高冈。"

(6)窅(yǎo)窕:形容深远。窅窕:又作窈窕,文静而美好。

(7)千载闷其光:即杜甫《凤凰台》诗,所谓"西伯今寂寞,凤声亦悠悠"。

(8)吾君尚勤理,迟尔亦来翔:《易》云:"迟归有时。"《汉书》:"侧席迟士。"迟(zhì):待也。

## 琴曲歌辞　龟山操[1]

韩愈

龟之氛[2]兮，不能云雨。
龟之枿[3]兮，不中梁柱。
龟之大兮，只以奄[4]鲁。
知将隳[5]兮，哀莫余伍，
周公有鬼兮，嗟余归辅。

**注释：**

(1)龟山操：中国古代著名的古琴曲。

(2)氛：云气，一作“气”。兮：文言助词，用于句中或句末，相当于现代汉语中的“啊”或“呀”。

(3)枿(niè)：树木砍去后，从残存根茎上长出的新芽。

(4)奄：覆盖，涵盖。

(5)隳(huī)：毁坏，崩坏。

## 放言五首(之三)[1]

白居易[2]

赠君一法决狐疑[3]，不用钻龟与祝蓍[4]。
试[5]玉要烧三日满，辨材[6]须待七年期。
周公恐惧流言后，王莽谦恭未篡[7]时。
向使当初身便死[8]，一生真伪复[9]谁知。

**注释：**

(1)放言：言论放肆，不受拘束的意思。《放言五首》是白居易被贬江州司马途中所作。

(2)白居易(772—846年):字乐天,号香山居士,又号醉吟先生,祖籍太原,其曾祖父时迁居下邽,生于河南新郑。唐代伟大的现实主义诗人。

(3)君:您,这里指作者的好友元稹。法:办法,方法。决:决定,解决,判定。狐疑:狐性多疑,故用狐疑指犹豫不定。

(4)钻龟与祝蓍(shī):古人因迷信而占卜的方法,钻龟壳后看其裂纹占卜吉凶,或拿蓍草的茎占卜吉凶。这里是指求签问卜。蓍,多年生草本植物,全草可入药,茎、叶可制香料。

(5)试:试验,检验。

(6)辨:辨别,鉴别。材:木材,这里指枕木和樟木。期:期限。

(7)篡(cuàn):篡位,臣子夺取君主的权位。

(8)向使:假如,如果,假使。便:就。

(9)复:又。

# 谒周公庙

王毂(1)

代崇禋祀报肤公(2),佳气西来荫旧宫。
古树藏云依渭绕,流泉卜岁与邠通。
凤凰冈冷斜阳暗,禾黍原荒野雾蒙。
登览姬图追胜概(3),残碑零落咽春风。

**注释:**

(1)王毂:字虚中,自号临沂子,诗人,江西宜春人。乾宁五年(898)登进士及第。历国子博士,终尚书郎。未第时为《玉树曲》,大播于时。著有《王毂诗集》《历代忠臣临老不变图》,编礼部进士所行卷为《观光集》,均佚。《全唐诗》存其诗18首。

(2)肤公：大功，亦作“肤功”，此处指元圣周公姬旦功劳之大。

(3)图：此处谓谋划，谋求，计划之意。胜概：非常好的风景或环境。

## 首尾吟[1]

邵雍[2]

尧夫非是爱吟诗，诗是尧夫处否时。
信道而行安有悔，乐天之外更何疑。
受疑始见周公旦，经阨[3]方明孔仲尼。
大圣大神犹不免，尧夫非是爱吟诗。

**注释：**

(1)首尾吟：诗体名。

(2)邵雍(1011—1077年)：字尧夫，谥号康节，自号安乐先生，伊川翁，北宋学者、哲学家。著有《伊川击壤集》《皇极经世》等。

(3)阨：同“厄”，形容困厄；困窘。

## 楚辞　九诵·告周公庙词[1]

鲜于侁[2]

噫嗟兮文公，岿然兮閟宇。
怅王室兮多难，独勤劳兮左右。
四国流言兮冲人不知[3]，东征问罪兮慆慆不归[4]。
大电以风兮天威震惊，弁启金縢兮衮衣有光。
公之心兮大成文武，公之子兮建侯启土。

山川兮附庸，奄凫兮龟蒙(5)。
万子孙兮承祀，亿兆人兮仰止。
惟天子之叹嗟兮，不复见于寤寐。
何莽新之假摄兮，文奸言而欺一世，
造作诡故而戕刘兮，亦亟殄宗而绝嗣(6)。
公之圣而德协天兮，何妄人之辄自拟俾。
其颠而不终兮，天实表公衷而警后。
肃进拜于庙堂兮，宜奉时之牲酒。
鼓钟兮在宫，琴瑟兮在堂。
神之格兮乐享，民欣欣兮不忘。

**注释：**

(1)录于河南睢县、民权县姬姓家谱。

(2)鲜于侁(1019—1087 年)：字子骏，唐朝鲜于叔明后裔，四川阆中度门镇人，宋仁宗景祐五年(1038)进士，累官至集贤修撰。擅作楚辞，著有《诗传》《易断》。

(3)冲人：年幼的人，此处指未成年的周成王姬诵。

(4)愔愔：长久；纷乱不息貌。

(5)凫绎兮龟蒙：凫、绎、龟、蒙为山东境内的四座山。

(6)造作诡故而戕刘兮，亦亟殄宗而绝嗣：造作，制造；戕：此处谓残害、杀害之意；殄：尽，绝，殄灭、殄歼。

# 谒周公庙(1)

苏轼(2)

吾今那复梦周公，尚喜秋来过故宫(3)。
翠凤旧依山硉(4)兀，清泉长与世穷通。
至今游客伤《离黍》(5)，故国诸生咏雨蒙(6)。
牛酒不来乌鸟散(7)，白杨无数暮号风。

**注释：**

(1)此诗录自《周陵志》(简注本)341 页。

(2)苏轼(1037—1101 年)：字子瞻，一字和仲，号铁冠道人、东坡居士，世称苏东坡、苏仙 、坡仙 ，四川眉山人，祖籍河北栾城，北宋文学家、书法家、美食家、画家、治水名人。苏洵长子。嘉祐二年(1057)进士及第。宋神宗时在凤翔、杭州、密州、徐州、湖州等地任职。元丰三年(1080)，因“乌台诗案”被贬为黄州团练副使。宋哲宗继位后，任翰林学士、侍读学士、礼部尚书、出知杭州、颍州、扬州、定州等地，晚年因新党执政被贬惠州、儋州。宋徽宗时，获大赦北还，途中于常州病逝。宋高宗时追赠太师，宋孝宗时追谥“文忠”。北宋中期文坛领袖，在诗、词、散文、书、画等方面成就很高，为“唐宋八大家”之一。著有《东坡七集》《东坡易传》《东坡乐府》《潇湘竹石图》《枯木怪石图》等。

(3)故宫：指周公庙。

(4)硉(lù)兀(wǔ)：高峻貌；突出，不平凡的样子。

(5)《离黍》：《诗经・王风・离黍》云：“彼黍离离，彼稷之苗。……”

(6)雨蒙：《诗经・豳风・东山》云：“我徂东山，慆慆不归。我来自东，零雨其蒙。”

(7)牛酒：牛和酒。古代用来馈赠、犒劳、祭祀的物品。

# 次韵[1]子瞻[2]题岐山周公庙

苏　辙[3]

周人尚记有周公，禾黍离离下有宫[4]。
破豆烝豚非以报，野巫长跪若为通。
山围栋宇泉流近，风去梧桐落叶闬[5]。
有客赋诗题屋壁，二南犹自有遗风。

**注释：**

(1)次韵：按照原诗的韵和用韵次序来和诗的一种方式。也叫步韵。

(2)子瞻：苏轼的字为子瞻。

(3)苏辙(1039—1112年)：字子由，一字同叔，晚号颍滨遗老，四川眉山人，苏洵次子，苏轼之弟。北宋文学家、诗人，官至副宰相。“唐宋八大家”之一。

(4)禾黍离离下有宫：禾黍离离，禾黍稻谷与小米，泛指粮食作物。离离，繁茂的样子。

(5)闬(hàn)：闾里的门；巷门。

## 病后往来湖山间戏书(1)

陆游(1)

周公居东三食新，夷吾在鲁丘厄陈(2)。
圣贤忧患尚如此，况我本是羁穷人(3)。
今秋危病辄不死，余业自笑坚顽身。
结茅所幸得佳处，石帆天镜无纤尘。
扪萝(4)峭壁上采药，腰斧长歌行负薪。
寻僧独泛若耶月，携友共采湘湖蓴。
蠡亡范金陋勾践，斯颂刻石憎嬴秦。
不如一酹禹祠去，恶衣菲食真吾邻。

**注释：**

(1)陆游(1125—1210年)：字务观，号放翁，浙江绍兴人。绍兴中应礼部试，为秦桧所黜。后孝宗继位，赐进士出身，曾任镇江、隆兴通判，官至宝章阁待制。晚年退居家乡。南宋大诗人，有《剑南诗稿》《渭南文集》《南唐书》《老学庵笔记》《放翁词》。

(2)夷吾在鲁丘,夷吾:管仲,又名夷武。厄陈:厄:困苦、灾难,厄运。

(3)羁穷:漂泊穷困。

(4)扪萝:攀援葛藤。

## 衍　易

吕祖谦[1]

公允达孝,孝隆衍易。
文重者八,包含未析。
遡位生爻,阳升阴抑。
情能去凶 ,世谁非吉。
元覆黄承,辞动居逸。
意与天会,岂惟子述[2]。

**注释:**

(1)吕祖谦(1137—1181 年):字伯恭,浙江金华人,原籍安徽凤台。南宋著名理学家,出身"东莱吕氏",为吕夷简五世孙、吕大器之子,世称"东莱先生"。隆兴元年(1163),登进士第,累官直秘阁、主管亳州明道宫。参与重修《徽宗实录》,编纂刊行《皇朝文鉴》。谥号"成",后改谥"忠亮"。他创立的"婺学",是当时最具影响的学派,与朱熹、张栻并称"东南三贤"。著有《东莱集》《历代制度详说》《东莱博议》等。

(2)子述:犹自叙,自己陈说。

## 润德泉[1]

贾铉[2]

翠崖环峙壮宫垣,礼乐开平忆昔年。

欲识治平无让古，依山涌冽看清泉。

**注释：**

(1)润德泉：陕西岐山周公庙内有一泉眼，其水质清冽，味甘如醴，最早见于唐大中元年(847)，泉名润德，是唐宣宗李忱御赐。

(2)贾铉：金朝人，博州博平(今山东聊城东北)人，字鼎臣，大定进士，历任左谏议大夫兼工部侍郎、礼部尚书、刑部尚书、参知政事、安武军节度使、济南知府、京兆运副等职。

# 周公庙

肃政廉访使　胡居祐

岐下周家旧帝京，空山遗庙暮云生。
股肱臣与麟凤并[(1)]，元首君如日月明。
礼乐尚存忠厚德，兴衰常兆此泉清。
汗尘正虐黔黎苦[(2)]，惟愿为霖济太平。

**注释：**

(1)股肱：大腿和上臂，比喻左右辅助得力的人。麟凤：麒麟和凤凰，比喻才能出众的人。

(2)黔：黑色。老百姓古称黔首。

# 谒　庙

黄梓[(1)]

相业称周太召公，千年遗像尚留宫。
丹书翌日成周畾[(2)]，召告祈天与命通。
润德源流泉混混，旧岐烟雨咏蒙蒙。
竹声夏玉徐倾耳，还得鸾音唱古风。

**注释：**

(1)黄梓：字子材，福建莆田人，授兴化县学教谕，历泉州路学教授，元朝至治三年(1323)除汀州路知事，仕至罗源县尹。

(2)皛(xiǎo)：皎洁，明亮。

## 凤鸣朝阳

仇圣藕[1]

和鸣千古咏西周[2]，唤起春风遍九州。
一自岐阳留语后，碧梧烟冷不胜秋。

**注释：**

(1)仇圣藕：元代侍郎。

(2) 和鸣：相互应和而鸣。

## 凤鸣朝阳

张天锡[1]

羑里人归瑞自生，高冈灵鸟象文明。
和声先浃[2]西周化，不待箫韶奏九成。

**注释：**

(1)张天锡：元代尚书。

(2)浃：透彻，周遍。

## 周公祠饮福歌[1]

锦奇

瞻彼岐阳兮，秀[2]王之乡。

佐武相成兮，迁顽剪商。
殷士肤敏兮，祼将于京。
既营东洛兮，惟周有光。
赤舄[3]几几兮，衮衣绣裳[4]。
道尊德崇兮，垂宪无疆。
束帛戋戋[5]兮，承筐示将[6]。
神其来格兮，山色苍苍。

**注释：**

(1)饮福：古礼，祭祀完毕饮食供神的酒肉，以求神赐福，泛指祭毕宴饮。

(2)秀：此处指特别优秀的人才。

(3)赤舄：古代天子、诸侯所穿的鞋，赤色，重底。

(4)衮衣绣裳：古代天子祭祀时所穿的绣有龙的礼服，形容华丽。

(5)束帛：捆为一束的五匹帛。古代用为聘问、馈赠的礼物。戋戋(jiān jiān)：小沙。

(6)承筐示将：奉上礼品。出自《诗经·小雅·鹿鸣》

## 测景台

杨奂[1]

一片开元石[2]，愈知天地中。
今宵北窗梦[3]，或可见周公。

**注释：**

(1)杨奂(1161—1255年)：又名知章，字焕然，号紫阳，陕西乾县人。金末举进士不中，教授乡里。元太祖诏试诸道进士，他两中赋论第一，荐授河南路征收课税所长官。卒谥“文宪”。有《还山遗稿》。

(2)开元石：开元十一年(723)，命南宫说设立一座纪念石表，以纪念周公测量天下之中。

(3)北窗梦：借指隐逸自适的情致。

## 元圣周公像赞(三首)[1]

陈凤梧[2]

### 一

天德之纯，于穆不已[3]。
肃肃雍雍[4]，缉熙敬止[5]。
后天八卦，照如星日。
大哉彖系[6]，式开万基。

### 二

丕显文谟[6]，丕承武烈[7]。
偃武修文，天下大悦。
丹书之受，洪范之咨。
百王遗绪，一代丕基[8]。

### 三

天生元圣，道隆德备。
制礼作乐，经天纬地。
上承文武，下启孔颜。
功在万世，位参两间。

**注释：**

(1)录于周公嫡裔山东汶上县姬姓六卷本家谱卷一。

(2)陈凤梧：字文鸣，江西泰和县柳溪人，弘治九年(1496)进士，历官河南按察使、右都御史、山东巡抚都御史、巡抚应天府。著有《毛诗集解》《静斋奏议》《四书六经集解》《修辞集》等。

(3)于穆不已：美好肃穆永不停。

(4) 肃肃雍雍：不容许每事问。

(5)缉熙敬止：行事光明正大又谨慎。

(6)彖系：《周易》中《彖传》与《系辞》的并称。

(7)丕显文谟：周文王的谋略和规划，多马伟大而显著啊！

(8)丕承武烈：很好地继承周武王的武功韬略。

(9)丕基：伟大的基业。

# 赞元圣文宪王(二首)[1]

吕化善[2]

## 一

新造之周，手托懿弟[3]。
流言忽摇，居东载疐[4]。
不发金縢，宁顾壁碎。
嗟今姬姓，悲惟一志。

## 二

德凝玄造[5]，膺兹淑清[6]。
文王为父，武王为兄。

衍爻恢易，奏武宣声。
指南千古，居东一行。
情回玉扆[7]，十藉金縢。
孔思投分，有梦为惺[8]。

**注释：**

(1)此诗录于周公嫡裔姬姓山东汶上县家谱。

(2)吕化善：字季可，号冠洋，浙江海盐人。天启中官山东布政司理问，后殉流寇难。著有《圣门表传》《从祀列传》《四氏封典》《礼乐》。崇祯年间，与孙子吕逢时和吕兆祥修纂《三迁志》。

(3) 懿弟：本指皇帝的弟弟，此处指周武王姬发的四弟周公姬旦。

(4)疐：古同“”，通“蒂”，瓜果的蒂。

(5)玄造：犹造化。指大自然、天地、皇恩、天德。犹天意。

(6)淑清：清白，纯净。明朗。指政治清明。

(7)玉扆：饰玉的屏风。指宫廷上的屏风，借指朝廷。

(8)惺：领会，形容聪明。

# 周公赞（二首）

吕维祺[1]

## 一

周固尚文，天借心手。
礼灼云宫[2]，易耀珠斗[3]。
南雅[4]知删，无逸宜首。
制作之神，天地同久。

## 二

滕匪开金，几成窃钺。
心格地天，何伤日月。
眷兹东鲁，山留故青。
犹嗟姬姓，二千户封。
祭宁周礼，文降明庭[5]。
方来之锡，朱绂繁缨。

**注释：**

(1)吕维祺(1587—1641年)：河南新安县人，明代著名理学家，字介孺，号豫石，谥号忠节，河南新安县人。其父为河南府名儒吕孔学。自幼习理学，26岁中进士，授兖州推官，擢升吏部主事。因得罪魏忠贤，辞官还乡，设芝泉讲会，传播理学。崇祯元年(1628)复官，任南京兵部尚书。又因"剿寇"不力，归居洛阳，设立"伊洛会"，广招门徒，著书立说。著有《明德堂文集》《孝经本义》《孝经翼》《节孝义忠集》等传世。

(2)云宫：巍峨的皇宫。

(3)珠斗：指北斗星。因斗星相贯如珠，故名。

(4)南雅：指《诗经》中的《周南》《召南》《小雅》和《大雅》。

(5)明庭：古代帝王祭祀神灵之地。

# 周公颂

吕兆祥[1]

周文诸子，一王一圣。
王以圣成，圣以王圣。
尧舜禹汤，文所独证。

举之受公，支手握定。
诗咏生民，书儆无逸。
留卿于今，礼垂其职。
爻诣阴阳，三百八十。
纬地经天，道明德立。
佐武作誓，至于牧野。
手持大钺，衅彼商社。
内鸣为鹗，东汉其马。
淮夷既宁，大诰天下。
盛德虚中(2)，召胡弗悦。
祸生手足，主疑难夺。
德凝元造(3)，膺兹淑清。
文王为父，武王为兄。
衍爻恢易，奏武宜声(4)。
指南千古，居东一行。
情回玉扆(5)，卜籍金縢。
孔思投分(6)，有梦为惺。

**注释：**

(1)吕兆祥：浙江海盐人，著有《宗圣志》《陋巷志》《东野志》。

(2)虚中：心无杂念。

(3)元造：造化，上天。

(4)宜声：合适的道德、行为或道理。

(5)玉扆(yǐ)：饰玉的屏风。指宫殿上的屏风。

(6)投分：情投意合，兴趣相投。

## 无　题

黄廷鹄[1]

辅理成化[2]，姬篆[3]斯长。
诗书演易，万续斯皇。
几百君子，见公羹墙[4]。
其则不远，衮衣绣裳。

**注释：**

(1)黄廷鹄：字孟举，松江(今上海松江区人)，历任顺天府通判，翰林院编修。

(2)辅理成化：协助办理，完成教化。

(3)篆：簿籍。

(4)羹墙：追念前辈或仰慕圣贤。

## 无　逸

谭昌言[1]

稼穑开周业自肥，总缘知得小人依。
从来继体成康盛，两字为真出政机[2]。
千秋谁不推公德，世世明君颂无逸。
圣人定有文王年，竞与中宗享其国。

**注释：**

(1)谭昌言(1571—1625 年)：字圣俞。浙江嘉兴人。万历二十二年(1594)甲午解元，二十九年辛丑科进士。历任参政，登州海防、莱州兵备，常熟、婺源知县，山东参政。卒赠太仆寺卿，赐祭葬。子贞默，贞良，俱登进士。

(2)为真,官员由临时代理转为实授。政机:政务。

## 赤　舄

沈应文(1)

蹑理行其中,趾不矜高满(2)。

况有此川岩(3),履道(4)更坦坦。

**注释:**

(1)沈应文(1543—1627年):字征甫,浙江余姚人,隆庆二年(1568)进士,授推官,官至江西副使、顺天府伊、刑部侍郎、南京吏部尚书等职。他长子沈景初、孙子沈振嗣均为进士。

(2)矜高满:自高自大。

(3)川岩:山川,山水。

(4)履道:所行的道路。

## 赤　舄

孙振基(1)

彩绚丹羽着重台,负扆(2)犹能坦坦来。

立命(3)原知有余地,谁将狼跋喻公哉(4)。

**注释:**

(1)孙振基:字肖冈,陕西潼关人。万历二十九年(1601)进士。历任莘县、安丘知县,户科给事中。

(2)负扆:背靠屏风,临朝听政。

(3)立命:修身养性,以奉天命。

(4)狼跋:喻艰难窘迫。

## 赤舄

李东阳[(1)]

君子所履，象服惟赤。
错然[(2)]而前，正色[(3)]而立。
吾道坦坦，小心翼翼。
虽则居东，不到鲁国。

**注释：**

(1)李东阳(1447—1516年)：字宾之，号西涯。祖籍湖南茶陵，因家族世代为行伍出身，入京师戍守。天顺六年(1462)中举，天顺八年(1464)举二甲进士第一，授庶吉士，官编修，累迁侍讲学士，弘治八年(1495)以礼部右侍郎、侍读学士入直文渊阁、特进、光禄大夫、左柱国、少师兼太子太师、吏部尚书、华盖殿大学士。死后赠太师，谥"文正"。

(2)错然：谨慎小心貌。

(3)正色：此处意为态度严肃。

## 赤舄几几

吕本[(1)]

诳说能穿峭紧鞋，尽过险路反嫌乖[(2)]。
从来谁会飞腾去，躲得当前狼与豺。
圣人无别路，只有老实步。
进可上金銮，退即还蓬户。
须防失足踏虚空，《赤舄》[(3)]未易思周公。

**注释：**

(1)吕本(1503—1587年)：字汝立，号南渠，又号期斋，浙江余姚县人。嘉靖十一年(1532)进士，越两年授检讨，充经筵展书官。二十七年(1548)任南京国子监祭酒，次年迁少詹事兼翰林学士。又令密探于国子诸生，咸称吕本善，征入阁，任续修《明伦大典》总裁官。后任东阁大学士、礼部尚书、太子太保兼文渊阁大学士、少保、武英殿大学士，兼管吏部部务。卒赠太傅，谥《文安》。著有《四明先贤记》《期斋集》14卷等。

(2)《赤舄》：赤舄，古代天子、诸侯穿的鞋，赤色，重底。《赤舄》为《诗经》中的篇名。

# 金　縢

高攀龙[(1)]

有君而兄，肩荷[(2)]新命。
祷非密诚，曷瘳[(3)]其病。
心戒勿言，奚[(4)]借此证。
雷电以风，公天始定。

**注释：**

(1)高攀龙(1562—1626年)：字存之，又字云从，江苏无锡人。明朝政治家、思想家，东林党领袖，“东林八君子”之一。万历十七年(1589)中进士。历任行人司行人、广东揭阳典史。万历二十三年(1595)，辞官归家，与顾宪成兄弟复建东林书院，在家讲学20余年。天启元年(1621)，重获起用，任光禄寺丞、太常少卿、大理寺右少卿、太仆卿、刑部右侍郎、都察院左都御史等职。崇祯初年，朝廷赠太子太保、兵部尚书，谥“忠宪”。著有《高子遗书》12卷等。

(2)肩荷：此处意为担负。

(3)瘳：病愈。

(4)奚：此处意为“何”“哪里”“什么”“怎么样”等。

## 金 縢

嘉兴 倪元夫 灵石县丞

帐自居东人未回，普天胸次[1]着疑胎。

虽知铁石为肝胆，不是金縢解不开。

**注释：**

(1)胸次：胸次，亦指胸怀。

## 金 縢

黄尊素[1]

死生宁许代，情切由深衷。

周书不删此，留以表公忠。

**注释：**

(1)黄尊素(1584—1626年)：“东林七君子”之一，著名学者黄宗羲之父。初名则灿，后改尊素，字真长，号白安，浙江省余姚市梁辉镇人。万历四十四年(1616)进士，天启初擢御史，不久被逮入都下诏狱，受酷刑死。有《忠端公集》。

## 流 言

万爆[1]

一日流言满天地，不自他人自昆季[2]。

此言皆为大块疑，惟有风雷打得碎。

**注释：**

(1)万爆：字暗夫，江西南昌人。万历四年(1576)举人，十四年(1586)进士，授刑部主事。崇祯初，赠光禄卿。福王时，谥“忠贞”。

(2)昆季：兄弟，长为昆，幼为季。

## 流　言

倪冻[1]

身方扶日月，鼎作寄安危。
自是精神大，难为手足知。
疯狂留背毁[2]，云黑剩忧疑。
忽到周公庙，令人忆此时。

**注释：**

(1)倪冻：浙江上虞人，倪元璐之父。历知抚州、淮安、荆州、琼州四府。天启二年(1622)进士，历任户部尚书、礼部尚书。崇祯十五年(1644)，任兵部右侍郎兼侍读学士。

(2)背毁：背后毁谤。

## 流　言

周顺昌[1]

曾闻平地海涛翻，风浪如何起一门。
沛若[2]县河原出忌，忽焉涸绝本无根。
竖说定教银汉落[3]，横言足使渭波浑。
唾天[4]终识还身受，可惜沉湮[5]兄弟恩。

**注释：**

(1)周顺昌(1584—1626年)：东林党人。字景文，号蓼洲，江苏苏州人。万历四十一年(1613)进士。历官福州推官、文选员外郎，为魏忠贤党迫害，死于狱中。崇祯元年(1628)得已昭雪，谥“忠介”。

(2) 沛若：盛大貌。

(3)竖说：反复详述。银汉：银河。

(4)唾天：意思是仰头向着天吐唾沫，唾沫还是落在自己的脸上。比喻本来想损害别人，结果受害的还是自己。

(5)沉湮：淹没。

## 流　言

周宗建[(1)]

奸言若水流，滔滔无尽头。
到寻言出处，自壑自为沟。

**注释：**

(1)周宗建(1582—1627年)：字季侯，号来玉。尚书周用之曾孙。江苏苏州人。万历三十四(1606)举人，万历四十一年(1613)进士，授武康(今属浙江德清)知县，又知仁和(今属浙江杭州)，升福建道御史、巡按湖广。明末天启年间东林党人之一。撰《老子解》，乾隆四十四年(1779)禁毁。

## 居　东

吕化舜[(1)]

圣天[(2)]岂亦会时穷，勇退还知屈也通。

一日不缘来穆卜[3]，二年哪得见臣忠。
疑从心上移明主，久在君边责召公。
虽使盛衰元有数[4]，东迁微兆此居东。

**注释：**

(1)吕化舜：纂辑《东野志》2卷，孔衍法、孔衍治增辑。前有吕化舜、方应祥《原序》。

(2)圣天：圣人与天师的合称。

(3)穆卜：恭敬地卜问吉凶。

(4)元有数：出自陆游《出蜀十九年故交零落》。

## 居　东

茂才　许中麟

人须能出便能还，自有当场进退关。
谁向旁观说公逊，后来都借作东山。

## 居　东

左光斗[1]

何期当圣世，人也说孤忠[2]。
面惜方朝北，身嗟居此东。
疑城非自筑，解路有天通。
倍觉风雷用，于兹第一功。

**注释：**

(1)左光斗(1575—1625年)：字遗直，一字共之，号苍屿。著名水利专家，明末东林党的重要成员，累官至左佥都御史，万历“六君子”之一。32岁进士，授中书舍人。万历四十七年

(1619)任浙江道监察御史。担任过内阁大臣、史可法老师。被誉为“铁面御史”。主持了西北水利空间范围内的京东、畿辅的水利屯田实践。南明弘光时平反,谥为忠毅。

(2)孤忠:忠贞自持,不求人体察的节操;指忠贞自持的人。

# 居　东

夏之令[1]

流言蓦地来,翛然[2]拂衣去。
乃知有此东,成得千秋誉。

**注释:**

(1)夏之令:字靖之,河南光山人。晚明官员。同进士出身,官至四川道监察御史。

(2)翛然:超脱的样子。

# 东　征

陈允坚[1]

大宇正清宁,萧墙[2]事可惊。
鸱鸮向西啸,汗马[3]忽东征。
自有君臣义,难完骨肉名。
圣人当此际,哪得不伤情。

**注释:**

(1)陈允坚:字贞甫,明朝长洲(历史上苏州地区的一个县)人,进士,历任诸暨、崇德两县知县,后在工部任职。

(2)萧墙:照壁。比喻内部。

(3)汗马:指战马奔走而出汗,喻指劳苦征战。原指战功,后泛指工作中做出贡献。

## 东　征

顾宪成[1]

只言周室好亲情，泰伯惟他解做兄。
丰镐政夸[2]新定鼎，如何秣马去东征。
不祥切莫嫌名位，叔鲜周公一母生[3]。

**注释：**

(1)顾宪成(1550—1612年)：江苏无锡人，字叔时，号泾阳，因创办东林书院而被人尊称“东林先生”。明代思想家，东林党领袖。万历八年(1580)中进士后历任京官，授户部主事。

(2)夸：奢侈；说大话。

(3)叔鲜：姬鲜，史称管叔鲜，周公的亲兄弟，勾结蔡叔姬度、霍叔姬处和商纣王之子武庚叛乱，周公率军东征讨伐。

## 东　征

吕兆禧[1]

至公肩大义，为国去除凶。
何当后人借，嗟哉唐太宗[2]。

**注释：**

(1)吕兆禧：字锡侯，浙江海盐县人。万历时举人，家富藏书。

(2)嗟哉：叹词。唐太宗：李世民。

# 东　征

吕元声[1]

当时只认君臣大，不觉人间骨肉穷。
只有周公能处此，《鸱鸮》[2]犹借诉深衷[3]。

**注释：**

(1)吕元声：明朝浙江海盐人，万历间太学生。

(2)鸱鸮：是《诗经·豳风》中的一首诗名。这是一篇借用动物寓言故事以寄托人生感慨哲理的诗歌。诗中借用母鸟在夜行母鸟猫头鹰抓去它的小鸟之后，为了防御外来的再次侵害，保护自己的小鸟，不怕辛苦。

(3)深衷：内心，衷情。

# 周公仗大钺

王临亨[1]

召公钺小周公大[2]，王师初破商家社。
军中骨肉谁最亲，宗嫡于兹辨殊亚。
殷辛[3]兄弟不是无，费崇飞恶甘为徒[4]。
有身只共珠玉烬，微子去之箕子奴[5]。

**注释：**

(1)王临亨(1557—1603年)：字止之，号致庵，江苏昆山人。万历十七年(1589)进士，授浙江衢县知县，又任海盐知县。万历二十三年(1595)调任刑部主事，二十九年(1601)任杭州知府，卒于任所。著有《粤剑编》。

(2)召公：指姬奭，年轻时被封于召地(在今陕西岐山)，故称。钺:古代的一种兵器。其形制似斧,背上有钩或刺。

(3)殷辛:商纣王,姓子,名受,帝辛,商朝最后一位昏君。纣:残暴。

(4)费崇飞恶:指商纣王的奸臣费仲、侯崇虎、飞廉恶来。

(5)微子:子姓,宋氏,名启,商纣王帝辛的同父异母之长兄,周武王灭商建周,受封建立宋国,在今河南商丘一带。箕子:子姓,名胥余,商纣王的叔父,与微子、比干,并称:“殷末三仁”,封于箕,后建立朝鲜。

## 仗钺(二首)

冯洪业(1)

### 一

夹辅开天身最亲,偕来商社受神民(2)。
即着仗钺犹当大,知是他年负扆人。

### 二

梦当授钺时,可以占恩契(3)。
太公亦周亲(4),毕竟为王弟。

**注释:**

(1)冯洪业(1584—1661年):字茂远,号兼山,一号耘庐主人,又号当湖学人,浙江平湖人。明末学者、藏书家。冯伯礼子,冯秉良从父。万历四十三年(1615)举人。著有《百六十吟》《睡庵六书》《易羡》6卷,辑有《耘庐汇笺》千余卷。刻印过唐释玄奘译《大乘大集地藏十轮经》10卷、《佛说大方广十轮经》8卷等多种经本。

(2)神民:上神与下民。出自《国语·楚语下》。

(3)恩契:情投意合。

(4)太公:姜姓,吕氏,名尚,字子牙,号飞熊,又称太公望、师尚父、吕望、吕尚。周武王姬发岳父。

## 负扆

吴逢辰

制作人教绣得成,训垂(1)能断始能行。
纯忠(2)未到周公地,负此何人不自惊。

**注释:**

(1)垂训:教导,教诲,训诫。

(2)纯忠:专一,忠诚。

## 负扆

会稽　孝廉　钱滔

端凝绣扆前,贞忠信天地。
人不见周公,但见新天子。

## 负扆

袁化中(1)

纯忠夹辅隆周道,祗奉(2)君王圣冲小。
黼座(3)身擎日月高,诸侯认得周公老。
运历(4)遥占八百多,负只一肩功不少。

**注释：**

(1)袁化中(？—1625年)：云南武定人，字民谐，别号熙宇，万历三十五年(1607)进士，历任内黄、泾阳知县，为人清廉，多有善政。泰昌元年(1620)升为御史。崇祯初，得以平反，赠官太仆卿。福王时，追谥“忠愍”。

(2)祇奉：敬奉。

(3)黼座：帝座，天子座后设黼扆，故名。借指天子。

(4)运历：运数，命运。

# 周公负扆

吕逢时[1]

当户谁肩南面人，今王叔父最情亲。
只惊负处如天子，转信[2]危时赖大臣。
绣作河山神更远，画来日月看逾新。
倘非似斧心能断，哪得居东意更深。

**注释：**

(1)吕逢时：字原道，浙江台州市人，明朝秀才。

(2)转信：通信双方，通过其他台站收转信息的通信。

# 祭　田

吕逢时

惟馨登黍稷[1]，百世荐先王。
割腴[2]念君子，须此共蒸尝[3]。

**注释：**

(1)惟馨：真正能够发出香气的是美德，即完美的德性蔡氏芳香清纯的。黍稷:泛指五谷。

(2)腴:“瘦”的异体字。

(3)蒸尝:本指秋冬二祭,后泛指祭祀,也泛指族人聚餐。

## 祭 器

冯若愚[1]

煌煌陈俎豆[2],铸出釜山铜。
问谁能念此,中丞有钜公。

**注释:**

(1) 冯若愚:浙江慈溪人,曾任刑部主事,他及其子都是南太仆寺官员。

(2)俎豆:古代祭祀、宴会时盛肉类等食品的两种器皿。泛指奉祀。

## 鸱 鸮

刘铎[1]

夜篝缙旧帙[2],翻与古人悲。
谤痛无言解,情将借物知。
因嗟破巢语,唤醒在原诗。
寄声[3]后来者,莫把此心疑。

**注释:**

(1)刘铎(1573—1626年):字我以,号侗初,江西省安福县甘洛乡三舍村人。万历四十四年(1616)进士。初授职刑部主事,后升为郎中。明毅宗1628年继位后,被朝廷授太仆寺少卿,封为忠烈,赐谕祭葬。

(2)繙:反复。旧帙:旧书。

(3)寄声:托人传话。

# 挞伯禽

缪昌期(1)

捧日忧冲圣(2),童年励小侯。
《豳风》为塾课,《无逸》作蒙求(3)。
教子严威楚(4),期君继盛周。
家规与臣谊,两事让千秋。

**注释:**

(1) 缪昌期(1562—1626 年):字当时,一字又元,号西溪,谥号"文贞",今江苏省张家港市塘市街道旗杆村人。万历四十一年(1613)进士,选翰林院庶吉士,授职检讨。因东林党首领杨涟代草弹劾魏忠贤的上疏而遭忌恨,后因汪文言案被捕入狱,惨死狱中。

(2)捧日忧冲圣:比喻忠心辅助年幼的帝王。

(3)蒙求蒙昧的人求我不断解决疑难。

(4)严威:严肃。

# 挞伯禽

郑振先(1)

宗社初肩寄莫当,命膺冲主(2)借端庄。
手会不见身生子,心但能知教有王。
百代师臣难与比,一门骨肉罕相方(3)。
训隆上下俱沾浃(4),周鲁因之祚并长。

**注释:**

(1)郑振先(1572—1628年):字太初,号豸斋,江苏常州市武进区人。曾任嘉兴县令,礼部主事。死后入祀武进乡贤祠。

(2)命膺:担当接受重任。冲主:年幼的君言。

(3)相方:此处意为伙伴、搭档的意思。

(4)沾浃:浸透。

## 挞伯禽

周起元(1)

诚心只任劳忠告,此痛何知彼不胜。
怒含少小情还在,疑到流言加一层。

**注释:**

(1)周起元(1571—1626年):明代官员,东林七君子之一。字仲先,号绵贞,福建漳州龙海人。万历二十八年(1600)乡试第一,翌年中进士。历江西浮梁(今景德镇)、南昌知县、湖广御史、四川副使、通州参政、太仆少卿、右佥都御史,以廉惠著称。庄烈帝嗣位,赠兵部右侍郎。福王时,追谥"忠惠"。

## 挞伯禽

张元忭(1)

师臣岂易居,世子受楚夏。
成王此时心,不挞威于挞。

**注释:**

(1)张元忭(1538—1588年):字子盖,别号阳和,浙江绍兴人。隆庆五年(1571)状元,授翰林院修撰。万历中为左谕德兼侍读。

(2)世子：君王世袭爵位的嗣子，此外指周武王之子姬诵，即后来的周成王。

## 周公挞子教王诗

赵南星[(1)]

国礼家亲难并论，忠焉何处示威恩[(2)]。
先王在天重遗命，鞠子[(3)]于我有常尊。
一嘘一楚一人受，师道臣谟两不负。
圣臣令王尚犹然，心借权行知得否。

**注释：**

(1)赵南星(1550—1627年)：字梦白，号侪鹤，别号清都散客，河北高邑(今石家庄)人，散曲作家，万历二年(1574)进士。历任汝宁推官、历户部主事、吏部考功郎中、吏部文选员外郎、吏部尚书。东林党首领之一。

(2)威恩：声威和恩泽。

(3)鞠子：幼子。

## 指　南

方应祥[(1)]

物以心造[(2)]，公心面旸[(3)]。
用导[(4)]君子，宁惟越裳。
此南不改，此车不藏。
乃今之人，胸无定方[(5)]。

**注释：**

（1）方应祥（1560—1628年）：字孟旋，号青峒，浙江衢县人。万历四十四年（1616）进士。任南京兵部职方司主事，转祠部郎中，继任山东布政司参政兼按察司佥事，提督学政。著有《四书讲义》《青来阁文集》《青霞社草》《青霞诗文集》。

（2）心造：佛教语，意为心所生。

（3）旸：太阳升起的地方。

（4）用导：向导兼翻译。

（5）定方：此处意为方向。

# 指南车

胡振芳[1]

公曾自说多才艺，制撰从来巧莫参。
远人不独能归去，世世还教认得南。

**注释：**

（1）胡振芳：字来子，浙江嘉兴人，天启丁卯举人，选授蕲水知县，赴任一月，流寇陷城，家属13人死尽，他被放还，贫穷无子。

# 题计里鼓

姚士粦[1]

圣思[2]传巧革，里奏一声知。
鸣岂风飞疾，听如月黑迟。
升山堂直[3]上，下泽暗[4]深池。
响答穷埏徼[5]，因思亥步[6]时。

**注释：**

(1)姚士粦：字叔群，原籍浙江海盐。著《蒙吉堂诗集》，编《穀梁春秋》《北魏春秋》《海盐图经》等书。

(2)圣思：帝王的思虑。

(3)堂直：本指直入公堂，比喻不绕弯子。

(4)喑：此处意为没有声音。

(5)埏徼：边缘的地方。

(6)亥步：相传禹臣竖亥善走，后因称健行为"亥步"。

# 咏周公计里鼓

刘尚志[(1)]

谋生才艺谋鬼神，志远借声周广轮[(2)]。
东西炎朔叱亥步[(3)]，讹幽昧谷到寅宾[(4)]。
公能用之身试此，只是居东与淮涘。
穆王骖骠[(5)]八骏驶，门向西池[(6)]几万里。

**注释：**

(1)刘尚志(1542—1623年)：字士行，号景孟。安徽怀宁平山镇大塅村人。1570年中举人；1571年中贡士、中三甲，赐同进士出身。历任归善知县(今属广东惠州)、山阴知县(今属浙江绍兴)、刑科给事中、刑科右给事中、浙江按察司副使、江西布政司右参政(从三品)、福建按察使(正三品)、浙江右布政使(从二品)、山东右布政使、山东左布政使。他一家三代人有4名进士(他和子刘若宰、刘若宜，孙刘馀谟)，10人为官(分别为从八品至从二品)。

(2)广轮：意为广袤。

(3)炎朔；意为冷热。亥步：相传禹臣竖亥善走，后因称健行为"亥步"。

(4)昧谷到寅宾：古代中国传说中西方日入之处。寅宾，恭敬导引。

(5)骖驔(cān diàn)：奔跑貌；犹相随。

(6)西池：池名。相传为西王母所居瑶池的异称。泛指西面的池塘。

## 白　雉

胡胤锡

雪衣飞向越裳来，夏翟争分宝扇开[1]。
但惜羽仪[2]千载后，庙门霜树[3]夜鸟哀。

**注释：**

(1)夏翟：羽毛五色的野鸡，亦作“夏狄”。宝扇：帝后等用的扇状仪仗。

(2)羽仪：比喻身居高位而有才德，被人尊重或堪为楷模；引申为辅翼。

(3)霜树：经霜的树木。

## 白　雉

太学　胡荫长

圣泽元功大[1]，凌空白雉[2]来。
期知燕贻[3]远，山龙配衮裁。

**注释：**

(1)圣泽：帝王的恩泽。元功：大功，首功。

(2)白雉：白色的野鸟，古时为瑞鸟。

(3)燕贻：亦作“燕贻”，谓使子孙后代安吉。

# 越裳白雉

颜俊彦(1)

玉翥霜输簇海云(2)，华虫(3)远副衮衣文。
《鸱鸮》翻惜能成什，鸣鸟如何道不闻。
人羡飞翻明盛世，天为羽翼圣时勋(4)。
越裳(5)万里来中国，彩凤(6)真堪共一群。

**注释：**

(1)颜俊彦：字开眉，一字开美，号雪臞。安徽桐乡人，崇祯戊辰年(1628)进士，同年任命为广州府推官。

(2)玉翥霜输簇海云：传说中的虬龙。海云，比喻博大，胸怀宽广、好波、才识卓越。

(3)华虫：上古文中指五色之虫，雉鸡的别称，古代常用作冕服上的画饰。

(4)羽翼圣时：象征辅佐的人或力量。圣时：圣明之时。

(5)越裳：周朝期间南海国名。

(6)彩凤：即凤凰。

# 周公封鲁

李舜臣(1)

元公受封处，若与孔门期。
尼岫依为因，洙河借作池。
开斯君子国，果到圣人时。
灵杰殊相副，高元意可知。

**注释：**

李舜臣（1499—1559 年）：字懋钦，一字梦虞，号愚谷，又号未村居士，山东广饶县李鹊村人。嘉靖二年（1523）以会试第一（会元）成进士，官至太仆寺卿。嘉靖二十五年（1546），所编《乐安县志》为其后明清各县志所遵循。

# 周公封鲁

李当泰[(1)]

开周公实擅功尊，封独遥于众弟昆。
知有尼山称后圣，先为道脉启宗门。

**注释：**

（1）李当泰：四洲（今安徽泗县、明光市，江苏泗洪县、天长县、盱眙县一带）人，万历二十三年（1595）乙未科殿试金榜第三甲第三十一名进士。

# 三年报政

水卿谟[(1)]

鲁公初政即周公，平易[(2)]营丘小不同。
至竟[(3)]鲁须齐一变，颂声还觉压他风。

**注释：**

（1）水卿谟：字禹陈，号海若，万历丙戌年间中进士，授宁国县令。

（2）平易：态度谦虚和蔼。

（3）至竟：直到最终，犹究竟。

# 三年报政

章邦翰[1]

北面言如激，其哀不必然。
鲁如周八百，齐竟易为田[2]。

**注释：**

(1)章邦翰：江西南昌县人。1580年进士，乙未年(1595)由本省佥事升任广东副使。

(2)齐竟易为田：指战国后期初年，陈国女为姓田氏后代，取代姜姓吕氏成为齐侯(齐威王始称齐王)。

# 和问礼遗踪韵

殷之乾[1]

圣圣相传礼乐心，人将明德恪惟歆[2]。
谁知大庙新行事，夫子怀中判古今。

**注释：**

(1)殷之乾：兖州府原任经历，江苏扬州人。

(2)明德恪惟歆：彰明德行，谦虚谨慎，令人羡慕。

# 和问礼遗踪韵

兖州两司　王正立

一言一事圣人心，黍稷虽馨神不歆。
自此趋跄注念后[1]，堂开问礼到如今。

**注释:**

(1)趋跄:形容步趋中节,古时朝拜晋谒须依一定的节奏和规则行步,亦指朝拜、进谒,入朝做官,出仕。注念:思念,思虑。

## 又和甦杨呈瑞

陈良谟[(1)]

草木知隆替[(2)],荣敷[(3)]及盛时。
千年成槁干[(4)],一旦发春枝。
庙桧皆称异,梯杨并著词。
邓林[(5)]行在目,葱郁应昌期。

**注释:**

(1)陈良谟(1589—1644年):字士亮,一字宾日,原名天工,浙江宁波人。崇祯四年(1631)进士。历仕大理推官、御史、四川道监察御史。

(2)隆替:兴衰。

(3)荣敷:草木茂盛貌。

(4)槁干:干枯,枯涩。稿,通"槁"。

(5)邓林:树林,不予荟萃之处,聚会之处。

## 吐 握

丁宾[(1)]

乐得才能莫与参,休云开阁[(2)]是空谈。
贤豪名果堪当一,吐握忙宁只道三。
上德[(3)]不惟冠避峻,嘉言[(4)]岂与食分甘。
因知周士从来贵,下贱今推谁最担。

**注释：**

(1)丁宾：上海嘉善人，字敬宇，又字礼原，号改亭，隆庆五年(1571)进士，历任任句容知县、御史、南京右佥都御史兼提督操江、工部尚书、太子太保(正一品)。多次捐赠，把一生的积蓄在家乡丁栅建造了五座桥梁，建造四个防备盗贼的栅栏。卒谥“清惠”。著有《丁清惠公遗集》8卷传世。

(2)开阁：指大臣礼贤爱士。典源《汉书》卷八十五。

(3)上德：至德，盛德；指帝德，借指帝王。崇尚德行。避峻：避让，避嫌。

(4)嘉言：善言，美言。分甘：分享甘美之味。

## 吐　握

商为正(1)

吐握无当只说三，状他癖有见贤贪(2)。

履嫌户外今皆是(3)，十见吾犹往不甘。

**注释：**

(1)商为正(1527—1602年)：字尚德，号燕阳，浙江会稽人，父商廷试。隆庆五年(1571)辛未进士，授刑部主事，历任江西道督察御史、初按山东、继按福建、大理寺左少卿。

(2)贤贪：渴求贤才。

(3)户外：室外露天处。

## 吐　握

刘九光(1)

宗社一肩担，科头(2)食不甘。

客何妨九九，忙岂厌三三。
快得理中理，尽令谈再谈。
于今正开阁，谁称进贤堪。

**注释：**

(1)刘九光(1556—1621年)：字文孚，号含轩，安徽阜阳人。万历二十三年(1595)进士。初授清丰县令，后任山东参政。

(2)科头：不戴官帽，裸露头发。

## 吐　握

邵阳　彭梅　曲阜县丞

饭沐曾闻三吐握，情勤神乐见贤才。
周易我还新解得，不速之客三人来。

## 吐　握

茂才　倪翼明

阍吏(1)狞如鬼，门深谒帝台(2)。
即能投匕栉(3)，半刺(4)有谁来。

**注释：**

(1)阍吏：守门的小吏。

(2)帝台：帝阙，皇城之门，指京城。

(3)栉：梳子、篦子的总称。

(4)半刺：五刺法的一种。指州郡长官下属的官吏，如长史、别驾、通判等。

# 周公三吐三握

陈道亨[1]

文王惟父武王弟，继世贤君是犹子[2]。
得人为重下士甘，乐见宁惟吐握三。
相府今如未央殿，士风不独秦时贱。
英雄哪看人眉头，科头饱饭溪边秋。

**注释：**

（1）陈道亨：字孟起，江西新建人。万历十四年（1586）进士，历任刑部主事、南京吏部郎中、山东布政使。

（2）犹子：侄子或侄女。

# 豳　风

王宇[1]

周公生季少，三分有二时。
人能佐草昧[2]，身若到茅茨[3]。
非眼曾亲见，虽言哪得知。
笑今谁贵介，会读豳风诗。

**注释：**

（1）王宇：字永启，福建闽侯人，万历庚戌（1610）进士，官至山东提学参议，编《升庵新语》4卷。

（2）草昧：天地初开时的混沌状态。

（3）茅茨：亦作“茆茨”。茅草盖的屋顶，亦指茅屋。

# 豳 风

吴性[1]

声写民艰书不如,秉枢人俨熟犁锄。
耕桑[2]定出先周谱,序候应符后献书。
云绘[3]农祥垂绪远,天开[4]王业筑基初。
山龙[5]曾著牛衣过,易得朝家[6]八百余。

**注释:**

(1)吴性:江苏武进洗马桥人,嘉靖十四年(1535)进士,官至尚宝司丞。致仕后不愿在官场混迹,家居著书教子,一门四代有十人考中进士,其中探花一名。生五子,皆有成就。

(2)耕桑:种田与养蚕。亦泛指从事农业。

(3)云绘:农田里戴草帽的人。

(4)天开:超越常规。王业:统一天下,建立王朝。

(5)山龙:指古代衮服或旌旗尚德山、龙图案。牛衣:用麻或草织的给牛保暖的护被。

(6)朝家:国家,朝廷。指皇帝、天子。

# 周公作雒

吕元善[1]

汪洋洛水环深碧,形胜雄含宅中吉。
圣谋[2]虽是协天心,元龟[3]宁为周家食。
可但东迁数百年,光武晋魏都后先。
日月笑经多乙卯,留作皇明[4]古涧瀍。

**注释：**

（1）吕元善：明朝浙江海盐人，字季可，号冠详，曾任山东布政司理问，增补《三迁志》。

（2）圣谟：犹圣略。天心：天意，君主的意愿。

（3）元龟：大龟，古代用于占卜。借指谋士。比喻可资借鉴的往事。

（4）皇明：皇帝的圣明。封建时代臣下对皇帝的谀词。

## 分　陕

盐官　藩参　吕元美

人称周与召，未合竟名齐。
道自前传后，陕胡东以西。
民虽因地隔，云不碍关低。
鲁庙偏歌颂，甘棠莫共题。

## 逢衣翰博

佚名

从来主爵[1]一逢衣，翰博心丞赐锦归[2]。
圣帝殊恩[3]追圣德，遥有奕叶[4]紫纶飞。

**注释：**

（1）主爵：主持祭祀；古代的官名。逢衣：一种袖子宽大的衣服。

（2）锦归：衣锦荣归。

（3）殊恩：特别的恩宠。

（4）奕叶：累世，代代。

## 周邸治泉

王祎(1)

邠流传旧泽,分润溉周原。

祖德绵无尽,逢年溯碧湲(2)。

**注释:**

(1)王祎(1322—1373年):字子充,浙江义乌人,曾在明初被征为中书省掾史,后任翰林侍制。1371年春出使西北边疆,回归时途经岐山县拜谒周公庙,作《谒周公庙记》一文,影响颇大。他在岐山还写有多篇诗文。

(2)湲:水流动的样子。

(3)溯:沿水而上。

## 周邸治泉

赵忠(1)

一泓岐水净年芳(2),漾漾溶溶玉液(3)香。

莫把流泉等陈迹,缘知地久与天长。

**注释:**

(1)赵忠(1404—1459年):字行恕,宣德五年(1430)进士,授监察御史,后任巡按四川、云南参议。

(2)年芳:美好的春色。

(3)玉液:美酒;泛指甘美的浆汁,如琼树花蕊的汁液。

## 五言绝句 周邸治泉

吏部郎中 王九思[(1)]

泉涌出前道，滔滔兆岁丰。
山前问古老，泉上拜周公。

**注释：**

(1)王九思(1468—1551年)：字敬夫，号渼陂，陕西户县人，弘治九年(1496)进士，曾任翰林院检讨、吏部郎中，文学家。

## 谒庙

刘彭年[(1)]

忠厚钦周室，思兼仰圣谟[(2)]。
托孤遗八百，握发急舆图[(3)]。
庙貌山原静，泉流德泽纡[(4)]。
瓣香[(5)]千古意，临发更晴□[(6)]。

**注释：**

(1)刘彭年：生于四川巴县，湖北阳新人。正德九年(1514)登进士，授监察御史。后升至右副都御史、贵州巡抚。其家族四代进士。

(2)圣谟：语出《尚书·周书·伊训》："圣谟洋洋……"犹圣训、圣旨。

(3)舆图：泛指疆土、疆域。

(4)纡：弯曲，曲折。

(5)瓣香：佛教语，犹言一瓣香，师承、崇敬之意。

(6)□：缺一字。

# 谒 庙

杨楫[1]

荐岐三圣庙，俨同造周公。
乔木凌霜石，断碑人岁深。
二南今礼乐[2]，丹诚世铭箴。
忆凤临流水，徘徊下夕阴[3]。

**注释：**

(1)杨楫：万历二年(1574)甲戌科殿试金榜第三甲第一百零四名进士，供职于布政司。

(2)二南：指《诗经》中的篇名《周南》《召南》。

(3)夕阴：傍晚阴晦的气象。

# 周公庙[1]

吕浚[2]

十乱上勋，百里方甸。
少昊旧墟，灵光古殿
乃心王家，不足此践。
怒开东郊，弱宁北面。
岱剩曩[3]青，洙留今练。

**注释：**

(1)此文录于山东汶上县周公嫡裔姬姓六卷本家谱卷六。

(2)吕浚：字三峡。万历四十四年(1616)丙辰进士，官太仆寺少卿。著有《易类辨疑》《苏兰公诗选》等。

(3)曩(nǎng)：从前；过去的。

## 周公庙

李赞[1]

三日岐阳事了公，仰怀先圣访遗宫。
灵光一代山形绕，元气千年水脉通。
文武再传承燕翼[2]，羲轩[3]有托粲鸿蒙。
金縢赤舄今何在，黍离歌中听国风[4]。

**注释：**

(1)李赞：字惟诚，号平轩，安徽芜湖人，明代书法家。

(2)燕翼：本指燕的翅膀，比喻为子孙谋划，或辅佐君王。

(3)羲轩：伏羲和轩辕黄帝的并称。

(4)国风：《诗经》中周初至春秋间的民间诗歌。

## 周公庙

李素[1]

荒山遗像是何年，先圣衣冠尚俨然。
日色透笼惊待旦，鸟踪画地见先天。
祖功谩载思文颂，地瑞犹生润德泉。
老树含生萧瑟[2]处，偶闻犹是乐声传。

**注释：**

(1)李素：号拙庵，嘉应州(今广东梅州)人。

(2)萧瑟：风吹树木的声音，形容景色凄凉。

# 周公庙

徐以贞[1]

王祀无穷舆论共，俨然遗像岐阳宫。
托孤事业昭今古，代死精诚已感通[2]。
石齿[3]流泉常激洌，山头带雨自空蒙[4]。
绵绵道学传来正，水远山高仰德风。

**注释：**

(1)徐以贞：字本良，山东济南人，成化十四年(1478)进士，曾知晋宁县，累迁右副都御史、巡抚延绥。

(2)感通：此有感而通于彼。

(3)石齿：齿状的石头；山石间的水流。

(4)空蒙：细雨迷茫的样子。

# 周公庙

朱鸾[1]

家传原后稷，国脉续成汤。
忠孝昭天地，诗书讯帝王。
渊泉千古润，花木四时香。
道统[2]凭谁托，人心兴未亡。

**注释：**

(1)朱鸾：湖南长沙人。曾任凤翔府同知、户部员外。此诗作于嘉靖十三年(1535)。

(2)道统：儒家传道的脉络和系统，自认为氏继承周公、孔子的道德的。

# 周公庙

范吉[1]

几番梦寐见周公，仿佛仪刑此旧宫。
幼主盈成方谤重，老臣忠圣与天通。
山含瑞霭凤凰杳，泉涌清流雨雾濛。
最喜岐阳诸父老，熙熙犹有古邠风。

**注释：**

(1)范吉(1444—?)：字以贞，浙江天台县人，进士出身，后中举浙江乡试第三名。成化十一年(1475)，得贡士第八名、殿试登进士第二甲第二十五名。

# 周公庙

邹奕[1]

与客齐明[2]谒上公，野烟寒吹晓胧瞳。
《金縢》翳矣庙犹在，丹凤不来山自空。
泉脉莫穷流涸异，人文犹颣[3]古今同。
夕阳归去频回首，无限幽怀仰慕中。

**注释：**

(1)邹奕：字宏道，江苏吴江人。元代至正进士，明初赣州知府，因事谪甘肃20余年，后召还。著有《吴樵稿》存世。

(2)齐明：整齐而严明。

(3)颣(lèi)：头不正。

# 祭周公(1)

程尚宁(2)

礼鉴二代，法垂百王。
人纪肇立，天则永彰。
尚宁承乏(3)，守土夙夜。
永兢载仰，羹墙兹当。
隔岁用荐，蘋蘩望洋。
来格千载，感怆尚默。
相予启辟，不聪两旸。
时若岁事，咸登奠此。

**注释：**

(1)此文为明世宗嘉靖二十一年(1542)，兖州知府程尚宁在曲阜周公庙释奠周公的祝文，由曲阜世职知县孔公泽刻石碑立于曲阜周公庙达孝门下北面西墙。石碑高48厘米，宽74厘米。行书。共16行，每行9字。

(2)程尚宁：明嘉靖八年(1529)进士，曾任兖州知府。

(3)承乏：暂任某职的谦称。见《左传·成公二年》："敢告不敏，摄官承乏。"

# 谒周公庙

吕兆祥

绀殿朱扉曜(1)日开，礼容乐思恍徘徊。
如何从古人人梦，只到尼山枕上来(2)。

**注释：**

(1)朱扉：红漆门。曜(yào)：日光；照耀。

(2)枕上来：梦中来。

# 谒周公庙

王守仁[1]

守仁祇[2]奉朝命，主考山东乡试，因得谒元圣周公庙，谨书诗一首，以寓景仰之意云尔，时弘治甲子[3]九月九日。

我来谒周公，嗒焉[4]默不语。
归去展陈篇[5]，诗书说向汝。

**注释：**

(1)王守仁(1472—1529年)：幼名云，字伯安，别号阳明。浙江余姚人。明代著名的思想家、文学家、哲学家和军事家，精通儒家、道家、佛家。弘治十二年(1499)进士，历任刑部主事、贵州龙场驿丞、庐陵知县、右佥都御史、南赣巡抚、两广总督等职，晚年官至南京兵部尚书、都察院左都御史。谥"文成"。其学说思想王学(阳明学)，是明代影响最大的哲学思想，传至日本、朝鲜半岛以及东南亚，立德、立言于一身。弟子极众，世称姚江学派。著有《王文成公全书》。

(2)祇(zhǐ)：仅。

(3)弘治甲子：公元1504年。

(4)嗒焉：怅然若失的样子。

(5)陈篇：指《诗经》中的《陈风·日出》篇。

# 七言绝句　谒周公庙

王童子[(1)]

古庙幽深仪凤岐，查牙老树耸虬枝[(2)]。
周家八百太平业，肇自周公制作时。

**注释：**

(1)王童子：明代人：

(2)查牙：错出不整齐。耸：高起，直立。虬枝：亦作“虯枝”。指盘曲的树枝。

# 谒周公庙[(1)]

许成名[(2)]

嫱嫔老芙蓉，班从凋芳树。
三十有三君，对坐秋天暮。

**注释：**

(1)此诗录自周公嫡裔山东汶上县姬姓六卷本家谱卷六。

(2)许成名：字思仁。山东聊城东昌府区人。学者。少年聪敏。正德六年(1511)进士。嘉靖初，升任太常侍卿、国子监祭酒，后任礼部左侍郎。纂修《武宗实录》《大明会典》。

# 谒周公庙

平阳　冯树谦

仗列曾持钺，仪庄旧秉圭[(1)]。
云旗想来往[(2)]，天际驾虹霓[(3)]。

**注释：**

(1)秉圭：亦作“秉珪”。手执玉圭。

(2)云旗：以天空中的云为旗。

(3)虹霓：雨后或日出、日没之际天空所现的七色圆弧。

## 五言绝句　谒周公庙[1]

叶桂章[1]

深谷涓涓净，春泉脉脉长。
松衫临虢渭，宫宇自隋唐。
赤舃风雷护，金縢日月光。
姬图元启圣，王祀永垂裳。

**注释：**

(1)此诗录自《周陵志》(简注本)342页。

(2)叶桂章：字少峨，四川雅安名山区中峰人。正德十一年(1516)丙子乡试第一。1517年进士，历任翰林院庶士、侍讲，授编修。

## 谒周公庙

薛瑄[1]

朝驱款段入秋烟[2]，霖树行行列绛旃[3]。
殿享圣朝新礼乐，神依鲁国旧山川。
贻书忠见金縢日，仗钺功高衅社年。
三十三君今似语，莫嫌报政让他先。

**注释：**

(1)薛瑄(1389—1464年)：字德温，号敬轩。山西河津人。

明代著名思想家、理学家、文学家，河东学派的创始人。官至山东提学、通议大夫、礼部左侍郎兼翰林院学士。卒后，赠资善大夫、礼部尚书，谥号“文清”。著有《薛文清公全集》46卷。

(2)款段：马行迟缓貌。借指马。

(3)绛旃：大红色的曲柄旗。

## 谒周公庙

陈选[1]

曲阜城东古庙凉，数株老桧俨成行。
春秋俎豆仍苹藻[2]，岁祀蒸尝侑乐章。
一代经营赞文武，百年制作迈虞唐[3]。
姬周锡土[4]酬功德，千载令人仰不忘。

**注释：**

(1)陈选(1429—1486年)：字士贤，号克庵，浙江临海城关人，父陈员韬。天顺四年(1460)会试第一，成化进士，授御史，巡按江西。成化六年(1470)，任河南按察副使。谥“恭愍”。著有《宋史道学传》《丹崖集》。

(2)苹藻：泛指祭品；祭祀的代称；妇女的美德。

(3)迈：此处意为超过。虞唐：指圣人尧和舜。

(4)锡土：封土赐国。

## 谒周公庙[1]

罗璟[2]

新庙弘开旧殿基，龙旗十乘[3]想当时。
百王礼乐师模在，一代勋劳天地知。

笃棐臣忠留洛诰，艰难王业著豳诗。

徘徊庭下情无限，读尽真宗(4)御赞词。

**注释：**

(1)录于《周陵志》(简注本)301 页。

(2)罗璟(1432—1503 年)：字明仲，号冰玉。江西泰和人。天顺八年(1464)进士，授翰林院编修。3 岁开始学习诗书，出口成诵。高中探花后，累官至南京国子监祭酒。著有《冰玉集》。

(3)龙旗十乘：古代天子、王族、诸侯的旗帜，是地位与身份的象征。

(4)真宗：御赞词，指宋真宗，赞誉元圣周公的诗词。

## 五言俳　谒周公庙(1)

乔宇(2)

有周开帝业，元圣合归公。
达孝成先德，咸勤启后功。
下贤三吐握，待旦几忧恫。
易象细(3)神秘，书篇扣俗聋(4)。
卜都连洛涧，定鼎配岐丰。
祷病身先代，推亡罚用中(5)。
鸱鸮伤国难，麟趾振王风。
礼乐周官出，宽仁鲁制崇。
申圻建凫绎，表镇屹龟蒙。
天示金縢变，人歌赤舄忠。
化顽东土治，柔远越裳通。
百代茅封尽，千秋血食同。
莓苔(6)祠旧圮，丹碧殿新隆。

燕雀来藩使，鸡豚走社翁[7]。
阙庭唐祀久，碑碣宋文工。
西望宣尼庙，灵光并郁葱。

**注释：**

(1)此文录于《周陵志》(简注本)302 页，山东汶上县六卷本姬姓家谱卷六。刻石碑于曲阜周公庙。

(2)乔宇(1464—1531 年)：字希大，号白岩山人，山西昔阳县人。成化二十年(1484)进士，历户部左侍郎、右侍郎，拜南京礼部尚书，后改兵部尚书，参赞机务。明世宗继位，召为吏部尚书，因直谏君过，被迫去职回籍，卒谥“庄简”。

(3)紬：同“绸”，意思是抽引、理出丝缕的头绪；引深为引出、编辑。

(4)俗聋：愚昧无知的世俗。

(5)用中：中道，不偏不倚。

(6)莓苔：阴湿地方长出的绿色苔藓。

(7)社翁：旧时对文士名流的尊称。

## 谒周公庙

李春芳[1]

驻车览芳甸，逶迤遵大逵[2]。
乔林神宇出，远岫[3]春云移。
揽衣拂赪牖[4]，纳履循彤墀[5]。
精灵耀天地，功烈证书诗。
世邈[6]虹鸱古，人赓鸟雀悲。
千载只如此，瞻依重所思。

**注释：**

（1）李春芳（1510—1584 年）：字子实，号石麓。江苏兴化人，祖籍江苏句容。嘉靖二十六年（1547），状元及第，授翰林修撰。以善写青词得世宗赏识，升翰林学士。历官太常少卿、礼部右侍郎、礼部左侍郎、吏部侍郎、礼部尚书等职，并加太子太保兼武英殿大学士、少师兼太子太师、吏部尚书、中极殿大学士。去世后，追赠太师，谥号“文定”。著有《贻安堂集》10 卷。

（2）大逵：大道。

（3）岫（xiù）：山；山穴。

（4）赪牖（chēng yǒu）：赪，赤色，窗户；牖，古建筑中室与堂之间的窗子。

（5）彤墀：即彤墀，借指朝廷。

（6）邈（miǎo）：遥远。

## 五言律　谒周公庙(1)

吕原(2)

夹路晚烟黄，秋风洒白杨。
言寻大庭库，闻是鲁灵光。
继日兼三代(3)，留云映《九章》(4)。
何心有天下，后世错称王。

**注释：**

（1）录于《周陵志》（简注本）299 页。

（2）吕原（1418—1462 年）：字逢原，号介庵，浙江嘉兴人。正统七年（1442）进士，历官翰林院编修、翰林学士、右春坊大学士等职，并入内阁，编修《历代君鉴录》《寰宇通志》。追赠礼部左侍郎，谥号“文懿”。著有《通鉴纲目续篇考正》《介庵集》等。

（3）三代：指夏、商、周三个朝代，亦指自祖至孙。这里是后者。

(4)《九章》:楚辞篇名,战国楚人屈原做。包括《惜诵》《涉江》《哀郢》《抽思》《怀沙》《思美人》《惜往日》《橘颂》《悲回风》九篇。

## 谒周公庙

何起鸣(1)

我今东下谒群公,一望青山绕故宫。
百代文章开道运,三千礼乐藉神通。
甘棠去远犹思咏,润德流长置细蒙。
莫谓凤凰终寂寂,来仪(2)圣世仰高风。

**注释:**

(1)何起鸣(? —1590 年):字应岐,号来山,四川内江人。嘉靖三十八年(1559)进士,官至工部尚书,卒赠太子太保。

(2)来仪:凤凰感德来舞而有容仪,是一种吉祥的征兆;杰出人物的到来。圣世:圣代。

## 谒周公庙(1)

莱阳　孝廉　朱兆祥

神留全《易》《礼》(2),君见半《春秋》(3)
寂寞经纶手(4),惟余吊古愁。

**注释:**

(1)此诗录自周公嫡裔山东汶上县姬姓六卷本家谱卷六。

(2)《易》:《易经》;《礼》:《礼记》。

(3)《春秋》:传孔子依鲁国史官所编《春秋》加以整理修订

而成，系儒家经典之一。

(4)经纶手：治国的良才。

## 谒周公庙(1)

邓直卿(2)

笃棐弧忠贯古今(3)，监殷二叔自商参(4)。
流言西土关王室，问罪东山岂圣心。
显赫风雷昭帝鉴，恢宏礼乐被人深(5)。
古城东北祠前路，白日青天世所钦(6)。

**注释：**

(1)此文录于《周陵志》(简注本)302页。

(2)邓直卿：广东南海人，嘉靖五年(1526)丙戌科第三甲赐同进士出身，官至御史。

(3)笃棐：忠诚辅助。

(4)商参：比喻人分离不能相见。

(5)被人：被隔离的人或事物。

(6)青天：比喻清官。

## 谒周公庙

闵如霖(1)

绀殿远留旧国春，瞻依阶草拜逡巡(2)。
忠君周室无双士，知己宣尼有一人。
礼乐自天(3)惟鲁大，风雷特地为公神。
只今但有云堆砌，想像会过赤舄新。

**注释：**

(1)闵如霖(1502—1559年)：字师望，号午塘。浙江湖州织里镇晟舍人。嘉靖十一年(1532)进士，累官至南京礼部尚书，赠太子太保，致仕。著有《午塘集》16卷、《千顷堂书目》。

(2)逡巡：徘徊不前，迟疑不决。

(3)自天：此处意为来自天上。

## 谒周公庙

任维贤[(1)]

仰止岐山下，春风几度游。
泉流千古润，林木四时秋。
礼乐虚天子，儿孙仅鲁侯。
应怜尼父意，独向梦中求。

**注释：**

(1)任维贤：四川阆中人，正德九年(1514)进士，曾任右都御史、刑部侍郎等职。

## 谒周公庙[(1)]

赵贞吉[(2)]

周家王业附群公，凤翥[(3)]卷阿贮故宫。
德蓄泉深留地沟，神依树老接天通。
终南远带东山霁，太白高悬渭水蒙。
犹有诸生随伏腊[(4)]，一篝寒火读邠风。

**注释：**

(1)此诗录自《周陵志》(简注本)342页。

(2)赵贞吉(1508—1576年):字孟静,号大洲。四川内江人。明代名臣、学者,南宋右丞相赵雄之后。嘉靖十四年(1535)进士,授翰林编修,迁国子司业、左谕德、监察御史、户部侍郎、礼部尚书兼文渊阁学士、掌都察院事、太子太保。去世后获赠少保,谥号“文肃”。著有《赵文肃公文集》《赵太史诗抄》等。

(3)翥(zhù):振翼高飞。屈原《楚辞·远游》:“雌蜺便娟以增挠兮,鸾鸟轩翥而翔飞。”

(4)伏腊:古代两种祭祀名称。“伏”在夏季伏日,“腊”在农历十二月。此指伏祭和腊祭之日,泛指节日。

## 谒周公庙

太学　温瀚

远云低捧鲁城东,何必丹楹[1]绿节工。

独念易书诗礼在,普天谁不见周公。

**注释:**

(1)丹楹:朱漆的盈柱。

## 谒周公庙

贺邦泰[1]

念重低徊阶树吹红叶,作堆空庭瞻。

俨然衮舄前。头拜[2],却胜尼山梦见来。

**注释:**

(1)贺邦泰:字道卿,江苏丹阳人。嘉靖三十八年(1559)进士,历任福建莆田知事、户部主事,南康、廉州、琼州太守,按察使等职。

(2)衮舄(gǔn xì):古代一种复底鞋。

## 谒周公庙

韩廷芳[1]

衣冠今日谒三公,祠宇何人结构同。
礼乐兴来推作圣,纪纲[2]重处暮流风。
化行勿剪棠荫远,梦兆飞熊渭水通。
夹辅周王勋业在,万年血食[3]此山中。

**注释:**

(1)韩廷芳:山西洪洞县人,嘉靖三十八年(1559),任陕西岐山知县,勤政爱民,政绩斐然,统领精心编修《岐山县志》,并在周公庙创建书院。

(2)纪纲:网罟的纲绳,引申为纲领。

(3)血食:古代杀牲取血以祭祀,故名。

## 谒周公庙

梁建廷[1]

周公庙宇贮卷阿,古木参天凤窠[2]。
德备先朝光日月,道流后世配山河。
精忠昭感风雷护,达孝默通神龟呵[3]。
甚矣吾衰劳孔梦,衮衣难见思如何。

**注释:**

(1)梁建廷:陕西岐山县凤鸣镇人。万历四十三年(1615)第三乡魁,四十四年(1616)进士。历任大理寺寺正、四川主考、河南知府、山东副使、川南参议、湖广布政使等职。曾撰《重修周公庙记》，载于岐山旧志。

(2)凤窠：织成凤凰形的团花。

(3)神龟：传说中有灵异的龟。呵：助词，同“啊”。

# 谒周公庙

王藻(1)

驰驱揽辔鲁城东(2)，元圣遗祠入望中。
百年礼乐流风在，万代东征伟烈隆。
葱郁松筠增秀色，巍峨殿宇享尊崇。
自从赤舄几几后，更有何人复继公。

**注释：**

(1)王藻：福建建瓯人，进士，曾任山东巡按。

(2)驰驱：策马疾驰；揽辔：挽住马缰。

# 谒周公庙

胡明喜(1)

揽辔临岐庙，登高望镐京。
天台祥凤远，灵囿玉泉明(2)。
人起周南思，莺为故国声。
异时怀太古，落日望含情。

**注释：**

(1)胡明喜：字两河，安徽霍邱人，嘉靖二年(1523)任宁乡县知县，后历任巡按甘肃御史、巡按陕西监察御史提学御史、提督北直隶学校御史。武都万象洞有其《游万象洞》题壁墨迹。

(2)灵囿:原指周文王园囿名,泛指帝王畜养动物的园林,比喻精粹汇集之所。

## 谒周公庙(二首)

李恪　推官

### 一

道学薪传衍自公,当时吐握意何穷。
胡为也厌人年老,不入尼山一梦中。

### 二

流言鼎沸满城豗[1],何事瞥然主鉴开[2]。
自是血诚[3]迸现处,启縢原不倩[4]风雷。

**注释:**

(1)豗(huī):撞击,撞击声。

(2)瞥然:忽然,迅速地。主鉴:明鉴,判断。

(3)血诚:血诚:犹赤城,谓极其真诚的心意。

(4)倩:别人替自己做事。

## 周公庙即鲁太庙也拜谒有感

解宋[1]

高甍[2]远矗晴云起,飞文[3]犹想当时紫。
王家殊念周公劳,大庙曾分天子礼。
追怀天子谆谆问,鸣鸟不闻有遗韵[4]。

我来观感但低回，门外悲风日生晕。

**注释：**

(1)解宋：河北定兴人，明嘉靖进士，曾任副使等职。

(2)甍(méng)：屋脊；屋栋。

(3)飞文：谓散布诋毁、诽谤他人的匿名文书。

(4)鸣鸟：指凤凰；鸣啼的鸟。遗韵：前人留下的诗赋，诗文的气韵风格。

## 拜周公庙适大雷雨有感(1)

张孚敬(2)

雄云拥周堵，隙日耀丹楹。
系马门前树，拜乘阶草晴。
冕舄坐端默，如有当时情。
风雷为谁作，能不念王明。
嗟余独深会，路滑忘归程。

**注释：**

(1)此文录于《周陵志》(简注本)300页。

(2)张孚敬(1475—1539年)：本名张璁，字秉用，号罗峰，后因避讳，由明世宗朱厚熜钦赐名孚敬，字茂恭。浙江温州龙湾区三都人。嘉靖年间重臣，“大礼议”事件中重要人物。官至内阁首辅、大学士，世称“张阁老”，因在位期间清廉奉公，赐称“太师”。卒谥“文忠”。著有《礼记章句》《大礼要略》《罗山奏疏》《罗山文集》《正先师孔子祀典集议》《金縢辨疑》《杜律训解》《敕谕录》《谕对录》《钦明大狱录》《霏雪编》《嘉靖温州府志》等。

## 谒周公庙见陈中丞祭器作

吕光洵(1)

元功翼大宇，崇祀报文公。
午日当庭赤，如写前人忠。
中丞仗节钺，雷雨满山东。
鲁乡怀往烈，虔颁俎豆隆。
牺饰青黄段，螭治赤鄞(2)铜。
还知承紫诏，笃棐(3)后先同。

**注释：**

(1)吕光珣(1508—1580年)：字信卿，号沃洲，浙江新昌人。嘉靖十年(1531)中举，次年中进士，授翰林院庶吉士，历任福建崇安县令、江苏溧阳县令、河南监察御史。

(2)螭：古同“魑”，古代传说中一种没有角的龙。鄞(yín)：古地名，春秋时属越，今浙江宁波鄞州区。

(3)笃棐：结实的木排。

## 谒周公庙和苏韵

梅友松(1)

姬图八百绩多公，却喜旬宣(2)过故宫。
指点山原永脉润，神依衮舄梦魂通。
周公六典乾坤并，王祀千年烟雾蒙。
谩向黍离思凤鸟，卷阿今日正飘风。

**注释：**

(1)梅友松：字号茂卿，四川内江人，嘉靖乙丑年(1565)进士，历任参议、副使、参政、山西按察使、陕西右布政使，都察院右佥都御史、延绥巡抚、兵部侍郎。万历十八年（1590）九月丙寅，以洮河失事论罪，革职为民。

（2）旬宣：周遍宣示。

## 谒周公庙和苏韵

樊懋贤[1]

吾兹白昼见周公，翠蓧[2]寒烟锁閟宫。
凤去朝阳冈尚在，泉流润德地能通。
乾坤无复悲离黍，今古惟同诵雨蒙。
谁种白榆千岁外，衮衣长带武夷风。

**注释：**

（1）樊懋德：字晋甫，自号宁澹居士，四川内江龚家乡人。隆庆丁丑（1567）中举，历任广东监察御史、山西巡抚。著有《古本参同契注疏》《明发堂稿》《学业通》等。爱好书法。主持重建了西安钟楼。

（2）蓧（diào）：为古代一种竹编的耘田农具，这里当为“剪”意。

## 谒周公庙（二首）

罗澄[1]

一

试向周公梦里游，殷勤沥洒荐牲羞。
连山四面青岚润，嘉树千章翠荫稠。

书纪金縢忠孝在，诗传赤舄德勋优。
宣尼梦寐思相见，何兴微生拜冕旒[2]。

二

驻节[3]登周邸，披图考旧踪。
甘泉名润德，胜地接邠风。
丹凤遗空穴，青山绕故宫。
黍离谁复叹？芳草夕阳红。

**注释：**

(1)罗澄：明代人，曾任行人之官，掌传旨、册封等事。

(2)冕旒：指古代大夫以上官员的礼服冠，后专指王冠、皇冠。

(3)驻节：旧指高级官员住在外地执行公务。

# 谒周公庙

薛纲[1]

一

一从姬辙驾言东[2]，禾黍离离满閟宫。
不睹高冈仪彩凤，徒瞻遗像被华虫。
泉流岐下千年泽，乐作人间万世功。
愧我身非行道具，登堂恍在梦魂中。

二

岐下泉流落渭滨，周公德泽与俱兴。

随时盈涸非无本，兆岁丰凶若有神。
波及膏腴[3]偏得利，暖涵花木易为春。
我来易得分余勺，满腹清甘味圣人。

**注释：**

(1)薛纲：字子纲，明朝进士，拜监察御史、陕西巡按使、云南布政使。

(2)驾言：此处意为出游，出行。

(3)膏腴：肥沃。

## 谒周公庙

成始终[1]

### 一

鼎湖[2]龙去众心危，六尺之孤[3]仗尔为。
一代君臣遭际[4]日，方方[5]礼乐备明时。
疏松流水存孤庙，芳草斜阳卧断碑。
闻说岐山有遗迹，至今麟凤[6]亦来仪。

### 二

持节西来道路长[7]，从君登览过岐阳。
清泉一脉通龙尾，翠嶂千年出凤凰。
露草凄迷遗碣在，秋雨零落古祠荒。
仰怀至圣无由见，愁听悲风起白杨。

**注释：**

(1)成始终(1403—1463年)：明代著名诗人、琴人，字敬之，号澹庵，江苏无锡人，正统四年（1439）己未登进士，授行人，擢御史，升任湖广按察佥事。有《澹轩集》。

（2）鼎湖：指帝王崩逝，此处指周武王姬发病逝。

（3）六尺之孤：本指未成年的孤儿，此处指年幼的姬诵，即后来的周成王。

（4）遭际：犹遇到。

（5）方方：形容人遇到紧急情况时能够从容镇定。备明：明确完备。

（6）麟凤：麒麟和凤凰，比喻才智出众的人。

（7）持节：古代使臣奉命出行的凭证。

# 谒周公庙（二首）[(1)]

陶钦皋[(2)]

## 一

鲁国周公庙，荒冈积雨深。
乾坤经世业，文武宪天心。
尚忆封唐叔，尤怜挞伯禽。
灵光隔秋草，伫望[(3)]欲沾襟。

## 二

周公庙侧黍离离，传是灵光旧殿基。
纵使更操延寿赋，萧条钟鼓已多时。

**注释：**

（1）此文录于《周陵志》（简注本）300 页。

（2）陶钦皋：江西彭泽县定山镇人，字克允，嘉靖二十三年

(1544)进士,任福建御史。其兄陶钦夔为浙江道御史、河南布政使。

(3)伫望:久立而远望。

# 谒周公庙(二首)

李贞[1]

## 一

凤冈高处三公庙,瓣得心香一拜之。
渭水岐山晴映带,春云晓树郁参差。
普天厚德归王室,列圣同心并我师。
最爱当年和宇宙,相传今日荷明时。

## 二

伏谒三公庙,思周动我心。
甘棠遗爱远,苔荫古祠深。
赤舄遭疑谤,丹书赖砭箴[2]。
徘徊不忍去,绿树喜成荫。

**注释:**

(1)李贞(1303—1378年):江苏盱眙人,明朝开国功臣李文忠之父。娶明太祖朱元璋的二姐朱佛女(后追封曹国长公主)。

(2)砭箴:古代用石针治病,后借喻为纠谬、规谏。

# 周公庙(二首)

张楷[1]

## 一

行人何处吊西周,文宪祠前草树秋。
凤鸟不来清梦断,黍离偏入客心[2]愁。
山围废殿依稀在,竹绕清泉寂寞流。
却笑居民更知绝,一香炉火配先牛。

## 二

八百姬图迹最优,千年遗庙在岐周。
曾因明主陈无逸,没为乡人锡有秋。
凤鸟不来山寂寂,乌鸦飞尽水悠悠。
自从违却宣尼梦,万古何人继大猷[3]。

**注释:**

(1)张楷:浙江慈溪人,永乐二十二年(1424)进士。历任江西道监察御史,陕西按察佥事、副使都察院右佥都御史。卒于天顺四年(1460)十一月,终年63岁。

(2)客心:旅人之情,游子之思。

(3)大猷:治国大道。

# 周公庙古楸行[1]

康海[2]

岐山西北周公殿,回山揖岫[3]纷如靛。

殿前古木无数交，老楸郁郁当前面。
根盘后土谁能测，柯动云霄人共羡。
风来扫拂剥山壁，雪重崔嵬若惊𪩘[4]。
此楸植此知何年，十人联臂围难遍。
皴皮怒起蛟龙甲，鸣叶甘同雷雨战。
群公观视各叹息，始知灵物非常见。
秋空漠漠双鹤来，岐山千迭云锦开。
览时抚景虽多暇，回首古人安在哉。
方今群盗各草窃，河北河南俱愁绝。
焚灼浑无片瓦存，参天那许孤标[5]孑
岂系朝廷约束疏，由来长吏风声缺。
徐李俱传治郡豪，苏生亦是郎官杰。
保护须令尽细微，扶持未可辞襟褉[6]。
忆昔西周全盛时，越裳航海亦来仪。
熙功隆效今犹赫，况在当年亲见之。
自存扆转东周后，王室削弱如培塿[7]。
八百独羡钦宝历，一线谁怜延虎口。
我今憩此百感生，诸生各尔负时名。
幸逢天子忧勤日，好遣周公礼乐行。

**注释：**

(1)此诗录自《周陵志》(简注本)343 页。

(2)康海(1475—1540 年)：字德涵，号对山、沜东渔父，陕西武功县武功镇浒西庄人。明代状元，秦腔鼻祖，史学家、文学家、戏剧家。弘治十五年(1502)，通过殿试，遂登进士第一，大魁天下，任翰林院修撰、充经筵讲官。文学史上的明代“前七子”。

(3)揖岫：古代的拱手之礼。

(4)崔嵬：有石头的土山；𪩘：大小成两截的山。

(5)孤标：山、树特出的顶端。孑：孤单。

(6)禊(xì)：古人消除不祥之祭，常在春秋两季在水滨举行。

(7)培塿：小土丘，比喻东周的衰微。

# 题周公庙

杨美益[(1)]

岐山之下圣人生，岐山之上凤凰鸣。
伤哉高道已遐邈[(2)]，九苞瑞羽归沧瀛[(3)]。
南流滴滴珍珠水，灵鸟不饮空长清。
迩来[(4)]四野无青草，高岗安得梧桐老？
我今载歌云汉章[(5)]，令人千古思丰镐。
熙时应有鸾凤俦，谁为周民济枯槁。
北山之麓有涌泉，里人曾说可占年。
王风不作泽已竭，凤兮何处常翩跹？
庙前郁郁松与柏，无闻鸟雀喧苍烟[(6)]。

**注释：**

(1)杨美益(1515—1578年)：字以谦，号受堂，智房杨茂格子。浙江宁波人。嘉靖二十五年(1546)举人，嘉靖二十六年(1547)会试，中进士。

(2)遐邈：此处意为久远。

(3)瑞羽：指凤凰。沧瀛：沧海，大海，指东方海隅之地。

(4)迩来：最近以来。

(5)云汉章：银河、浩瀚星空或宇宙；喻帝王的美德。

(6)苍烟：苍茫的云雾。

# 谒周公庙

杨楠[1]

一

古今谁不仰周公，郁曲深山留故宫。
绿竹摇风仪凤去，清泉浴月钓溪通。
壁图圣迹人可想，苔荫残碑字已蒙。
歌咏《卷阿》归去后，寒云老树吼秋风。

二

姬菉延绵独赖公，三朝驾粜在王宫。
六官制作乾坤远，一点忠诚雷电通。
泉水地中流洙泗，岐峰天表接鸿蒙[2]。
我拜庙廷瞻赤舄，几几犹似古豳风。

**注释：**

（1）杨楠：字伯直，陕西岐山人，嘉靖壬子（1552年）举人，潜心于理学，曾任山西霍县知县，赠中宪大夫。

（2）鸿蒙：远古时代。

# 题周公庙

同知　尹之觉

一

岐周姬运熄，凤鸟梦中闻。

泉品揭润德，碧霞杂秋云。
脉脉递涯涘[1]，地骨封苔纹。
裟萝抚落木，气候微斜曛[2]。
元圣启遗庙，磐石碑斗文。
画壁啸山鬼，长跪挹灵氛[3]。
别馆坐轩豁[4]，时引黄冠群。
不复字三千，那为夸者云。
驱车返郡郭，一勺同曹分[5]。

## 二

寂寞岐山下，不闻威凤鸣。
北风沙浪起，西岐犵驼惊。
寂寞岐山下，犹传鸣凤凰。
景风吹不定，契阔碧梧冈。
尚想姬周日，闻之稻黍扬。
喈喈遗汗竹，文彩嗣成康。
化国晴曦耀[6]，雒翰布流光[7]。
珍重吐奇音，丹学还舒□[8]。

**注释：**

(1)涯涘：水的边际，引申为尽头。

(2)斜曛：黄昏，傍晚，日落的余晖。

(3)灵氛：古代占卜吉凶者。

(4)轩豁：高达开阔；轩昂开朗，气宇不凡。

(5)同曹：比喻贤愚部分。

(6)曦耀：多指早晨的阳光，微明。

(7)流光：福泽流传后世。

(8)原文缺失1字。

# 谒周公庙[(1)]

雍焯[(2)]

千年遗宇今仍在，万古人文岂可忘。
庶有相传裔庶姓，岁时香火护宫墙[(3)]。

**注释：**

(1)此诗录于《周陵志》（简注本）300 页。

(2)焯：同灼。

(3)宫墙：宫殿围墙，借指朝廷。

# 谒周公庙（三首）

进士　秦中

一

何勋翼殿古岐前，满世流言独泰然。
辅导丹心同日月，周民感慕贯终天[(1)]。

二

环岐四面景多妍，绿野红林笔懒传。
润德古泉关治乱，凤巢鹭鹭遗空巅。

三

冢宰当年觐五侯，裁成礼乐壮成周。
金縢既启禾麻反，管蔡才诛奸宄[(2)]愁。

文武助劳不显著，唐虞治道复悠游。
弼成万寿无疆颂，永缵[3]皇图八百秋。

**注释：**

(1)终天：终身，整天终日。

(2)奸宄(guǐ)：犯法作乱的人。

(3)缵(zuǎn)：继承。

# 题周公庙(四首)

杨一瑞

## 一

庙祀岐山即故都，圣人已远道何如。
一元心永昭天地，不在当年六典书。

## 二

元圣成周笃棐功，空留庙貌枕宠嵸[1]。
传来礼乐同泉水，润溉人间泽不穷。

## 三

人古人今道不同，何人梦里会周公。
周公自有真传在，圣道相传在一中[2]。

## 四

苍姬已逝公还在，彩凤无鸣庙自存。
谁步忠贞臣一个，光依红日照乾坤。

**注释：**

(1)岪崧：山势高耸。

(2)一中：一个中国。

# 鲁太庙即周公庙

吴宏济[1]

檐鸟如有情，鲁颂赓[2]遗韵。

树分千羽行，欲受宣尼问。

**注释：**

(1)吴宏济：字汝辑，浙江秀水人，万历十四年(1586)进士，万历间任湖北蒲圻县令，后擢御史。

(2)赓：继续；连续。

# 周公庙十咏

陈纪[1]

## 一

### 赐田东野

东野成田恩固深，即更姓氏到如今。

名君之鲤将同义，千古犹存授受心。

## 二

### 望父西台

荒草斜阳一古台，春风游子几徘徊。

登高不尽依依望，殊世同情两地哀。

## 三

### 灵光旧址

重开古殿见天心，旭日争光映上林。
不是宸游经鲁甸，至今芳草尚深深。

## 四

### 问礼遗踪

问礼当年止问心，馨香[2]对越欲神歆。
相看祭事多疑事，庙内春秋直到今。

## 五

### 苏杨呈瑞

金鳞铁干踞丹墀，直拟虬[3]潜窟穴时。
一自龙飞泰岱浚，枝枝叶叶向云麾。

## 六

### 古庙重辉

颓残榱桷已多年，轮奂重辉出上传。
小子何缘效殚力，也留数字亘平川。

## 七

### 寒柏回春

苍苍寒柏老庭墀，忽润青葱上甲时。
一自龙飞泰岳峻，枝枝叶叶向天旎。

## 八

### 缝衣翰博

从来仕爵一缝衣，翰博新承赐锦归。
圣帝殊恩追圣德，遥看奕叶紫纶飞。

（以上八咏刻石碑于曲阜周公庙达孝门下南墙，立于明朝，石高39厘米，宽60厘米。陈纪书，行书。共26行，每行16字。残为7块，已修复。）

## 九

### 甦杨呈瑞

阙里东隅姬圣祠，忽看枯木长新枝。
上元花甲萌条日，奕叶人文挺干时。
漫拟虚心同韵竹，直将祯瑞(4)比灵芝。
向荣樾荫犹欣遇，况复天生礼乐师。

## 十

### 望父台

望父空余望父台，西京夹辅未归来。
只今惟有东山月，曾照当年陟岵哀。

偕友同登望父台，春风拂拂燕归来。
柱头鹤返知何日，越水尼山各自哀。

**注释：**

(1)陈纪(约1450—1503年)：字叔振，号省庵，福建福州市仓山区下渡人，成化五年(1469)进士，选翰林院庶吉士。

(2)馨香：芳香。

(3)虬(qiú)：虬龙；拳曲。

(4)祯瑞：犹祥瑞。

## 周公庙即鲁太庙

何如申[1]

勋劳大许祀文王，柷敔笙镛[2]振此堂。
今日但闻争树鸟，啁啾[3]疑似和锵锵。

**注释：**

(1)何如申：字仲嘉，号虚白，安徽枞阳石矶镇何家青山人。万历二十六年(1598)和弟弟何如宠一起考中进士，被授予户部主事，后为处州知府、浙江右布政使。著有《万伯遗诗》。

(2)柷敔笙镛：均为乐器名。

(3)啁啾：本指形容鸟叫声，此处为乐器齐奏的声音。

## 登曲阜县城望周公庙

周朝瑞[1]

极野含秋净，城高欲暮天[2]。
犹遗鲁宫在，何处是祊田[3]。
萧索[4]丘垄平，魂冷春秋烟。

功名振往古,一叶晚风前。

**注释:**

(1)周朝瑞(? —1625 年):明代政治家,著名的东林党人。字思永。山东临清人。万历三十五年(1607)进士,授为中书舍人、吏科给事中。

(2)暮天:傍晚的天空、天气。

(3)祊田:古代周天子祭祀泰山时,因汤沐之需而圈定的地域。

(4)萧索:萧条冷落,凄凉。

## 鲁灵光殿即今周公庙

陆锡恩[1]

原借周公德,岿然此独存。
云霞浸绮丽[2],日月烂朝昏[3]。

**注释:**

(1)陆锡恩:万历二十三年(1595)乙未科殿试金榜第三甲第四十一名同进士出身,后任四川刑部主事。

(2)绮丽:风光美丽。

(3)朝昏:早晚;日子,生活。

## 星　台

高　出[1]

千秋逝矣美人哉,缥缈天中百尺台。
圭刻茫茫人不识,犹余佳气日徘徊。

**注释：**

(1)高出(1579—1630年)：字孩之，浙江海盐徽村人。万历二十六年(1598)进士。历任山西曲周、河南卢氏两县知县及户部主事、郎中，江南布政使司参议，陕西按察使，辽东监军道等职。著有《镜山庵全集》。

## 观星台

高　出

山豁阳城[1]内，云涵颍水东。
观台衔睥睨[2]，漏刻隐蒿蓬[3]。
泉注丹型旧，铭湮石磴同。
风雷遭忽仄，天地化当中。
立业繁周室，星辰拥汉宫。
登临美人思，千古慨无穷。

**注释：**

(1)阳城：在今河南登封东南告成镇附近。

(2)睥睨：本指斜视，这里指歪斜的意思。

(3)蒿蓬：泛指杂草、野草。

## 测景台

李世德[1]

春日初登万丈台，好山四面画屏开。
天中一测无余算，万古还输元圣才。

**注释：**

(1)李世德：河南登封人，官至南京户部主事。嘉靖《登封县志》收其诗10余首。

## 无影台

李世德

覆载无垠处处同，古人曾此费经营。
一从测立天中后，千载华夏界限明。

## 测景台

厉仲彰(1)

周公初建洛，昌运此时开。
天子垂衣(2)坐，诸侯执玉(3)来。
仁风涵九有(4)，王气接三台(5)
余烈今犹在，江山绕废台。

**注释：**

(1)厉仲彰：弘治十二年(1499)《河南志》署有“东嘉陈宣监修，洛阳乔缙编修，古藤崔誉、东鄞厉仲彰同校”。约为明成化、弘治年间人。

(2)垂衣：垂衣裳。谓定衣服之制，示天下之礼。后用以称颂帝王无为而治。

(3)执玉：执玉圭。古代以不同形制区别爵位。

(4)九有：九州。

(5)三台：古时天子有灵台、时台、囿台，合称为“三台”。唐代徐坚《初学记》卷二四《台第六·叙事》：“灵台以观天文，时台以观四时施化，圜台以观鸟兽鱼鳖。”

# 测景台

伦文叙[1]

天地之中，土圭可测。
阳城之地，表景斯得。
周公肇建，以占洛极。
王城既成，百度交式。
更汉历唐，以宪以则。
虽小厥用，遗规孔饬。
神灵守护，靡有薄蚀。
迤于近代，莫之保啬[2]。
弃置榛莽[3]，震撼攲刻。
方围外攲，中径潜泐。
有美张公，见之太息[4]。
釐复旧规，拓土披棘。
守令克贤，继踵葺饰。
门壁神祠，如翚矫[5]翼。
过辄耸瞻，居民诫敕[6]。
后人有作，噫畴之德。

**注释：**

(1)伦文叙(1469—1513年)：字伯畴，广东南海人。弘治十二年(1499)进士第一，授翰林编撰，官至右春坊右谕德。著有《迂冈集》《白沙集》。

(2)啬：爱惜。

(3)榛莽：丛杂的草木，喻荒乱。

(4)太息：长声短气。

(5)翚(huī):古书上有五彩羽毛的雉。矫:高举。

(6)敕:皇帝的诏令。

# 测景台

魏校[1]

望气观星古有台,巍然中土此奇哉。
玑衡[2]度数昭天象,泽遗后世仰多才。
衮衣赤舄劳恩后,不必尧阶蓂荚[3]开。

**注释:**

(1) 魏校(1483—1543年):字子才,自号"庄渠",江苏昆山人,弘治十八年(1505)进士,历任南京刑部、兵部郎中、国子祭酒、太常卿。著有《大学指归》《六书精蕴》。

(2)玑衡:璇玑玉衡的简称。古代观测天体的仪器。

(3)蓂荚:古代瑞草名。

# 周公测景台

王洙[1]

周公祠宇尚中天,一瓣香烧岂素缘。
景正嵩阳分晓暮,山宗黄盖列曾玄。
千年台照寒空月,万井春余碧树烟。
制作至今犹想见,当时谁赋《黍离》[2]篇。

**注释:**

(1)王洙(1485—?):字崇教,号一江,浙江临海人。弘治八年(1513),南京国子监举人、进士,历任行人司副、刑部尚书郎、河南按察佥事、广东左参议。著有《宋史质》。

(2)《黍离》:《诗经 王风》中的篇名。

## 登测景台

叶秉敬[1]

朝出阳城雾色笼,登台如梦见周公。
临高洞识阴阳会,册景全看天地中。
二室云开花烂漫,千畦泉绕玉玲珑。
前荆指点石淙路,马首徘徊未忍东。

**注释:**

(1)叶秉敬(1562—1627年):字敬君,号寅阳,浙江衢州衢江区峡川镇人。万历二十九年(1601)进士,历任工部都水司主事、提督河南学政、江西布政使司、大中大夫、右参政、荆西道布政司参议等职。著有《兰亭讲会》《千字说丈》《韵表》《字学疑似》《诗云纲目》等书。编纂《衢州府志》。

## 星台望远

傅梅[1]

成周礼乐久尘埃,吊古强登百尺台。
满目浮云何处望,愁看洛水自西来。

**注释:**

(1)傅梅(1565—1642年):字符鼎,河北邢台人。万历十九年(1591)中举。万历三十五年(1607)授登封知县。后历任刑部主事、台州知府,死后,朝廷追赠太常寺少卿。乾隆时,谥"忠节"。著有《嵩书》。

## 再过嵩少遂观于测景台并石淙

文翔凤[1]

直扑莲花峭壁来，清飞岳色[2]欲浮杯。
流云忽作千峰想，洗眼[3]重悬一镜开。
匹练[4]佳岩天上水，寻圭测影日中台。
须臾石丈罗如纣[5]，倚涧迎人似爱才。

**注释：**

(1)文翔凤：字天瑞，号太青，文在中长子，陕西旬邑人。万历庚戌(1610)进士。任山东莱阳、河南伊县、洛阳县县官时，文学、政事都很出名，后升为南京光禄寺少卿。他不去赴任而回故里，闭门著《太微》以维护《易》，作《金陵六赋》《太微经》20 卷，《九极篇》《文太青文集》《豳谷考》《豳防议》等。

(2)岳色：山峦的风光。

(3)洗眼：仔细观看。

(4)匹练：成匹的长幅白绢，比喻瀑布。

(5)石丈罗如纣：奇石的代称。

## 春日谒周公祠观测景台次壁间韵

郑大原[1]

元圣当年曾测景，巍峨庙貌石淙浔[2]。
阶前台榭余芳草，门外山川映古林。
观象已知超远略[3]，量天更见识玄心[4]。
我来肃戒明祀典，漫向碑前续赏音[5]。

**注释：**

(1)郑大原：山西长治人。举人，明初任登封知县。

(2)石淙：在今河南登封东南三十里。浔：水边深处。

(3)远略：深远的谋略，经略远方。

(4)玄心：能彻悟事物的玄理奥义的心。

(5)赏音：知音。

## 嘉禾(1)

屠中孚(2)

圣诗无奈地灵何，种稑(3)偏抽瑞应多。
删后幸教留得序，若知吾土郡嘉禾。

**注释：**

(1)此诗录于周公嫡裔山东汶上县姬姓六卷本家谱卷穴。

(2)屠中孚：明朝浙江省嘉兴人，字德允，参与编修《嘉兴志》。

(3)稑：后种而先熟的谷物。

## 御制曲阜周公庙碑

爱新觉罗·玄烨(康熙)(1)

世运代嬗(2)，隔越千载，必有神哲挺生其间，以承大统，以作名世。惟公体上圣之质，绍祖考之德，左右宁王，厥勋烂矣，及乎负扆，能以勤劳寅恭，惇大忠信之道，翼赞其君(3)，太和恰而颂声作焉，夫功莫大于致治绥邦(4)，业莫隆于制礼作乐。公身兼数器，开物成务(5)，其庞鸿炳烁之烈(6)，既已载于诗、书、志诸史册。至于系爻辞，定官礼，撰尔雅，出言为经，又何博奥难穷也。昔孟子论列古帝王，至于公曰："兼三王施四事。"而韩愈亦历数尧、舜、禹、汤、文、武以至公，盖道统之传，如此岂仅以治理之彰彰者欤！遥想风徽官公遗嗣[7]，俾昭世泽于无穷[8]，既命有司新公庙貌希慕之余[9]，勒石颂德而系之以诗，曰：

邃古民朴，混混茫茫。
列圣经纶，肇轩迄商。
叙厥伦纪[10]，贲以采章[11]。
公兼二代，揆时立制[12]。
有因有除，礼明乐备。
体国经野，咸理万汇[13]。
集武之勋，绍文以孝。
代成诚民[14]，并孔立教。
为子为臣，是则是效[15]。
宗邦绵历，忠厚所贻。
瑱珉载镌，作颂致思。
凫绎同峙，亿祀为期。

康熙二十六年夏四月[16]

**注释：**

（1）清圣祖爱新觉罗·玄烨（1654—1722年）：清朝第四位皇帝，清定都北京后第二位皇帝（1661年—1722年在位），年号康熙。蒙古人称为恩赫阿木古朗汗，西藏尊称为"文殊皇帝"。顺治帝第三子，生母为孝康章皇后佟佳氏。14岁亲政，在位61年，是中国历史上在位时间最长的皇帝。他是统一的多民族国家的捍卫者，奠定了清朝兴盛的根基，开创出康乾盛世的大局面，有学者尊之为"千古一帝"。庙号"圣祖"，谥号"合天弘运文武睿哲恭俭宽裕孝敬诚信中和功德大成仁皇帝”，葬于景陵。传位于第四子胤禛。

(2)世运代嬗：世间前后盛衰治乱的递迁、演变、更迭变化。

(3)翼赞：辅佐。

(4)绥邦：安定国家。

(5)开物成务：通晓各种事物的道理，按理行事。

(6)庞鸿炳烁之烈：浑然宏大，光彩闪耀。

(7)风徽：风范，美德。遗嗣：后代，后裔。

(8)俾：使。

(9)有司：有关部门的官吏。希慕：仰慕，羡慕。

(10)伦纪：伦常纲纪。

(11)采章：多指有彩纹的旌旗、车舆、服饰等，借指官吏，喻才华。

(12)揆时：审度时势

(13)咸理万汇：治理万物。

(14)代成诚民：使百姓和谐。

(15)是则是效：以君子为准则，并效法它。

(16)康熙二十六年：公元1662年。

# 谒元圣祠(五首)

爱新觉罗·弘历(乾隆)[1]

## 一

乾隆十三年(1748)戊辰仲春戊寅，圣驾幸鲁，御制周公庙诗：

册府传宗国,銮舆[2]莅葆祠。
所钦惟在道,只谒亦云宜[3]。
爻象先开孔,保衡后继伊。
昭哉官礼法,万古式勤施。

## 二

乾隆二十一年(1756)丙子季春己巳,圣驾幸鲁,御制周公庙诗:

东山宗国重巡狩,元圣崇祠设苾芬[4]。
三吐有勤殷接士,一篇无逸训为君。
辅成迹不同迁甲,忠武心原为孝文。
官礼雎麟共条贯[5],诸家注解惜徒纷。

## 三

乾隆二十七年(1762)壬午春正月丙午,圣驾南巡。甲寅,御制诗赐周公庙:

遗祠近可寻,古树峙清森。
于子孝为笃,为臣忠允谌[6]。
六封难考昔,八佾岂犹今。
成赐伯禽受,或非公本心。

## 四

礼乐自姬宗,惟公创所从。
庙非八佾舞[7],庭有百年松。
文子克成孝,武臣真是恭。
宣尼欲梦见,夫岂在形容。

## 五

乾隆甲辰(1784)仲春,御制诗:

终始不离周,惟公心笃悠。
至今斯庙食(8),万古祖儒流。
东国成迎切,金縢武病瘳(9)。
英王有同躅(10),冤雪沛恩优。

**注释:**

(1)清高宗爱新觉罗·弘历(1711—1799年):清朝第六位皇帝,入关之后的第四位皇帝。年号乾隆,寓意"天道昌隆"。25岁登基,在位60年,禅位后又任三年零四个月太上皇,实际行使国家最高权力长达63年之多,他在康熙、雍正两朝文治武功的基础上,进一步完成了多民族国家的统一,社会经济文化有了进一步发展。享年89岁。庙号高宗,谥号"法天隆运至诚先觉体元立极敷文奋武钦明孝慈神圣纯皇帝"。葬于清东陵之裕陵。

(2)銮舆:亦作銮驾,指天子、换地的车驾。

(3)云宜:适宜,宜人。

(4)苾芬:本指祭品的馨香,指代祭品。

(5)条贯:做事的顺序或手续。

(6)谌(chén):相信;诚然,的确。

(7)八佾:周天子用的舞乐。舞队纵横各八人,共六十四人组成。

(8)庙食:死后立庙,受人奉祀,享受祭飨。

(9)病瘳:疾病痊愈。

(10)躅:足迹。

# 仗 钺

吴裕中[1]

势当受钺时，可以占恩契。
太公亦周亲，毕竟付王弟。

**注释：**

(1)吴裕中：福建建瓯人，举人，道光二年(1822)任浙江景宁县知县。《鹤峰县志》刊有其《万洞》《鹤峰竹枝词》等诗词。

# 周公墓

孟之桂

碧草离离土一丘，丰碑犹共指宗周。
绵延云叶传东野[1]，凭吊骚人[2]自朔州。
老柏翠凝零雨湿，乱蛩[3]声断筑场秋。
衮衣赤舄传心处，疑有风雷起陇头。

**注释：**

(1)云叶：浓密的叶子，意为后裔姓氏很多，东野氏是周公嫡裔。

(2)骚人：泛指忧愁失意的人，狭义为多愁善感的诗人。

(3)乱蛩：蛩指蟋蟀，乱蛩表达的应该是一种清愁。

# 谒周元公墓[1]

柏景伟[2]

最是流言恐惧时，东征未敢稍淹迟[3]。

风雨只虑室家毁，雷电能销君相疑。
直破斧戕戡小腆[4]，遂成官礼著宏规[5]。
至今文武成陵侧，元祀宗功剧可思。

**注释：**

(1)此诗录自《周陵志》(简注本)307页。

(2)柏景伟：晚号沣西老农。陕西长安人。咸丰五年(1855)举人，授定边县训导、知县。

(3)淹迟：缓慢；迟缓；延缓。

(4)小腆：小国。

(5)宏规：宏大的规划。

# 周公庙

高一麟[1]

定鼎夙推卜宅功，岿然一庙镇天中[2]。
阴阳风雨屯王气，洛水年年尽向东。

**注释：**

(1)高一麟(1635—1709年)：字玉书，号矩庵。清代河南登封界头村人。岁贡，曾任登封县训导。曾在嵩阳书院讲学。著有《理学标正》《闽游记事》《矩庵文汇》等传世。

(2)天中：天的中央。

# 周公庙

颜光猷[1]

洛阳城畔彩云通，八百卜年辙自东。
定鼎不知何处所，空余祠庙祀周公。

**注释：**

(1)颜光猷(1638—1710年)：字秩宗，号澹园，明末河间知府颜胤绍之孙，清廪生颜伯璟长子，山东曲阜人。康熙十二年(1673)进士，改翰林院庶吉士。授刑部主事、贵州安顺知府、河东道盐运使等职。著有《易理》1卷、《易经说义》2卷、《县志说》、《澹园文集》2卷、《水明楼诗》6卷、《水明楼制艺》2卷等。

## 赞周公词

李大中(1)

康熙五十九年(1720)岁次庚子仲秋吉旦，山东巡抚李大中丞整复阚亭先圣祖诸公之灵爽(2)，立碑以纪功德，系以词曰：

於皇我祖，勋在成周。
制礼作乐，斯道永留。
陕分西岐，封肇东土。
春秋匪懈，庙祀于鲁。
历代缮修，新其轮奂。
銮舆东巡，弥增璀璨。
越三千载，渐即倾圮。
中丞戾止(3)，瞻拜而嘻。
慨念先圣，计欲葺修。
俾神得所，风雨无忧。
恩荷俞允(4)，整复先茔。
诸公妥侑，阚泽肃清。
隙地护收，用佐俎豆。
礿祀蒸赏，千载升臭。

惟公之德，洵莫与争。
开来继往，并懋西京。
惟公之功，允矣巍巍。
训士庇民，堪媲衮衣。
缅彼高山，仰止靡涯[5]。
词不尽美，勒之鼎彝[6]。

**注释：**

(1)李大中：原籍山东昌邑都昌，本姓姜，归旗后改姓李。

(2)灵爽：神灵。

(3)戾止：来到。

(4)俞允：允许，许可。

(5)靡涯：无边无际。

(6)鼎彝：古代宗庙中的祭器，上刻表彰有功人员的名字。也是古代一种烹饪的器具。

## 谒周公庙

许孙荃[1]

召主陕之西，惟公主陕东[2]。
甘棠[3]记古柏，千祀青葱茏。
白首垂钓叟[4]，鹰扬接雄风。
俎豆幸不隔，遗碑摩苍穹[5]。

**注释：**

(1)许孙荃(1640—1688年)：字生洲、四山，今安徽合肥人。康熙九年(1670)庚戌进士，选庶吉士散馆改户部主事，再转郎中，为翰林院侍讲。历官刑部四川司员外郎。官至陕西提学道。康熙十八年(1679)被荐举博学鸿词科，与试未中。著有《慎墨堂诗集》。

(2)召(shào):即召公姬奭,因封在今岐山县西南召邑,称召公或召伯。曾辅佐武王灭商,被封于燕,成王时为太保,与周公分陕而治。

(3)甘棠:树名,即甘棠树。召公巡行乡邑,经常在棠梨树下审理案件,处理政事,深受拥护。

(4)垂钓叟:指吕尚,本姓姜,字子牙。

(5)俎豆:俎和豆都是古代祭祀用的器具,引申为祭祀。不隔:不间断。遗碑:指周公庙内的历代碑刻。

# 岐山谒周公庙

宋琬[(1)]

元圣宫墙枕凤川[(2)],玄裳赤舄貌依然[(3)]。
《金縢》北面铭书日,衮绣《东山》破斧年[(4)]。
古柏萧萧留晚照,周原朊朊润流泉。
丹青半落还堪拂,犹绘豳风《七月》篇[(5)]。

**注释:**

(1)宋琬(1614—1673年):清初著名诗人,清八大诗家之一,字玉叔,号荔裳,山东莱阳人。顺治四年(1647)进士,曾任户部河南司主事、吏部稽勋司主事、陇西右道佥事、左参政。康熙十一年(1672),授通议大夫四川按察使司按察使;翌年,进京述职,适逢吴三桂兵变,家属遇难,忧愤成疾,病死京都。著有《安雅堂集》《二乡亭词》。

(2)凤川:凤凰,传说中的百鸟之王,雄的叫凤,雌的叫凰,常用来形容祥瑞。

(3)赤舄:引用典故。

(4)衮绣:古代天子祭祀所穿的绣有龙的礼服,形容衣着华丽。《东山》:《诗经》中的篇名。

(5)《七月》:《诗经·豳风》中的篇名。

# 谒周公庙(四首)[1]

李因笃[2]

## 一

南面姜嫄画阁开[3],母仪任姒依悠哉。
同牢实定三朝礼,奕叶爰生万古才。
中殿松杉彰合漠,上辛簠簋[4]逮高媒。
登临日午频忘倦,爽气遥分翠巘[5]来。

## 二

冕服光辉识圣颜,高原古壑共跻攀。
树因负扆垂红实,泉近凝旒[6]喷碧山。
诸子推恩群后里,二公配祀两楹间。
为闻遗事探幽去,转涤尘襟竟日间。

## 三

上祀先公最上头,当年制作本辰猷。
有邰一气蕃禾黍,零雨千村散马牛。
俎豆欣看汤沐邑,榱[7]题直压帝王州。
歌豳吹龠吾侪事[8],《七月》天清大火流。

## 四

岐下周公邑,傍山得古庙。

望之似箕掌[9]，南面开阃奥[10]。
公昔为上宰，六官领其要。
抱王依风扆，于此瞻玉貌。
道左勒片石，《卷阿》人相告。
出林写余辉，威风尝震耀。
遗壁数仞下，未知何年造。
篆荒绣作泥，苔雨迷清眺。
老树汉唐物，时闻龙虎啸。
劲飚荡虚岩，空际吹万窍。
秋日缠太阴，累旬敛残照。
忽疑《金縢》启，纷沓雷电燎。
贤圣世相须，废兴难一较。
旷怀揽遐举，流俗宁足道。
明府抗殊姿，率西年正少。
忧民如赤子，洁己凛冰操。
绥涣羽书中，讫蒙宽大诏
慨焉秩无文，殷祀严祝报。
保介重元公，高明神所劳。
老宫费颇繁，空复询邦教。
乃自辇薄禄，修椽支危峤[11]。
塈茨惊忽睹[12]，丹雘喜同効。
燕雀来榆枋，云霄转致笑。
摩天大翮飞[13]，讵可寻常料。
有士亦承学，关诃叨夙好。
论诗分授简，尚忆发初燥。
久客信平原，追陪淹朔徼[14]。

长途呼仍炊，进食每竟漂。
梦想讬周原，吾衰嗟始到。
卬须恃德音[15]，雅兴酣凭吊。
斯构辟雄垣，半峰连巨獠[16]。
先公暨先妣，上殿时递醮。
展谒临衮衣，纡回陟幽峭。
搴帘身已肃，伏地首频頫[17]。
制作留画粉，吴生擅群妙。
雕墙虽渐颓，彩笔哪能效。
岚翠入虚檐，水声流席隩[18]。
移时心目清，不遗酒杯耗。
豳末付公诗，雒中刊公诰。
旧都庇汤沐，先后语怙冒[19]。

**注释：**

(1)此诗录自《周陵志》(简注本)348—349页。

(2)李因笃(1632—1692年)：字子德，一字孔德，号天生，陕西富平县薛镇韩家村人。康熙十八年(1679)荐鸿博授翰林院检讨。明清之际的思想家、教育家、音韵学家、诗人、书法家。著《古今韵考》《受祺堂诗文集》《瓯钵罗室书画过目考》《增校清朝进士题名碑录》。

(3)姜嫄：亦作"姜原"，姬姓始祖姬弃(后稷)之母，帝喾之妻。画阁：彩绘华丽的楼阁。

(4)簠(fǔ)：古代祭祀时盛谷物的方形器皿。簋(guǐ)：古代盛谷物的方形器皿。圆口，两耳。

(5)巘(yǎn)：大山上的小山，山峰，山顶。

(6)旒(liú)：旌旗下边悬垂的饰物。

(7)榱(cuī)：椽子。

(8)龠(yuè):古代的乐器,形状像笛、箫。侪(chái):同辈,同类的人。

(9)箕掌:掌上的箕形纹。

(10)阃(kǔn):指门槛。

(11)峤(qiáo):山道。

(12)塈(xì):涂屋顶。《尚书·周书·梓材》:"若作室家,既勤垣墉,惟其涂塈茨。"

(13)翮(hé):鸟翎的茎,翎管;鸟的翅膀羽毛。这里指鸟类。

(14)徼(jiào):边界,边境。

(15)卬(yǎng 或 áng);古同"仰",仰慕,仰仗。司马相如《长门赋》:"意慷慨而自卬。"

(16)巨嶚(liáo):高峻。

(17)頫(fù):指低头叩首。

(18)隩(ào):河流弯曲处。

(19)怙(hù):谓勤勉治国之大功。

## 排律　周公庙(二首)

李因笃

一

邑望岐阳左,祠临雒水崖。
乾坤愁俭朴,制作待光华。
负扆身弥瘁,营周虑独赊。
向今瞻绣衮,终古奠清笳。
束带微风肃,寒帘落日斜。
镌碑犹大诰,过客尽长嗟。

世降文明逮，功高礼数加。
涧瀍仍召卜，华岳接王车[1]。
翠竹寒鸣雨[2]，苍松俨着华。
虎星驯绘素[3]，葵萸荐明芽。
顷想车书[4]日，恭惟雅颂家。
此生衰未敢，为梦御云霞。
镐室西瞻久，河流北顾遥。

## 二

深心延二代，大烈统三朝。
变起风雷及，恩融伏伺销。
民顽翻后去，译隔更同调。
俎豆于兹秉，讴歌自昔饶。
垂衣蒙旧德，露冕拭崇标[5]。
砌合春阴霭，檐虚雾雪飘。
长廊图钜罍，老树革鸱鸮。
忆下通天谷，徐经抱郭桥。
有文留陆海，遗爱泣渔樵。
暖托粉垣荫，磬闻沃野苗。
问津倚前壑，明发更停镳。

**注释：**

(1)王车：执行王事者所乘的车辆。

(2)鸣雨：狂风暴雨。

(3)绘素：在白色底子上绘画。

(4)车书：泛指国家的文物制度；指推行制度。

(5)崇标：高顶。

# 谒周公庙

桑调元[1]

元公勤笃棐[2]，叔父式仪型。
谟烈昭三统[3]，勋劳总四溟[4]。
征诛[5]左旄钺，制作[6]润朝廷。
帷幕乌流赤，河山社锡箐。
百年兴礼乐，九罭[7]播声灵。
负扆犹堪绘，流言不可听。

**注释：**

(1) 桑调元(1695—1771 年)：清代官员，学者。字伊佐，一字弢甫，自号独往生、五岳诗人。浙江杭州人。雍正十一年(1733)召试，钦赐进士，授工部屯田司主事，后引疾归田，历主九江莲溪、嘉兴鸳湖、滦湖书院讲席。编撰《大梁书院学规》《道山书院学规》《泺源书院学规》，著有《弢甫集》。

(2)笃棐：忠诚辅佐。

(3)谟烈：谋略与功业。三统：指夏、商、周三代的正朔。夏正建寅为人统，商正建丑为地统，周正建子为天统。亦谓之三正。

(4)四溟：四海，四方之海。指全国、天下。

(5)征诛：讨伐。旄钺：白旄和黄钺，截止军权。

(6)制作：指礼乐等方面的典章制度。

(7)九罭：一种带有囊袋以捕捞小鱼的网。

# 拜谒周公庙

王　鼎[1]

万代臣王仰圣谟[2]，当时相业任匡孤。
成周典礼垂古今，勒鼎勋名动智愚。
东鲁遗风今不泯，西周旧国是曾扶。
百王报德修时祀，庙貌森严起敬趋。

**注释：**

(1)王鼎(1768—1842年)：字定九，号省厓，陕西蒲城人。中国近代民主革命序幕时期政治家、爱国名相，名臣之一。嘉庆元年(1796)成进士，历任翰林院庶吉士、编修、侍讲学士、侍读学士，礼、户、吏、工、刑等部侍郎，户部尚书，河南巡抚，直隶总督，军机大臣，东阁大学士。追赠太保，谥“文恪”，入祀贤良祠。

(2)圣谟：本谓圣人治天下的宏图大略，后亦为称颂帝王。

# 周公庙吟

沈应奎[1]

壬子秋季之望，奎以使事，过曲阜，肃恭叩谒公祠。祠为鲁灵光殿，遣趾风静恬煦，苍松虬螭，恍然如睹，神爽低回，不忍去，漫成韵语，书授曲阜孔贞丛氏。

黎庶奏艰食，姬姓实天起。
邰室肇陶唐，嘉种出糠秕。
夏商源递远，瓜瓞根正美。
至德文之谟，维扬武之纪。
公承父兄后，付托以荫子。

夙夜忧废坠，吐握咨治理。
负扆莅群后，破斧诛奸宄[2]。
经纬天地章，搏拊神人喜[3]。
履变境自定，纯忠业不垝。
一朝动风雷，千秋式簠簋[4]。
西周巨鼎奠，东鲁元封始。
礼教泽河长，庙貌气方紫。
公神层霄上，顾瞻消吝鄙[5]。
为语孔裔孙，常护灵光趾。

**注释：**

(1)沈应奎(1821—1895年)：号吉田，浙江平湖人。光绪十五年(1889)，奉旨接替邵友濂，担任台湾首任布政使。

(2)奸宄：违法作乱的坏人。

(3)搏拊：古乐器名。拍击。

(4)式：样子，格式，仪式。簠簋：古代盛粮食的容器。

(5)吝鄙：过分吝啬，形容心胸狭窄，过分爱惜钱财。

## 谒周公庙

甬上　太学　陆振声

创守能兼师相功，熙熙皓皓沐休风[1]。
流言安足伤臣节，大义方堪悟主衷。
自古灵光争日耀[2]，于今宠锡并时隆[3]。
道承文武渊源远，传与尼山一梦中。

**注释：**

(1)熙熙皓皓：非常热闹。

(2)灵光：指朝廷的恩泽。

(3)宠锡:帝皇的恩赐。

## 谒周公庙

庠生　陈栻

蔚葱庙貌此经过,匹马欣瞻瑞霭多。
礼乐三千弘气象,衣冠八百壮山河。
声华奕代流方远,道德经天世不磨。
喜际圣朝新雨露,丹墀重见襄鸣珂[1]。

**注释:**

(1)鸣珂:身居高位。

## 谒周公庙

太学　吴兆荣

吐字垂篇尽作经,空阶惟见雨台青[1]。
逢衣一个孙东野,但觉周公语不灵。

**注释:**

(1)台青:形容其华丽。

## 谒周公庙

黄云鹤[1]

岭云招我过扶风,游到卷阿细雨蒙。
润德泉滋时正泰,高媒殿耸路通通。
梧冈凤翙栖何处,柳陌骖停访故宫。

忧患千秋传十翼，竟难醒眠晤周公。

**注释：**

(1)黄云鹤(1819—1898年)：安徽宣城人。

# 谒周公庙[1]

茹仪凤[2]

霜薄清霄鞠径[3]连，《卷阿》[4]乘兴敞初筵。
排空老树寒犹翠，抱日晴云晚故鲜。
想像衣裳瞻眺肃，迟回官礼梦思牵。
凭高作赋何人事，招隐同临万古泉。

**注释：**

(1)此诗录自《周陵志》(简注本)350页。

(2)茹仪凤：字紫庭，北京丰台区人，监生出身，工诗文，历任岐山知县、按察使副使等职。

(3)鞠径：弯曲的道路。

(4)《卷阿》：《诗经·大雅》篇名。《诗序》："《卷阿》召公诫成王也。言求贤周吉士也。"后人遂以卷阿为地名，在陕西岐山县境内。

# 洛阳谒周公庙

周学熙[1]

定鼎堂空护短垣，门前朊朊[2]是周原。
茅茨虽见民风古，礼乐谁知王道尊。
三代衣冠徒想象，千年庙貌仅虚存。
试想营洛当时意，体国何曾恃虎贲[3]。

**注释：**

(1)周学熙(1866—1947年)：字缉之，号止庵，安徽东至人。中国近代企业家。清光绪二十八年(1902)，筹办直隶银元局和银号。参与开班滦州煤矿。曾任直隶按察使、工商部丞参职。1912年后任财政总长。创立研究公卖局和清理官产局。在天津、青岛、唐山、安阳开班华新纱厂等企业。

(2)朊朊：膏腴；肥沃。

(3)体国：创建或治理国家。虎贲：勇士。

# 谒周公庙

顾炎武[1]

道化千年后，明禋一国中。
礼犹先世守，制比百王崇。
配食[2]唯元子，烝尝[3]遍列公。
祠田还割鲁，化系独传东。
旧史书茅阙，新诗采閟宫。
岿然遗殿在，不与汉侯同。

**注释：**

(1)顾炎武(1613—1682年)：江苏昆山千灯镇人，本名绛，后改名炎武。明末清初杰出的思想家、经学家、史地学家和音韵学家，与黄宗羲、王夫之并称为明末清初"三大儒"，被誉为清学"开山始祖"。著有《日知录》《天下郡国利病书》《肇域志》《音学五书》《韵补正》《古音表》《诗本音》《唐韵正》《音论》《金石文字记》《亭林诗文集》等。

(2)配食：祔祭；配享。元子：天子和诸侯的长子。

(3)烝尝：冬祭称烝；秋祭称尝。

# 测景台

顾炎武

象器[1]先王作，灵台[2]太室东。
阴阳求日至[3]，风雨会天中[4]。
考极[5]三辰正，封畿[6]万国同。
吾衰今已甚，犹一梦周公[7]。

**注释：**

(1)象器：观测天象的仪器。先王：古代的王。

(2)灵台：即测景台。

(3)日至：即夏至与冬至。夏至又称“长至”，冬至又称“短至”。周公定阳城(即告成)为土中。立土圭测日景，以正四时，测日至。《周礼·地官·大司徒》注郑众曰：“土圭之长，尺有五寸，以夏至之日，立八尺之表，其景与土圭等。”

(4)风雨：地气蒸荡而为风雨。会：指交会和合。全句诗意谓测景台位居天地之中，因此，天地之气于此交会和合。今测景台门口对联上有“星台留古制，会台阴阳交风雨”句。

(5)考极：考察北极星。测景台北有观星台。《考工记》言：两台“昼参日景，夜考极星，以正朝夕。”三辰：指日、月、星。

(6)封畿(jī)：古代王都所在地区。

(7)两句语出《论语·述而》，孔子说：“甚矣吾衰也！久矣吾不复梦见周公！”周公，姓姬，名旦，周武王之弟，成王之叔。武王死后，他辅助成王，并制定周的礼法官制等，是鲁国的创始人。孔子很崇拜他。

## 测景台[(1)]

叶封[(2)]

自古阳城地，相传测景台。
岳形[(3)]正当落，石表定谁裁。
太史推求法，元公制作才。
土中千象纬[(4)]，瞻望重低回。

**注释：**

(1)见乾隆五十二年《登封县志》。

(2)叶封(1623—1687年)：字井叔，号慕庐，自号退翁、桐初，祖籍浙江嘉兴，随父迁居湖北。诗人。顺治十四年(1657)中举，第三年取进士。历任福建延平府推官、登封知县、西城兵马司指挥。著有《慕庐集》《嵩游集》《嵩阳石刻集记》。

(3)岳形：形容山高大。

(4)土中：四方的中心地区。象纬：指星象经纬，谓日月五星。

## 测景台[(1)]

潘耒[(2)]

唐虞[(3)]命羲和，测候穷四表[(4)]
中邦独阙如[(5)]，古制今莫晓。
周公营洛都，土中乃推考。
阳城实地心，天枢[(6)]对临照。
筑台奠坤[(7)]维，测日析分秒。
世远制不湮，崇墉[(8)]可登眺。

土圭仍端完，石尺更精巧。
恐此本古规，元公非意造。
《周官》与《考工》，义疏需细讨。
九鼎既沦亡，东周迹如扫。
独此彝器[9]存，天球可同宝。
安得明历人，同游洛南道。
洞窥古圣心，豁眼对穹昊[10]。

**注释：**

(1)见《遂初堂集》卷四十。清康熙刻本。

(2)潘耒(1646—1708年)：字次耕，又字稼堂，晚自号止止居士，清代江苏吴江人，曾任检讨，纂修《明史》，著有《遂初堂集》《类音》等。

(3)唐虞：唐尧与虞舜的并称，

(4)测候：观测天文星象。穷：尽。四表：四方极远之处。

(5)中邦：国中。阙如：缺少，指缺少观测日月星象的设施。

(6)天枢：星名，北斗第一星。

(7)奠：定。坤：地。维：地之四维。

(8)崇墉：高墙。

(9)彝器：古代宗庙常用的青铜祭器总称，如钟、鼎、尊、俎、豆之属。

(10)豁眼：开阔视野。穹昊：犹穹苍。

## 题观景台

刘仕伟[1]

制作仰元圣，阳城观星台。
建中资治[2]辅，测景徧三才[3]。

地胆[4]依中岳，天心[5]应上台。
登临窥日表，亲授指南来。

**注释：**

(1)刘仕伟：字信吾，号鼎隅，重庆梁平人。乾隆十年(1745)武进士，官宁武关参将。诗、字、指画俱可观。著有《金川从戎事实》2卷、《灼龟》10卷。

(2)资治：资助修治。

(3)徧：普徧，徧及。三才：天才、人才、地才。

(4)地胆：甲虫名、即芫菁。别名葛上亭长。俗称红头娘，成虫可入药，性剧毒。

(5)天心：犹天意；君主的心愿。

## 谒周公庙

徐通久[1]

梦魂安得见，主祭拜遗宫。
地老公王气，泉开有圣功。
金縢当日泪，禾黍此时风。
千载依岐下，应犹慕古公。

**注释：**

(1)徐通久：天津人，道光八年(1828)任岐山县令，曾刊印《岐山县志》。

## 东风齐著力[1]·秋杪[2]　谒周公庙

俞士彪[3]

市酒难醺，客衣长薄，天气初寒。闲寻鲁甸，城郭已荒残。满眼离离禾黍，听不尽、暮鸟秋蝉。荒原外，灵光古殿，历几千年。

木主几沦湮[4]。问公孙、赤舄治绩谁传。萧条钟鼓，松桧袅寒烟。费尽当年制作，谁堪睹、口口衣冠。伤情也，临风勒马，泪溅雕鞍。

**注释：**

(1)东风齐著力：格律词牌名。

(2)秋杪(miao)：暮秋，秋末。

(3)俞士彪：原名佩，字季瑮，清朝浙江钱塘(今杭州)人。诸生，曾官崇仁县丞。著有《玉蕤词钞》。

(4)木主：木制的神位。沦湮：沦没湮灭。

# 谒周公庙观测景台

李来章[1]

遗庙阳城阴，萧条隔暮林。
山多春气薄，地僻野云深。
片石饱风雨，残台阅古今。
谁从千载后，圭影识天心。

**注释：**

(1)李来章(1653—1721年)：原名灼然，号礼山，晚号寒香，河南襄城人。理学家、教育家。康熙十四年(1675)中举人，历任广东连山知县、兵部主事等。著有《礼山园文集》《紫云书院志》《岭南拾零》《京华见闻录》等作品。

# 测景台

桑调元

古台耸崟岑[1],土圭正日景。
人贡均六服[2],中乂迁九鼎[3]。
台荒石表欹,雨霁天星冷。
深春芳气浓,娟月寒辉靓[4]。
垣竹戛清声[5],阶桐散疏影。
升高睇烟岚,隐隐环嵩岭。

**注释:**

(1)崟岑:高耸。

(2)六服:王畿以其等次有六:侯服、甸服、男服、彩服、卫服、蛮服。外的诸侯邦国曰服。

(3)中乂:居中央而治天下。

(4)靓:装饰艳丽,打扮。

(5)戛:象声词。

# 观星台

董榕[1]

气肃天重九,山围地正中。
高台瞻皓月,古庙拜元公。
圭尺遗衡在,衣冠雅兴同。
携樽忻[2]共醉,不数晋人风[3]。

**注释:**

(1)董榕(1711—1760年):字恒言,号谦山。河北丰润人。

拔贡。历任河南巩县、孟津、济源、新野、夏邑知县，陈州知州，郑州知州，金华、南昌、九汀、九江知府等职。著有《庚阳集》《庚溪集》《诗意集》和戏曲《芝龛记》等作品。

(2) 携樽：拿出酒杯。忻：同“欣”。

(3) 晋人风：似为郁郁不得志之类。

# 重修周公庙

陈良谟(1)

## 一

负扆徽烈(2)垂霄壤，诞保(3)纯忠著万年。
志辅幼冲昭训鉴，道从精一得心传。
昔时僖颂歌皇祖，此日俎松委蔓烟。
圣王千秋同一德，褒扬诚足耀千编。

## 二

閟宫千载荷重存，奕奕新看气象尊。
鼎焕檐楹诚异数(4)，访延似续更殊恩
几筵对越仍多士，俎豆趋承(5)复有孙。
自是圣朝隆道德，已令风教暨乾坤。

**注释：**

(1) 陈良谟：字显夫，奉天府人。康熙十七年(1678)莅郓九年，升济宁州知州，旋升运河同知。主修《郓城县志》。

(2) 徽烈：宏业，伟业。垂：传留后世。霄壤：天和地。

(3) 诞保：大力治理。

(4) 异数：此处为特殊的礼遇之意。

(5)俎豆：古代祭祀、宴会时盛肉类等食品的两种器皿，亦泛指各种礼器。指奉祀。趋承：此为接受教益。

# 重修周公庙润德泉出

李炳生[1]

二公陪祀两楹间，丹輶重新水一湾[2]。
莫道朝阳鸣凤去，高冈犹是旧岐山。

**注释：**

(1)李炳生：陕西岐山人，清朝举人。

(2)輶(yóu)：古代一种轻便的车。

# 和望父台等四首

叶森[1]

## 一 和望父台

思深明发筑高台，一望西京云未开。
昔者有怀分两地，于今无日不归来。

## 二 灵光旧址

重开古殿见天心，旭日争光映上林。
不是宸游[2]经鲁甸，至今芳草尚深深。

## 三 问礼遗踪

问礼当年止问心，馨香对越欲神歆。
相看祭事多疑事，口内春秋直到今。

### 四　古庙重辉

颓残榱桷已多年，轮奂重辉出上传。
小子何缘郊殚力[3]，也留数字亘平川。

**注释：**

(1)叶森：安徽黟县人，供事监生。光绪二十一年(1895)任甘肃漳县县丞。

(2)宸游：帝王之巡游。

(3)殚力：竭尽全力。

## 谒周公庙[1]

左宣德郎，凤翔府学教授　王毂

代崇禋祀报肤公，佳气西来荫旧宫。
古树藏云依渭绕，流泉卜岁与邠通。
凤凰冈冷斜阳暗，禾黍原荒野雾蒙。
登览姬图追胜概，残碑零落咽春风。

**注释：**

(1)此诗录自《周陵志》(简注本)350页。

## 元圣周公像赞[1]

黏本盛[2]

峨峨[3]元圣，道隆今古。
统绍羲轩，文辟周鲁。
爻象纬经，礼乐昭睹。
雅诗诰书，振代钟鼓[5]。

神授尼山，集成斯祖。

启圣传圣，千载同矩[4]。

黉宫俎豆[6]，胡以[7]议补。

**注释：**

(1)录于《周庙志》。该书为孤本，由河南洛阳市伊滨区东石罢村姬风圈收藏。

(2)黏本盛：字道恒，福建晋江人。崇祯己卯(1639)举人，顺治初授河南推官，务平反，出宽狱。入为给事中，历吏、户、礼、兵、刑五垣。由礼科都给事升京堂。卒年67岁。著有《道学世家像赞》《忠书》《天中理牍》《道养初乘》《道德经续注》《滇武日记》，曾补辑《东野志》。

(3)峨峨：高大。

(4)矩：法则；规矩。

(5)钟鼓：代指权贵人家的音乐。

(6)黉(hóng)宫：古代的学校。

(7)胡以：何以。

## 幸鲁恭纪

东野沛然[1]

翠羽[2]东巡过岱宗，回銮特幸伯禽封。

金丝[3]再奏新《韶濩》，诗礼重开古辟廱[4]。

齿及[5]元公隆典礼，恩加下士庆遭逢[6]。

君师一德千秋合，载笔[7]赓飏愧莫从。

**注释：**

(1)东野沛然：字郊霖。山东曲阜人。清顺治八年(1651年)入曲阜儒学庠生，康熙二十四年(1685)钦授世袭翰林院五经博士。

(2)翠羽:本意为翠绿色的羽毛,比喻意为青绿色的树叶,借指珍宝,也用来比喻青绿色的茶叶、美女的眉毛。

(3)金丝:金制的线,乐器的金属弦。借指弦乐器。借指《乐经》。《韶濩》:汤乐名。后亦以指庙堂、宫廷之乐,或泛指雅正的古乐。

(4)廱:和乐。古通“壅”,堵塞。

(5)齿及:谈到,提及。

(6)遭逢:碰到,遇到。

(7)载笔:携带文具以记录王事。赓飏:谓飞扬轻举连续而歌。

# 周公赋

易闻晓(1)

於赫(2)周公,惟德是崇。誓师牧野,把钺商宫(3),圭璧以祝(4),鬼神是通。乃造天役(5),大诰东征,封建为制(6),伊洛为墉(7),六年礼立,七岁政成(8)。是以克绥受命(9),嗣考攸终(10),矜严寅畏(11),无逸弗宁(12),诲谕立政(13),徽柔懿恭,保惠鳏寡(14),训违臣工(15),怀来(16)遐逖(17),柔服(18)夷戎。故乃文王奠基,武王定鼎(19),公旦致功,历载八百之祚,奄有卅代之隆(20),粤启元圣之学(21),载衍鲁地之风(22),绵邈(23)洙泗(24)之梦(25),堂皇(26)礼乐之容。于以(27)甲子昧爽,岁鼎克昏,王师伐纣,郊野陈兵,指麾八族,统率六军,拥铎拱稽,援枹挟经,殷商之旅,其会如林。周公作誓,厥绍天明,王乃左杖黄钺,右秉(28)白旌,勉勖克伐,慷慨切陈,惟家之索，牝鸡之晨，妇言是用，天罔念闻，暴虐百姓，奸宄公庭，是以有周佑命，大降丧殷。于是虎贲朅朅，战车辚辚，金鼓振振，羽旆纷纷，斧刃溅血，马足扬尘，商旅倒戈，披靡若云，鹿台命断，朝歌响沦，迁移九鼎，昭假三辰，既以衅社，告命周兴。尔其殷商既克，天下未集，武王有疾，公乃设坛秉圭，自以为质[29]，祝告三王，卜筮乃吉。曰惟多材多艺，能事鬼神，克保宗嗣，厥佑子孙，命尔以龟，替我之身，神其许我，璧乃攸陈，鬼以斯应，是惟诚心。于以摄政当国，毕休成周[30]，流言不惧，金匮所酬[31]，敷[32]命何辟[33]，畔周是忧[34]。乃惟小腆作乱[35]，自恤不卬[36]，越兹蠢动[37]，反鄙周邦，乃作大诰，以伐东方，三监不轨，四国是皇，既破我斧，又缺我斨，哀我人斯，亦孔之将[38]，蒙蒙零雨，肃肃秋霜，念彼阃奥[39]，制我衣裳。于是武庚伏诛，薄姑既灭，殷余瓦解，淮夷荡决，乃并奄徐之族，彭濮之荒，溥临四域，率有八方，廓清六合[40]，绥靖万邦。乃降祥瑞，诞生同穗，以贻东土，以报嘉馈。故乃封建藩国，迁移族氏，康叔就卫，微子奉祀，发徐戎于江南，遣东夷于淮沚，越殊俗以交会，崇风化之肇始。乃作康诰，且戒淫酒，以譬梓材，用鉴商纣。乃惟明德慎罚，畏天棐忱，亦惟助王宅天命，作新人，保赤子，绥旧民[41]，庸庸祗祗，威威尊尊[42]，是惟朕告[43]，允厥世亨[44]。粤惟乙卯，朝至雒师[45]，卜龟以食，洛水之湄，以祥以吉，爰谋爰始，载乐载欣，曰时曰止。捄之陾陾，度之薨薨，筑之登登，削屡冯冯，万人以作，百堵是兴，五门有伉[46]，八衢乃通，夙夕无间[47]，鼛鼓弗胜[48]，诞斯闳邃[49]，于以厥成。乃告多士[50]，迁尔殷余,是宅尔邑[51],时继尔居,率肆矜若[52],又曰时予。王乃莅邑,是惟戊辰,既裸以灌,岁祭以蒸,乃命公后,引考[53]安民,作册逸诰,赏作有功[54],诞保受命[55],时维七龄。于是礼乐烝烝[56],爵谥穆穆[57],丕德显显[58],畿服[59]肃肃[60],嫡长延延[61],兄弟睦睦[62],周公所制,天下咸服。故乃还政,北面就位,诲戒无逸,立政丕式,周公既卒,鲁国郊祀,王曰叔父,建以元子,锡之山川[63],继以福祉。尔乃閟宫实实[64],泮水洋洋[65],钟鼓斁斁[66],磬筦将将[67],旂旆[68]茷茷[69],銮铃[70]央央[71],贞祥[72]简简[73],降福穰穰[74]。诞绝学之繇统兮,曰惟立教之始端。羌旷代之复礼兮,于以[75]托梦于繁昌。故乃修祀斯享,周道[76]无疆,惠此中国,以绥四方,更千龄兮万世,永铭功德兮翼翼[77]皇皇[78]。

**注释:**

(1)易闻晓:1963年生于江西宜丰,文学博士,学者,诗人,辞赋家,《海口赋》享誉海内外。现为贵州师范大学文学院院长、教授、博士生导师,贵州省核心专家、高校学科带头人,获国务院特殊津贴。中国赋学会副会长,中国韵文学会、中国古代文学理论学会理事,中国骈文学会常务理事,贵州省古典文学学会副会长、国学研究与传播中心、贵州师范大学黔学研究中心主任。

(2)於赫:於(wū),无义。赫:显著,盛大。

(3)钺(yuè):商、西周青铜制兵器,大于斧。

(4)圭(guī):长条形玉器,上端三角,下端正方,贵族朝聘、祭祀等以为礼器。璧:平圆形玉,中有孔,亦禮器。武王有疾,周公戴璧秉圭,告于三王。

(5)天役:天所役使,犹言天命。诰,帝王以命臣子。

(6)封建:封邦建国。帝王以爵位、土地分赐亲戚或功臣,使各就建国。传黄帝为封建之始,至周制度始备。

(7)墉(yōng):城墙。

(8)《尚书大传》谓周公“一年救乱,二年克殷,三年践奄,四年建侯卫,五年营成周,六年治理作业,七年致政成王”。

(9)克绥受命:能安受大命:克,能。绥:安。《尚书·周书·大诰》:“天休于宁王,兴我小邦周,宁王惟卜用,克绥受兹命。”

(10)嗣:继承。考:指文王。終:終其事,完成。《尚书·周书·大诰》:“予曷其不于前宁人图功攸終?”

(11)矜严寅畏:庄严敬畏。矜严:矜庄。寅:敬。《尚书·周书·无逸》:“周公曰:‘呜呼!我闻曰,昔在殷王中宗,严恭寅畏天命。’”

(12)无逸:毋贪图安逸。弗宁:不(图)安逸。《尚书·周书·无逸》:“不敢荒宁。”

(13)《史记·鲁周公世家》:“成王在丰,天下已安,周之官政未次序,于是周公作周官,官别其宜。作立政,以便百姓。百姓说。”

(14)徽:善良。柔:仁慈温和。懿(yì):美。恭:虔敬。保:爱护。惠:仁爱。鳏寡:老而无妻曰鳏,无夫曰寡,合指老而孤苦者。

(15)训:顺也。违:违背。臣工:群臣百官。《尚书·周书·立政》:“是训用违。”

(16)怀:安抚,归向,使降顺。怀来:亦作“怀倈”,招来。

(17)遐逖(xiá tì):远方。《尚书·周书·多士》:“明致天罚,移尔遐逖。”

(18)柔服:安抚归顺。

(19)旧传禹铸九鼎,以象九州,历商至周,为传国重器,置于国都。因称定立国都为“定鼎”。

(20)周朝传三十代三十七王。

(21)周公制礼作乐典章礼乐,孔子尊之,后世并称周孔,尊周公为“元圣”。

(22)周公子伯禽受封鲁,为鲁公。周公卒,鲁可为郊祀。周公礼乐传于鲁,故鲁礼乐为盛。

(23)绵邈(miǎo):长久,悠远。

(24)洙泗:洙水、泗水。古二水自今山东省泗水县北合流而下,至曲阜北,后分为二水,洙水在北,泗水在南。春秋时属鲁国地,孔子讲学于此,后因以代指孔子及儒家。

(25)《论语·述而》:“子曰:‘甚矣吾衰也!久矣吾不复梦见周公。’”

(26)堂皇:盛大。容:景象。

(27)于以:至于,因此。

(28)秉:持。

(29)质:抵押,如“人质”。

(30)毕:终。休:美。

(31)匮(guì):同“柜”,指“周公藏其策金縢匮中”。

(32)敷:陈。敷命:陈言以受命。

(33)辟:同“避”。

(34)畔:古同“叛”。

(35)小腆(tiǎn):指武庚。

(36)卬:我。恤:忧虑,顾念。自恤不卬:不顾为己虑。

(37)越:及,至于。兹:指管、蔡、武庚。

(38)《尚书·周书·大诰》“殷小腆诞敢纪其敘……反鄙我周邦,今蠢。”云云。鄙:图也。王先谦曰:“古文图为鄙,与图字形近,其义当为图。”

(39)阃(kǔn)奥:内室,指征夫家室。

(40)《诗经·豳风·破斧》述周公东征:“既破我斧,又缺我斨。周公东征,四国是皇。哀我人斯,亦孔之將。”斨(qiāng):

方孔斧。四国:天下四方之国。皇:通“惶”,惶恐。斯:语助。孔:很、甚、极。将:大。亦孔之将。

(41)旧民:指殷遗民。

(42)庸庸:任用所当用之人。祗祗:尊重所当尊重之人。威威:威慑所当威慑之人。尊尊,尊敬所当尊敬之人。

(43)朕:我,周公自称也。朕告,指《康诰》所言。

(44)允:诚。厥:如此。世亨:世代亨顺。

(45)师:都邑。

(46)伉(kàng):高大。

(47)夙夕:早晚,日夜。

(48)鼛鼓弗胜:用《诗经·大雅·绵语》,鼛(gāo)鼓:大鼓,長一丈二尺。弗胜:谓擊鼓不断,鼓乃不胜。

(49)闳邃:谓筑城大而幽深。

(50)周公作《多士》。多士,指故殷群僚。

(51)宅:居住。居:本业。

(52)肆:指赦免。若:犹言汝。

(53)引考:延长寿命,指祭祀。

(54)赏作有功:谓赏作城之有功者,用《洛诰》语意。

(55)诞保受命:受命于天,而保文王、武王所受百姓:用《洛诰》语:“诞保文武受民,乱为四輔”意。语谓安保文王、武王所受百姓而治之,谓我四辅之臣。

(56)烝烝:美盛貌。

(57)穆穆:庄重貌。

(58)丕德:大德。显显:鲜明貌。

(59)畿服:本指京师近地,借指天下。

(60)肃肃:恭敬、肃敬貌。

(61)延延:延续,绵延。

(62)睦睦:和睦,亲密。

(63)锡:音意并同“赐”。

(64)閟(bì)宫:神庙。实实:广大貌。

(65)洋洋:水盛大貌。

(66)斁(yì):乐声盛大。

(67)将将(qiāng):同“锵锵”,金玉之声。

(68)旂(qí):同“旗”。旆(pèi):旗末端垂旒,泛指旌旗。

(69)茷(fá)茷:严整貌。毛传:“茷茷,言有法度也。”

(70)銮铃:人君所乘车之铃。

(71)央央:声音和谐。

(72)贞祥:吉祥。

(73)简简:盛大貌。

(74)穰穰(rǎng):禾谷丰收,引申为凡物丰盛。

(75)于以:犹“是以”。

(76)周道:指周朝之道、周公之道。

(77)翼翼:盛貌。

(78)皇皇:美盛、庄肃貌。

# 周公赋

谭　杰

嗟乎!昊昊元圣,巍巍周公。煌煌伟业,鼎鼎大名。“之才之美”,孔子释梦几兴叹;吐哺握发,曹操赋歌百感生。儒家鼻祖,千年礼乐滋华夏;圣人之师,四海香火祀文宗!

夫生逢乱世兮,天下板荡[1]。把钺警目兮,伐殷剪商。扶国摄政兮,力佐成王。奉命东征兮,定国安邦。作《大诰》以布兵兮,兴王师而平乱;镇“三监”而克奄兮,统九州之隘疆。稳大局而封建兮,推井田之新制;散鹿台之钱财兮，开钜桥之粮仓。整商容与故居兮，思逸民以安定；营天室[2]之洛邑兮，立周皇之朝纲。是乃“普天之下，莫非王土，率土之滨，莫非王臣”者也！

至若江山一统，风浮祥云。百废待兴，草木迎春。明德慎罚，礼乐育民。整饬易俗，布教敦伦。敬老慈少，谨识卑尊。鳏寡勿欺，执义笃仁。“德将无醉”，恪守朴淳。躬务稼穑，勤俭祛贫。“刑兹无赦”，正视听闻。省察制怒，自善其身。吉士是求，验之以“三宅”[3]；鸿才长仰，擢之以“三俊”[4]。敬客厚交，其礼彬彬．思贤若渴，其情殷殷。心系民生，其意敦敦。慎塑民风，其言谆谆。吁兮，周公！天生大器兮，地育豪胆。心养浩气兮，德修圣贤。广识博见兮，哲思齐天。富庶兴邦兮，鼎镇河山。普天之下有几人哉？

盖天下芸芸众生各肩其“任”也，或一国之君，或三军之帅，或桑田之汉，或机杼之女，千工百业，概无殊列焉。周公位居一人之下，万人之上，功盖朝野，威镇众卿，出可乘龙驹之驾，入可栖牙床之榻，食可品百味之宴，娱可醉美女之音；然穷其一生，惴惴焉如履薄冰，惶惶乎食不甘味，日日未敢举酒，夜夜难以成寐，时时有感苍天目视、先王履巡、山水聆窗、百姓仰门者何也？深明其“任”也。普天之下鲜出其右者焉！

呜呼！天下智者，思必超凡，思前人之未思，高屋建瓴，启兴国之大道也；天下贤者，举必亲民，举前人之未举，鼎新革故，赐万民以福祉也。周公大智大贤，上承尧、舜、文、武治国之精义，下开孔、孟、程、朱思想之典范，立哲言以明理，奉仁爱而践行，前无古人，后失比肩者也。巍乎，伟哉！发礼仪之源兮，萌文明之春。施礼仪之治兮，启德政之门。教礼仪之众兮，奏和谐之音。建礼仪之邦兮，傲民族之林！浩浩乎！德沐寰宇；熙熙哉，福被炎黄！

诗曰：沧桑无语载精英，醉赋新歌唱大风。千古王侯无觅处，民心仰奉一周公。

**注释：**

(1)板荡：《诗经·大雅》有《板》《荡》两篇，都是形容当时天下大乱，局势动荡不安。

(2)天室：国都，王城(周朝国都，在河南洛阳)。

(3)“三宅”：指周公提倡的培养、选拔人才的制度。宅，即根据工作性质，指定的考核标准，并注重实效。

(4)“三俊”：周公把官员分为三类，即治事之官、牧民之官、执法之官。

## 骚赋　周公赋

郭向阳[1]

千古元圣兮赫赫周公，功高德劭兮寰宇闻名。
姓姬讳旦兮文王之子，伐商灭纣兮辅佐武王。
《牧誓》振奋兮情怀激昂，将士用命兮效力疆场。
恩威并施兮怀敌附远，万民归顺兮和谐家邦。
周公摄政兮明德慎罚，勤劳国事兮兆民安康。
握发吐脯兮天下归心，竭尽全力兮辅佐成王。
东征平叛兮威猛刚正，应天顺民兮百代颂扬。
不惧流言兮名垂青史，忍辱负重兮忠厚善良。
大义凛然兮发兵平叛，三载浴血兮保国安康。

降辟三叔兮伐诛武庚，克勤克俭兮和谐八荒。

东都洛邑兮云集百祥，周公营建兮功德绵长。

九鼎汇聚兮政通人和，万民朝拜兮圣德昭彰。

文武全才兮高洁志向，建章立制兮新局开创。

怀敌附远兮胸怀韬略，成周八师兮安国定邦。

分封诸侯兮拱卫周室，品行高洁兮还政成王。

制礼作乐兮周公之典，儒家经典兮从此开创。

《大诰》《康诰》兮保民思想，《酒诰》《无逸》德治万方。

以德配天兮好逸无康，惟惠之怀兮民心无常。

礼仪歌舞兮尊卑有序，治世化民兮法纪规章。

教化百姓兮开启文明，导引社会兮百代传扬。

开启儒学兮一代宗师，以德治国兮周公开创。

伟哉周公兮华夏英杰，清正廉洁兮万世榜样。

高山仰止兮永励来者，恩泽万古兮日月同光。

**注释：**

（1）郭向阳：笔名君伊，洛阳市作家协会会员。1968 年生于河南栾川县，有诗、散文，评论等作品在《中国作家》、《中国青年报》、《诗刊》、《法华报》（法国巴黎）等国内外 30 多种报刊上发表，先后获得“华夏情征文大赛一等奖”“全国散文作家论坛征文大赛三等奖”“庚寅年‘根在中原，情系中原——我看中原’网上作品大赛文学作品一等奖”等，被收入多种书籍。现在河南某景区工作。

# 骚赋　周公赋

任美霖[1]

箴言[2]传以万载，师为名则千秋。德施笃行，诫[3]乎私情以慎；理遵明智，倡乎仁政而修。谆谆善其诱，史鉴孔孟之源；切切谨其罚，昭启唐宋之攸。至若乱则开仓济众，使以人心同聚；安则制礼作乐，解以国事相忧。儒学奠基，横识成于四书五经；兵法深谙，纵威统于三教九流。于是品承治世之文，思导征伐之诹[4]。简畀[5]殷命，惠惜多方，长切予美，绝失少俦。虔信[6]以重任可负，恪身而谗言何羞？遂以举贤任能，达乎长治久安，其序始于西周也。

溯乎讨伐商纣，以发《牧誓》之语；大行封建，而嘱《康诰》之声。鉴殷民淫酒无度，乃作《无逸》以劝；念成王年齿尚幼，则谱《立政》而叮。王都迁置，鸾凤和鸣有兆[7]；流言愤密，身心同步无风。克俭揖礼，怀仁求才；知孝摄政，察官分明。是以扶危济贫，德行正其道；伐罪吊民[8]，勤力建其功也。举旌旗[9]，声动四境；施号令，气冠九空。至而成千年之誉，名万世之公矣。

是则民心以归，天明以附[10]。礼仁从身，既儒家以景仰；德智行政，弘周族而钦慕。怀及方圆之地，共理正本；目达南北之邦，同影心愫。然则制典束以宫卿，举纲开以政路。戚言[11]相忧，诚清廉以欣；品为同耽，思悌孝而赋。于是上施和善之行，下效协调之步。盛世锦心以作，华章绣口而吐。

及至周时，国轻有重兵之谋，力弱得亲民之辅。天惟庇生之安，地有栖身之处。如今广域封疆，岂有甲卸；众人信政，别无手拊也[12]。极欲[13]德矢所终，穷奢道亡以古。兹因帝辛[14]无伦，小民则乱，国祚俱丧，骁卒以武。于是顺天时[15]，应地利，促人和，观子午。礼贤下士，题艰可弊；承德上君，日昏已曙。至乎感其先哲[16]，逐可名则兴邦；怀其近失，乃使利则达贾[17]。尚以淳良[18]之性，大道有心；惩以忮罔之为，长经无主。笃行以师[19]，勤敬以哺。

然则物阜民丰[20]，国泰民安。于是摄仁政，善德行，师后人，著遗篇。导乎以礼待人，麈教[21]之未；怜乎以心慎行，妙语其间。而使八方相效，四海同冠。功逐尧舜之后，思呈孔孟之先。是以熠光[22]环身，大烈从名，性理明道，羽化成仙。斯乃迹[23]晓大地，誉满长天。

于是扬乎洪福之范，诵乎雅韶之大。清令[24]同谐，厚恩政清其泽；善人和睦，秉怀镜明其华。大诰以证，天意之为；东征而示，周朝之霸。以兴家国，必然孤寡同怜；恐危社稷，切勿王臣相诖。姬旦流言无嗔；管叔奸计不假。弗黜旧恶，赦其向善之人而有别；无计前嫌，励其崇仁之政而无差。是故举苍生[25]从上，立私欲其下耶？

闻夫德礼既行，王权难摧。狄夷[26]俯首，确以经世之远；士庶投足，承其理道之微。爰思文王[27]勤俭，无敢耽荒；载矜黎庶辛劳，为何生悲？及若历史之事，可分曲直；道理之论，不辨是非？故而勤慎同恭，领远客之义；和循相敬，补近民之亏。彰其懿识[28]，勉以农耕相持；治其迷欢，惩以享乐同规。言传仁政之实，身教礼贤以辉。于是耕种稼穑[29]，天晓以出；批阅公文，日落而归乎。

是故德为道之本，礼乃德之根也。仁政之为，施于王者[30]；大道之理，师以子衿。问礼以理天地，明乐而越古今。乃悟周公吐哺，天下归心也。（依中华新韵）

**注释：**

（1）任美霖：1991年生，字允之，斋名“子心阁”，笔名金石先生，四川平昌县人。青年诗人、作家、辞赋家，中国青年诗赋家协会执行主席，辞赋之都网副站长，《辞赋》杂志编委。

（2）箴言：规谏劝诫之言。《尚书·盘庚上》：“相时憸民，犹胥顾于箴言。”曾运乾正读：“箴言，箴谏之言也。”；师为：以师后人的言行。

（3）诫：警告，劝告。《北史》：“宾临终，诫其二子速侯、回题，令善事帝。”；修：循，遵循。《韩非子·五蠹》：“是以圣人不期修古，不法常可。”

（4）诹（zōu）：谋略。《说文》：“诹，聚谋也。”《尔雅》：“诹，谋也。”

（5）简畀（bì）：谓经过选择而付予。《尚书·周书·多方》：“简畀殷命，尹尔多方。”予美：指自己所爱的人。

（6）虔信：诚心，一片虔心，虔诚，赤诚。

（7）鸾凤和鸣：译为协调，和谐。

（8）伐罪吊民：伐，讨伐。吊，慰问。讨伐有罪，拯救百姓。常用以作为发动战争的口号。

（9）旌旗：借指军士。

（10）天明：犹天命，天道。《尚书·周书·大诰》：“用宁王遗我大宝龟，绍天明。”

（11）戚言：谓忧民的言论。

（12）手拊（fǔ）：拊掌，拍手。表示惊讶、恼怒或欢喜。

(13)极欲:尽其所欲。

(14)帝辛:名受,后世人称殷纣王。小民:底层的老百姓。骁卒:骁勇的士兵。

(15)天时:犹天命。

(16)先哲:先世的贤人。

(17)贾(gǔ):商人。

(18)淳良:淳厚善良。忮罔(zhì wǎng):嫉忌欺骗。

(19)笃行以师,勤敬以哺:以笃行而师之后人。

(20)遗篇:流传于世的诗文。

(21)麈教(zhǔ jiào):古人执麈尾而谈,因敬称他人之指点教诲为"麈教"。

(22)熠光:光耀,鲜明。

(23)迹:事情,行为,事迹。

(24)清令:高洁美好。

(25)苍生:指百姓。

(26)狄夷:指外邦民族。士人和普通百姓。士庶:亦泛指人民、百姓。

(27)周文王(前1152—前1056年):即殷商西伯姬昌。黎庶:老百姓。

(28)懿识:远见卓识。

(29)稼穑:泛指农业活动。

(30)王者:指某些事物一定方面上的最强或出类拔萃者。物种之间的优秀者,最高者。

# 周公赋

张冰君

夫周公者文武知行之表[(1)],仁爱峻德之贤。乾坤造化,天地方圆。懿和九隩[2],贻范三千[3]。洞洽民心者合王道,智周天物者识汗漫[4]。惟公睿化[5],施法自然;惟公卓拔,布泽赤寰。行五德而称赏[6],应四时而顺天。万邦循理而隆盛,兆庶有乐则长安。慎独修身,秉资政而恭尊让[7];鼎新革故,行法礼为天下先也。

若夫岩壑隆颓[8],日月盈昃[9]。帝辛奢淫,殃及庶域[10]。公乃弼佐武王,海内归一。废殷商于朝歌[11],立西周于上国。威抑抑之伟如[12],仪煌煌之俊逸。相王摄政,辅成王姬诵于幼年;文治武功,开大周旷世之鸿绩。平定叛戾,《大诰》东征而平三监;践奄克殷,九鼎归中而建洛邑。广行礼乐之章,肇成化[13]于八极[14];力推井田之规,兴封建于一脉。握发吐哺,礼贤济世之才;诚明致政[15],襟怀迥旷之德。四象和融,诸侯朝贡。匡社稷而民心宗归,正端冕而山河大统。天人允洽,疆因隆德而衍封[16];地物充盈,民蒙殷阜而称颂。仰兹都而诚服,慕公威而垂拱[17]。奉典宪而宗尚,远卓识而高标。海纳百川,集博大而成其阔;宇怀万物,容宏奥而就其高。神州赫赫,江河滔滔。蛟龙渊跃,苍鹰空翱。蹈沧海而仰南斗,立昆仑而入云霄。浚哲钦明[18],政通则人和岁稔[19];继天应物,国安则雨顺风调。

尔乃浩然诸夏,和合万邦。为有贤圣,国运乃昌。鸿文训诂[20],至策维匡[21]。胜壤恩覆,气象腾骧。展鸿猷于四海,谋大略于十方。撰《周礼》,制典章。定社稷,辟畿疆。雅颂《云门》[22],舞霓裳于高阙;黄钟大吕,置鼓乐于明堂。贤能宏达,泽被成康[23]。九伯六王,三皇五帝。盖明者识时,唯达者见理。斯则亦德亦威,能张能弛。依典章以成规,应教化而成礼。拥文韬武略之旷才,隆地纬天经之卓伟。阐衍慈明,广施恩霈。垂曜神州,名标青史。

喟然桑田九变,大象万殊。星繁月耀 ,水曲山纡。转寒暑于八节[24],衍光阴于四隅。遂尔彰日月之荧晔,怀山水之清虚。超古人而名齐太昊,师来者而身至先驱。教法昭苏 ,神威仪百世之范;彝章载典,光华照亘古之墟。天衢开泰,王道雍熙[25]。爻辞玄奥,至赜居奇。悉俗化而思远,著允察而至微。雅颂睿谟[26],家国和则昌盛;登崇懋化[27],圣主明方融怡。智通天机者秉哲,道合物理者先知。每读史书,感贤达而祚百世;常怀贻训,勒弘勋而昭二仪。

嗟乎!谙妙道者则妙,明真理者则真。至高为尊,必能其先天下之事;至贤成道,必慧其超世凡之根。德配天而顺治,法通礼而安仁。摒上古之弊,扬大壮之新。辟文明之道,开儒学之门。族邦融和,集隽良而隆泰;百姓惇睦,正君臣而望尊。光被千秋,若日月拥江海之浩;泽垂万代,如禾木承雨露之恩。庙堂之高,沐香篆而感教化[28];礼义之重,赖唱诵而仰斯文[29]。睇山河而怀古,睹先哲乃识珍。顺其言而动,为天下大德是辅;合其道而行,尊华夏之元圣也。

**注释:**

(1)知行:谓认识客观事物的道理。

(2)懿和:懿和,美善和谐。九隩:谓九州之内。

(3)贻范:指留下的典范。三千:指大千世界。

(4)汗漫:广大,漫无边际;渺茫不可知;漫无标准;不着边际;形容漫游之远。

(5)睿化:圣明的教化。

(6)五德:指人的五种品德:智、信、仁、勇、严。

(7)秉资政而恭尊让:秉,为主持、掌握。资政,帮助治理国政;尊让,克制谦让。

(8)岩壑:岩壑,山峦溪谷。隆颓:高低起伏貌。

(9)日月盈昃[zè]:指日月圆满或亏缺。

(10)庶域:四方,各地。

(11)朝歌:古地名,位于今河南淇县。殷商末期纣王在此建行都,改称朝歌。

(12)抑抑:轩昂貌。

(13)成化:完成教化。

(14)八极:八方极远之地。

(15)诚明致政:致政指官吏将执政的权柄归还给君主。

(16)衍封:谓扩大封域。

(17)垂拱:谓两手重合而下垂,表示恭敬。

(18)浚哲:深邃的智慧,明智。

(19)岁稔(rěn):年成丰熟。

(20)训诂:指对古书字句所作的解释。

(21)维匡:扶持匡正。

(22)雅颂《云门》:雅颂,指盛世之乐、庙堂之乐。云门,周六乐舞之一。用于祭祀天神。相传为黄帝时所作。

(23)成康:指成康之治。成王康王的并称。史称其时天下安宁,刑措不用,故用以称至治之世。

(24)八节:古代以立春、立夏、立秋、立冬、春分、夏至、秋分、冬至为八节。《周髀算经》卷下:"凡为八节二十四气。"

(25)雍熙:谓和乐升平。

(26)睿谟:睿谟,皇帝圣明的谋略。

(27)登崇懋化:登崇,举用推尊。

(28)香篆:指焚香时所起的烟缕。因其曲折似篆文,故称。

(29)斯文:指礼乐教化、典章制度。

## 周公赋

陈逸卿[(1)]

我华夏人文,自丕端于尧舜禹汤,而兴仁崇礼,实肇造于西伯与周公也。京镐融香稻之风,周天绮文华之藻,鼎鼐列五侯之尊,懿行领九牧之昊,地纬江河,固有不竭之源;天经日月,恒开大化之道。殷纣多罪,天命殛之;神物吉成,圣人则之;黎庶康殷,王者兴之;明德立政,贤者辅之。大钺挽狂飙之澜,孤心见金匮之祷。元勋穆穆,与青冥[(2)]而长贞;大诰昭昭,并岱岳以不老。

**注释:**

(1)陈逸卿:女,教授,从事汉语言文学教育30年,有诗词、古文、辞赋千首,其中《大中华赋》《苍鹰赋》《齐鲁颂》百余篇广为传诵,曾十数次获全国征文大奖,现任中国辞赋家协会副主席。

(2)青冥:形容青苍悠远。指青天。

## 元圣赋

钟阳[(1)]

周行天象,万物攸成[(2)]。民族脉永,圣人道芬。惟我周公兮,武治文功而熠天地;吁彼赤县兮,云施雨布而秉礼仁。

溯夫奠丰京,平云岭。用事而翼武王,吊民而伐商境。于是作《牧誓》而慨激；斥纣王之暴猛。唯义旅可代天罚，唯明规如悬日昃。

遂而开仓济民，任高贤以抚商故(3)；撰书告祖，代重苦以愈君安。唯念黎庶之福，代王摄政；欲挽朝邦之困，砥浪立坚。勇毅凌乎嵩岳，襟怀笼乎云天。

洎夫三监作乱，率虎骑以征伐；千里催锋，开国疆之广大。遂乃行封建以屏王京，推井田而夯国祚。戒以敬天保民，明德安厦。况乃滥饮岂可成风，不孝何以为赦？是故严饬纪风，民俗绝勿趋下。

若乃建营洛邑，遐招八宇而朝；徙迁殷顽，永谕百贤之颂。遂乃立礼以别序尊，作乐而和亲众。垂昆范而建典章，立宗法以明继统。於戏，衍道治国，示圣人以瑰梦矣。

既而政还国主，劝以《无逸》之书；身归相臣，进乎无私之辅：念先代之瑶德(4)，警长宵之迷舞。莫行田猎之娱，勿索金珍之吕。噫，惩前则国运绵迤，毖后乃奇祯荟聚也。

嗟其睦政睦民，吐哺而怀贤士；惧毁惧谗，辞位而避洛宫。岂料册露于雷击之后，德昭乎廷赞之中。遂而返国主政，再施仁风。实神天之鉴世，晓日之熠东焉。

是故功高禹帝，学启儒纲。政垂于王者，教谕乎杏阓。于是凌超百代，化摄千章。五洲因之景仰，大同梦乎旭方也。

**注释：**

(1)钟阳：1970 年生于江西铜鼓县。当过记者、编辑，现任南昌学院校友国学研究会会长、北大清华江西分校旧址陈列馆副馆长兼秘书长、中华国学复兴会副会长兼秘书长、中国禅文化研究会副会长、中国辞赋家协会常务副秘书长。

(2)周有“易道周普无所不备”之义。

(3)商故:商朝旧民。

(4)先代之瑶德:先前的贤王的美好品德。

# 周公赋

佚名

史卷拂开,虽尘埃不掩鸿德;高山仰止,是春秋未折真芒。三千年星移斗转,圣仪轩昂列土;三千年儒尊道载,雄韬福泽家邦。后世供奉,若敬之深,若仰之切,魂牵梦绕,神驰情往。慧黠黄童,有口亦颂;云雷青史,有字皆碑。若思若念皆成人心怀古,亦敬亦仰著就历史文章。

“周公东征,四国是遒[1]。”俱威仪于胄甲,发檄文于典藏。旌旗蔽日,伐兵骁勇。九派翻腾,五湖激荡。叛军面缚,诸夷降顺。功名赫赫,风度煌煌。

“周公吐哺,天下归心。”悬天命于朝野,省风俗于八方。施德政以治国,布仁慈于黔苍。“怀保小民,惠鲜鳏寡[2]。”修五礼而问百年,考制度以正班爵,营建东都,制礼作乐。“一沐三握发,一饭三吐哺”,披肝沥胆犹患殷勤不至,呕心沥血唯恐举措有失。还政于王,丕丕以基。

“普天之下,莫非王土:率土之滨,莫非王臣[3]。”周公制礼。举礼义之开端,行分封之政本。正容体而齐颜色,施律法于黄道。顺辞令,划阶级。礼仪三百,威仪九鼎。惟王建国,设官分职,立官冢宰.以为民极[4]。而使尊卑自等,长幼伦序,上下安分,大道行天。恪守纲常息觊觎之心。礼义廉耻绝贼盗妄想。礼义法度,应时而转。"明德慎罚""力农无逸"[5]。后世儒家之所以光大,蔚为太平盛世之准基。承文王制世御俗之法,修身作人之方而以人法天,以礼明政。魔强道胜;气正风清。唐《开元六典》、宋《开宝通礼》、明《大明集礼》云云,斟酌损益,无不效尤[6];王莽改制、宇文周革典、王安石变法云云,未出圭臬[7]。辨方正位.体国经野,规划城邑王都,而有面朝后市,左祖右社之格。前有咸阳宫,后有含元殿.元朝大都,朝鲜汉城,无不尊随[8]。尔乃世间诸事诸物,皆出阴阳二气,存金木水火土之五行。相生相刑而衍,太极乾坤并砥。位之五方、律之五声、观之五色、体之五味云云[9],匡为中医学术,道家真谛。

若夫"大礼与天地同节,大乐与天地同和[10]"。周公作乐。钟鼓谐而齐响,篪埙合而争鸣。阴阳和合,五律润而思悠,五色正而心洗。衰废不侵,百物茂而盈集;天地交泰,八音纯乃克邪。天籁地籁,莫非成周之乐;南音北音,俱为载道之音。英英鼓腹,洋洋盈耳。清金沉石振声,乡人邦国传歌。是谓周公之乐,于内和盈,黎庶安贫;于外动发,国运宏祚。礼乐畅达,曲谟洋溢;制礼以节事,修乐以导志。礼之别别,乐之和和;尊尊亲亲,洒洒脱脱。移风易俗,荡涤邪意。心心向善渐弃尔虞我诈,人人乐道同守孝廉仁义。

子曰:"周之德,其可谓至德也已夫[11]!"断纲辅政,行神鬼莫测之道;修伦维序,化天地阴阳之极。矩坤而范物,美誉轩辕史册;规乾而扬仁,芳泽朝野心识。惠民厚土之德,夺山川物候造化,溯传不蠹;惊世骇俗之举,树万世人伦之表,乞今犹循。有道是"先贤莫追",岁月勾陈,却难禁毫端蕴秀,直书秉笔。三千年兴衰沉浮,再回眼周公福地。历久弥新,海岳峥嵘,祥瑞垂范,恩荣并及。抚今思惜,军事拓疆,政治立国,经济富民,文化兴邦。试问历朝历代,孰与媲拟。儒者元圣,可王可臣。丰碑无形,如长灯除千古幽暗;一智鸿钧,似日月普照人间(12)。

**注释:**

(1)见《诗经·破斧》。

(2)见《尚书·周书·无逸》。

(3)见《诗经·小雅·谷风之什·北山》。

(4)散见《周礼》。

(5)散见《尚书》。

(6)彭林:《中国古代礼仪文明》。

(7)徐化民《周公旦的贡献》。

(8)(10)彭林著《中国古代礼仪文明》

(9)见《礼记·乐记》。

(10)见《吕氏春秋》。

(11)见《论语》。

(12)《六祖坛经》:一灯能除千年暗,一智能灭万年愚。

## 谒周公庙

斯维至(1)

静静卷阿里,苍苍古柏松。

东方尚未靖，一举奏全功。
多士岂空谈，姜嫄孰为容？
飘然引遐想，野外觅巨踪。

**注释：**

(1)斯维至：浙江诸暨人，1916年生，著名先秦史研究学者。1948年发表《两周金文职官考》，1949年后先后任西北大学、陕西师大讲师、副教授、教授，中国先秦史学会第一届至第四届副会长，陆续发表关于殷周土地所有制问题等论文60余篇。著有《史学常谈》《周代的方国》《西周史》《中国古代社会文化论稿》《姓名的故事》《斯维至史学论集》等。曾任陕西省文史馆馆员。

# 谒周公庙

苏洪波[1]

山色青葱掩阁亭，高冈雕凤状飞鸣。
汉魏唐柏知兴替，飞瀑流泉兆歉丰[2]。
殿宇无言藏礼记，草虫有意解诗经。
旅人欲问周公事，栏外田头拜老翁。

**注释：**

(1)苏洪波：陕西岐山人，生于1951年。1969年入伍，1993年底转入新闻界，曾任地方党报总编辑、伊犁州文联党组书记、作协副主席。

(2)兆歉丰：岐山周公庙区东北角有一自然泉眼，其泉水数年一涌，数年一涸，水来时时泰岁丰，去则天旱无收，当地人称之为灵泉。

## 谒周公庙感怀

李景星[(1)]

海不扬波嘉瑞呈，越裳白雉贡京城。
指南神技喧千古，欧美休夸工艺精。

**注释：**

(1)李景星：曾任陕西省立第二中学教员。

## 纪念周公旦

姬景南[(1)]

孔子儒家思想风，
精神厚德永推崇。
寻源德治古文化，
鼻祖周公没世功。

**注释：**

(1)姬景南：山东滕州人，1942年生，1958年参加工作，1961年加入中国共产党。1983年团政委转业，历任北京城建集团总公司组织部长、党委书记，北京冶金医院党委书记（正司局级），多次被评为优秀党务工作者、优秀党委书记，荣获"在党五十年"纪念章。

# 诗二首

汪承兴[(1)]

## 一

### 颂元圣周公

三千年前周公旦,襄文助武辅成王。
建立封建宗法制,首创礼乐诸典章。
以德治国和天下,握发吐哺美名扬。
研究周公为今用,复兴中华创辉煌。

## 二

### 谒周公庙

游罢三孔谒周庙,心情激动更沉重。
孔庙煌煌客如潮,周庙岌岌无人踪。
三千年前制礼乐,世界文明开先风。
罢黜百家独尊儒,可知儒学源周公!

**注释:**

(1)汪承兴:字逸群,号琴剑斋主。1948 年生于安徽金寨,祖籍徽州。大学文化,部队退休干部,诗人、书法家,与人合编著有《歌颂汪华诗文》《元圣周公全传》。

# 周公颂

（合 唱）

乔仁卯词[1]
王文堂曲[2]

$^{b}E=1$
2/4 3/4

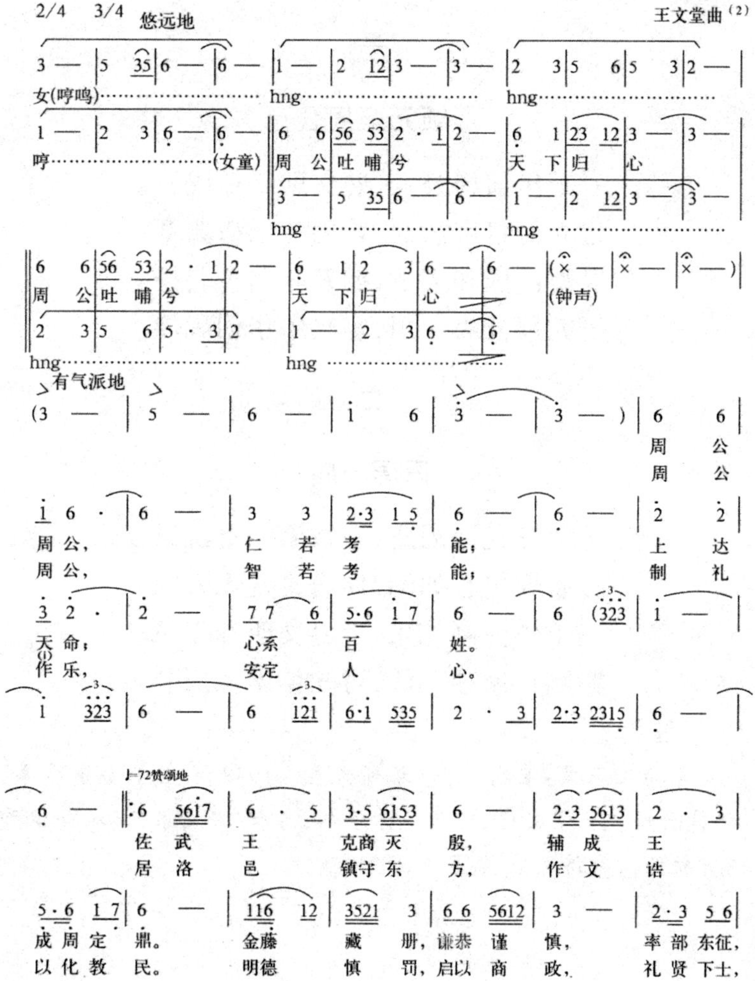

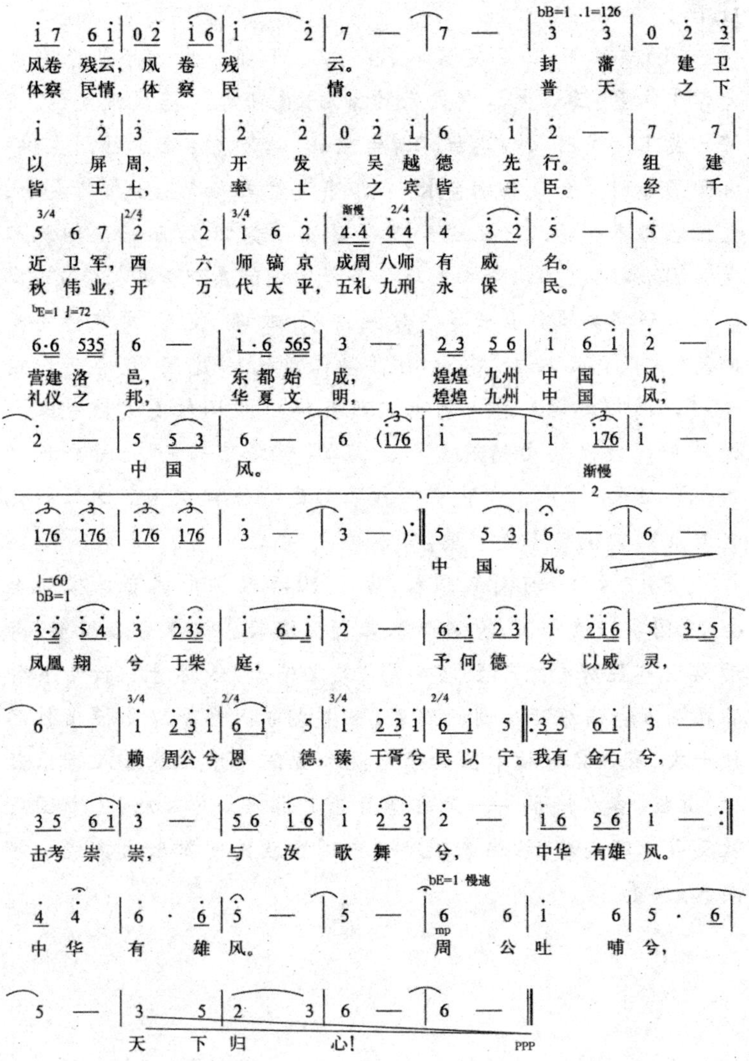
bB=1 .1=126
风卷残云，风卷残云。封藩建卫
体察民情，体察民情。普天之下
以屏周，开发吴越德先行。组建
皆王土，率土之宾皆王臣。经千
3/4
2/4
渐慢
近卫军，西六师镐京成周八师有威名。
秋伟业，开万代太平，五礼九刑永保民。
bE=1 ♩=72
营建洛邑，东都始成，煌煌九州中国风，
礼仪之邦，华夏文明，煌煌九州中国风，
中国风。
渐慢
中国风。
♩=60
bB=1
凤凰翔兮于柴庭，予何德兮以威灵，
赖周公兮恩德，臻于胥兮民以宁。我有金石兮，
击考崇崇，与汝歌舞兮，中华有雄风。
bE=1 慢速
mp
中华有雄风。周公吐哺兮，
天下归心！
PPP

创作于2006年8月

**注释：**

(1)乔仁卯：山西定襄人，生于1951年。先后毕业于郑州大学中文系、西北大学中文系作家班；曾任洛阳英烈报主编、黄河·黄土·黄种人杂志社记者部主任，牡丹文学杂志社副主编；洛阳周公研究会常务副会长、洛阳市炎黄文化研究会执行会长；现任洛阳市非物质文化遗产专家委员会委员、洛阳师范学院客座教授、洛阳理工学院人文与社会科学学院兼职教授、洛阳市文学艺术研究会执行会长等。发表诗歌、歌词、散文、文艺评论千余篇(首)，作品入选《建国40年洛阳诗选》《建国70年洛阳诗选》《河南新文学大系》《河南文苑英华》《中国精美爱情散文诗选》《中国当代散文精选·青春卷》《散文选刊》《中国广播歌曲》等；被录入《中国当代青年作家名典》《当代中国著名编辑记者名录》《河南作家大辞典》等。

(2)王文堂：河南洛阳人，生于1945年。中国音乐家协会会员，国家一级作曲，原洛阳歌舞剧院院长。被评为洛阳市“劳动模范”“优秀专家”，获河南省“文化先锋”等称号。数十首作品在国家和省级音乐刊物发表，在中央电视台等媒体播出作品数十次，有作品曾被中国音乐学院和沈阳音乐学院选入音乐教材，出版《洛水情韵——王文堂音乐作品集》。参加了《中国民歌集成·河南卷》的编纂，曾任《中国民族民间器乐曲集成·河南卷》编委。

# 第三章

# 歌颂元圣周公的额联辑注

# 周公庙额联

## 明德勤施

——爱新觉罗·弘历(乾隆)为曲阜周公庙题

## 万世臣极

——王宽[1]为洛阳周公庙题

**注释:**

(1)王宽:字敷五,山西安邑人,清代政治人物。康熙九年(1670)中庚戌科进士。选翰林院庶吉士,散官,授编修。

## 衮绣崇瞻

——陈欲达[1]为洛阳周公庙题

**注释:**

(1)陈欲达:江苏盐城人,恩贡。曾任洛阳等地知县。曾修康熙《永宁县志》、康熙《四会县志》,辑有《双莲纪瑞诗集》1卷。

## 德备三才[1]

——佟凤彩[2]题

**注释:**

(1)三才:天、地、人。上有天,下有地,人在其中,像天地般有容乃大才可并称三才。

(2)佟凤彩(1622—1677年):字高冈,汉军正蓝旗人,佟养性从孙也。初授国史院副理事官,后历任顺天香河知县,山西道御史,河东盐政,巡按湖南、湖广武昌道参议,广西右布政使。时师征云南,任江西左布政使、四川巡抚(劝官吏捐输,修筑成都府城,葺治学宫,浚都江大堰)。

## 千古硕夫[1]

——郎永清[2]题

**注释:**

(1)硕肤:大的美德,指德高望重之人。

(2)郎永清(?—1686年):字定庵,广宁(今辽宁北镇)人。隶汉军镶黄旗。初授礼部笔帖式,顺治六年(1649)出知山西浑源州,后升江西赣州知府,历官山东按察使、湖南布政使。康熙十二年(1673),调河南。在官12年,课最。康熙二十五年(1686),升山东巡抚。卒后,士民追建专祠祀之。

## 尼山寤寐[1]

——范周[1]题

**注释:**

(1)尼山寤寐:尼山指孔子;寤寐指日夜思念。

(2)范周:江苏吴县人,顺治六年(1649)进士。康熙元年(1662),任广西平乐府同知,布政司参议、粮储道,河南道首。

## 万代功宗[1]

——金鋐[1]为洛阳周公庙题

**注释:**

(1)功宗:极有功力。

(2)金鋐:字治公,号赤庵,河北宛平(今属北京丰台区)人,顺治九年(1652)进士;康熙元年任四川按察司;康熙十一年(1672),任河南布政使;康熙二十二年(1683)任福建巡抚;康熙二十五年(1686)任浙江巡抚;后任兵部右侍郎、都察院右副都御史、浙江巡抚。在浙江巡抚位上,被革职流徙。

## 千古中传[1]

——施奕簪[2]为登封周公祠题写

**注释:**

(1)千古中传:千古流芳。

(2)施奕簪:字佩其,福建晋江人,系施琅留居北京的后代。举人。清雍正十三年(1735)任登封知县,计 10 多年。乾隆九年(1744)续修《登封县志》。乾隆十(1745),主持重修少林寺大殿。主持编辑出版第一部《少林寺志》。

# 第四章

# 歌颂元圣周公的楹联辑注

周代公侯谁俎豆；鲁邦子姓此馨香。

——柏锦林[1]撰

**注释：**

(1)柏锦林(1858—1900 年)：字云卿。著名学者、书法家。9 岁时，即能默抄《论语》。清光绪五年(1879)副优贡，举人。光绪六年(1880)庚辰科进士，入翰林院任庶吉士、国史馆协修、武英殿功臣馆修。历任顺天乡试同考官、湖南乡试及陕西乡试正考官。著有《能知止斋文抄》诗集及日记等。

阿衡并圣难名任；尚父同封独用宽。

——陈宗妫[1]撰

**注释：**

(1)陈宗妫(1854—1922 年)：清朝财政大臣。山东省东阿县鱼山镇青苔铺人。光绪六年(1880)进士。

文王功德参天地；周公礼乐传古今。

——录于河南平顶山市石龙区姬从心家中

西周续祀继世长；东鲁一贯传家远。

——录于河南西平县谭店乡大姬庄

道通天地有形外；石蕴阴阳无形中。

——河南登封测景台石柱北对联，撰者佚名

道承尧舜禹汤文武；易冠诗书礼乐春秋。

——张百熙[1]撰

**注释：**

(1)张百熙(1847—1907 年)：字野秋，一作冶秋，号潜斋。出生湖南长沙沙坪，墓葬春华洞田村（今百熙村）。清末大臣，著名教育家。同治十三年（1874）进士，改翰林院庶吉士；光绪二年（1876）散馆，授编修，后任山东乡试副考官、山东学政、四川乡试正考官、日讲起居注官、国子监祭酒、江西乡试正考官、广东学政、内阁学士兼礼部侍郎、礼部右侍郎、都察院左都御史、工部尚书、吏部尚书、京师大学堂管学大臣、户部尚书、邮传部尚书等职。

精诚感风雷格成以正；道德参天地居孔之先。

——洪钧[1]撰

**注释：**

（1）洪钧（1839—1893年）：清末外交家。字陶士，号文卿，江苏吴县（今苏州）人，清末进士，外交家、翰林院修撰、山东乡试正主考官、提督江西。

父兄王道圣功善继善述；姜召帝师皇属一心一德。

——清朝岐山知县徐通久题

吐哺握发赢得天下归心；制礼作乐肇启华夏文明。

——书写于陕西省宝鸡市高新区马营镇永清村西周公庙大殿大门两侧

官礼功成宗国馨香传永世；图书象演尼山统绪本先型。

——清朝皇帝乾隆手书曲阜周公庙周公像联

家世西京衍豳岐丰镐之旧；祚封东鲁开邢卫曹滕之宗。

——录于周公嫡裔姬姓山东汶上县家谱（原注：阙城之葬，自桓、庄始，闵、僖以下诸公之墓，咸在焉。后阙（毁坏），潴汇为陂泽，而诸公墓址，至今峥嵘犹存。）

石表寓精心氲氤南北变寒暑；星台留古城，会合阴阳交雨风。

——河南登封观星台石柱联，嘉庆十四年，撰者佚名

自古勋劳推元圣；从来梦见有几人。

——清朝举人冯拱辰为岐山周公庙正殿撰

胜地矢君子之音想当年优游伴奂；
灵水卜土人之瑞看今日澎湃汪洋。

——清朝举人冯拱辰为岐山周公庙撰

制大礼作大乐并戡大乱大德大名垂宇宙；
训多士诰多方兼膺多福多才多艺冠古今。

——清朝举人冯拱辰为岐山周公庙献殿撰

一身多才艺衍五千载心传道在著爻兼著礼；
两世三圣神继八百年治统公不称鲁独称周。

——清朝赐进士出身、三品衔、军功花翎候选道、前泰安知县何毓福撰

典祀肇天中涧水东瀍水西奕世馨香依巩洛；
硕肤弘圣业文王子武王弟万年礼乐仰成周。

——朱之翰[(1)]为洛阳周公庙撰

**注释：**

(1)朱之翰：字鸿门，江苏上元县(在今南京市区)人。顺治四年(1647)进士。初知蠡县，后改平湖，升礼部精膳司郎中。康熙十三年(1674)任河南学政。任满告归，遂不复出，以恬退终于家。

卜世卜年启一代之景运德成文武义重君臣金藤已并乾坤老；

周官周礼存千秋之几希中继唐虞学开孔孟禋祀还同日月长。

——清朝进士、三品衔、军功花翎候选道、前泰安县知县何毓福为曲阜周公庙灵光殿撰

瀍涧嵩少犹留定鼎规模入庙荐青萍自永万年俎豆；

凡蒋邢茅同属居东苗裔登堂瞻赤舄敢云百世箕裘。

——蒋伊[1]为洛阳周公庙撰

**注释：**

(1)蒋伊(1631—1687年)：字渭公，号莘田，江苏常熟人。清代书画家、诗人，清康熙十二年(1673)进士及第，由翰林院庶吉士改陕西道监察御史，官至河南提学副使。有《莘田诗文集》传世。

相业攸隆绍羲轩尧舜禹汤文武之传著勋劳于八百廿世[1]；

圣功伊远开孔孟颜曾周程张朱之学享俎豆于亿万斯年[2]。

——王来庆[3]为洛阳周公庙撰

**注释：**

(1)羲轩：伏羲氏和轩辕氏的并称。

(2)伊：文言助词。

(3)王来庆：直隶河间人，拔贡。康熙十一年(1672)任河南知府。

河来天上洛出地中更涧水东瀍水西定鼎卜都此处，乃成周旧壤；

尧开舜始禹启汤先至文王子武王弟分官议礼于今守家相遗书。

——张汉[1]为洛阳周公庙撰

**注释：**

(1)张汉(1680—1759 年)：字月槎，号莪思，晚号蛰存，云南石屏县张本寨人，出生书香世家，康熙四十七年(1708)中举，康熙五十二年(1713)恩科进士，殿试后，授翰林院庶吉士，升检讨出任河南知府。著有《留砚堂诗集》《留砚堂文集》。

忠参天地才备文武观六书煌煌动作辉前裕后，使一代诸侯咸识尊周真乃圣人鼻祖；

道接唐虞学开洙泗看二水炳炳径迈矢德宣威俾万年子孙共知为国或传别派宗臣。

——王宽[1]撰

**注释：**

(1)王宽(1848—1919 年)：字浩然，回族，北京人，出身经学世家，任翰林院编修。

# 第五章

# 歌颂元圣周公的文章辑注

# 元圣宗谱序

周　布

周布曾任汉代河东太守，生平事迹不详。“元圣宗谱序”系大汉建元四年抄录于西洛元圣祠中而传存下来。洛阳周公庙，原有《元圣宗谱序碑》，立碑、被毁时间皆不详。河南省偃师市李村镇东石罢村周公嫡裔姬姓族人牵头捐资，2005 年 4 月 24 日重立《元圣宗谱序碑》于洛阳周公庙南门里西侧，并举行了隆重的祭祖祀典暨揭碑仪式。石碑背面刻有捐款人姓名和数量，碑文如下：

天下常尊者，道；圣贤重崇者，学。夫道与学并焉以彰，先周公，后孔子也。周公制礼作乐，功同天地；孔子兴书立教，道贯古今。故周公相天下之业，包乎天地之外；而孔子师万世之教，出于日月之前。春祠秋尝(1)，卜世卜年之盛(2)，笙簧俎豆(3)，赤文赤字之图(4)。崇祀典仪，万代不朽。

然师圣故尊，亦有根源。其国之根源曰史，家之根源曰谱。《大学》云：“欲治其国，必齐其家。齐家之要，在谱。”而周公万代师圣，分氏故多，宗谱可废耶?!

余考谱牒向被吕秦煨烬(5)，漫无所稽(6)，心甚恻然。遂历天下考集郡书，获曲阜公祠壁中，仅存世系分赐诸氏册一。余按派序之，其先始于有熊氏，至后稷、公刘、太王、王季、文王，后绩而伯禽，传三十四世，皆为鲁公，记年八百七十有三。然周公嫡派赐氏，由伯禽及诸子者，始姬、周，而鲁、孟，而仲、季，而叔、蒋，而邢、茅，而钟离，而东野，十有二氏。至于周之分国，以国为氏者，曰：晋、卫，曰蔡、曹，曰滕、燕，曰郑、吴，曰魏、韩，曰何、虢，曰郭、管，曰焦、滑，曰霍、聃，曰部、浩，曰雍、毕，曰酆、郇，曰郕、盛，曰于、広，曰凡、昨，曰作、贾，曰芮、随，曰巴、胡，曰遂、顿，曰道、邠，曰耿、岑，曰：彤、荆，四十有四。又各国赐氏者，四十二氏：而王、冯，而孙、沈，而杨、施，而潘、卞，而郎、毛，而秋、明，而成、臧，而庞、项，而恒、闵，而原、解，而应、单，而翁、左，而惠、荀，而甘、宁，而符、武，而詹、郏，而温、阎，而晁、古，而公、万，而文、康，而令狐，而公孙，皆周后裔，计九十八氏。

余思吾祖周公之德，上承文、武，下启孔、颜，炳炳麟麟(7)，光昭史册，无容称述。然以明垂统(8)之九十八姓本源(9)，皆知周公乃吾祖也、先也、圣也、贤也。一本万株，支流委泽，莫不以大海为宗者也。渊源相继二千余年，庶在谱诸氏，虽千百世之远，开卷一目了然，始知姓氏出自姬、周苗裔，岂不美欤！于是序之，以示我后人恒鉴耳！

时大汉建元四年岁次乙丑中秋　西楚第四十九代孙　系河东太守布同弟威国侯心百拜谨录于西洛元圣祠中(10)

**注释：**

(1)秋尝：古代天子与诸侯于秋季举行的宗庙之祭。

(2)卜世卜年：以占卜预测传国世代及享国年数。

(3)笙簧：笙中之簧片。俎豆：俎和豆，古代祭祀时盛食物的礼器，引申为祭祀、奉祀。

(4)赤文赤字：亦作“绿文赤字”，是古代传说中的一种祥瑞。

(5)吕秦：旧因秦始皇乃吕不韦私生子，称之曰吕秦。煨烬：灰烬，燃烧后的残余物。

(6)稽：考核，考查。

(7)炳炳麟麟：光明显赫的样子。

(8)垂统：把基业流传下去，多指皇位的承袭。

(9)九十八姓本源：本文所列九十八个姓均源于姬姓，而主支和一支出自周公后裔的仅有20个姓氏：姬、周、鲁、孟、仲、季、叔、蒋、邢、茅、凡、昨、作、闵、郎、臧、左、惠、公、东野，不能说其他70个姓氏也是出自周公之后。

(10)建元四年：公元前137年。建元，西汉汉武帝刘彻的年号。布：周布。心：周心。

## 令国子学立周公孔子庙诏(1)

李渊(2)

盛德必祀，义存方策(3)，达人命世，流庆后昆(4)。建国君人，弘风阐教，崇贤彰善，莫尚于兹。自八卦初陈，九畴攸叙(5)，徽章既革，节文不备(6)。爰始姬旦，匡翊周邦(7)，创设礼经，尤明典宪。启生人之耳目，穷法度之本源。化起二南(8)，业隆八百，丰功茂德，冠于终古。暨乎王道既衰，颂声不作，诸侯力争，礼乐陵迟(9)。粤若宣父(10)，天资睿哲，经纶齐、鲁之内(11)，揖让洙、泗之间(12)，综理遗文，宏宣旧制(13)。四科之教(14)，历代不刊(15)；三千之徒，风流无歇。惟兹二圣，道著群生，守祀不修，明褒尚阙。朕君临区宇，兴化崇儒，永言先达(16)，情深绍嗣[17]。宜令有司于国子学立周公、孔子庙各一所，四时致祭。仍博求其后，具以名闻，详考所宜，当加爵土[18]。是以学者慕向，儒教聿兴[19]。

唐高祖武德二年(20)二年二月十日

**注释：**

(1)见《全唐文》卷一、《旧唐书》卷一百八十九上《儒学叙》。

(2)李渊(566—635 年)：即唐高祖。字叔德。西凉太祖暠七世孙隋大业年间，任太原留守。义宁二年(618)农历五月，接受其所立的隋恭帝的禅让称帝，建立唐朝，定都长安。武德九年(626)，禅位于次子李世民，自称太上皇。

(3)方策：典籍。

(4)流庆：行善得福。后昆：后嗣，子孙。

(5)九畴：畴，类。九畴指传说中天帝赐给禹治理天下的九类大法，即《洛书》。泛指治理天下的大法。攸叙：伦常有序。

(6)节文：礼节，仪式。

(7)匡翊：匡正辅佐。

(8)二南：周南、召南，指周公、召公分管的地区。

(9)陵迟：衰微的意思。

(10)粤若：同"曰若"。语助，用于句首。宣父：旧时对孔子的尊称。

(11)经纶：整理过的蚕丝、比喻规划、管理政治的才能。

(12)洙、泗：洙、泗二水。古时二水自今山东泗水东合流西下，又分为二水，洙水在北，泗水在南，洙、泗之间，泛指孔子聚徒讲学之所。

(13)弘宣：宣扬而使弘大。

(14)四科：孔门四种科目。指德行、言语、政事、文学。

(15)不刊：古代文书书于竹简，如有误，即消除，谓之刊。

不刊谓不容更动和改变，引申为不可磨灭。

(16)永言：长言，吟咏。先达：学问好、道德高尚的前辈。因先我而闻道，故称为“先达”。

(17)绍嗣：继承。

(18)爵土：官爵和封地。

(19)聿：文言助词，无义，用于句首或句中。

(20)唐高祖武德二年：公元619年。

## 周公祠碑[1]

贾正义[2]

原夫阴阳不测之谓神，变化无穷之谓圣。圣也者，范围天地，备万物而不有其功；神也者，探赜窈冥[3]，降百祥而不矜其德。持太元之斡运[4]，日月齐明；振中古之謩猷[5]，乾坤合度。盛业冠于三代，美化流于四国。其生也，藉我为光辅[6]；其逝也，荐我为明灵[7]。所谓有始有终、可久可大者也。

公字朝明[8]，文王之子、武王之弟、成王之叔父也。昔尧臣以披□践祚，初开相地之宜；殷伯以积德累仁，终剪格天之业[9]。历太极而承元吉[10]，资中和而诞贤圣；知微表于幼颜，继体分于正气[11]。兵戈已偃，西周之历数攸归；宅土赐封，东鲁之衣冠允集[12]。故能勤劳家国，翊亮台衡[13]；植圭璧而拜三坛，御冕旒而朝万寓[14]；《鸱鸮》救其衰乱[15]，《狼跋》明其终始[16]。尊严其父，孝理也；炯诫其子[17]，卑牧也[18]；《七月》艰难[19]，陈业也；三年征伐，叙功也。复子宝位，不亏忠敬之诚；开我《金縢》，乃得风雷之意。于是测四方以定都邑,分六职以明典刑[20]。制大礼以安上理人,则俎豆之法行,揖让之仪备;制大乐以移风易俗,则和感之音畅,舞咏之情宣。详八卦而究精微,演六爻而告疑滞[21],所谓极深研精,立功成器,以为天下利者也。敢问先王之德,何以加于斯乎?若乃示诸仁,藏诸用,道艺可以激扬今古[22],轨模可以粉泽人伦[23],悬寓焕然,不假一二谈也。嗟乎!天道有盈虚,人事有存没。欲使百年黎庶,詟轩帝之威灵[24];四序蒸尝[25],用君王之典则。非天下之至圣,孰能与于此哉?

偃师县祠堂者,按云图经[26],后人怀圣恩所置也。负阳岑之岩险[27],面通谷之萦纡[28];四水以为川[29],二室以为镇[30]。重檐累拱[31],登玉户而三阶;洞室回廊,列金楹而四合。寿宫肃肃,备物严严[32]。宛若居摄之仁明[33],穆如行化之易简[34]。孝若之徘徊庭庑[35],未足赞其精微;灵均之倦尻阶除[36],不能诃其怪异。《易》称王假[37],所以致孝享;《诗》称《天作》[38],所以祀王公。崇敬则遐迩同臻,嘉祥则贤愚共被。若乃日之吉,辰之良,银鞍绣轴溢通庄[39],会舞安歌纷满堂。樽酌奠兮斟桂[40],璆锵鸣兮琳琅[41]。下祷戴兮介福[42],上歆馨兮乐康[43]。虽盛凝之持戒练心,倾恇不怠[44];刘长之去邪归道[45],拜谒逾勤。正直聪明,于是乎在。

粤以癸丑秋末[46],讫于甲寅夏首[47],西郊不雨,南亩亢阳[48]。八溪以眺渚滨河[49],罕植青草;九重以握圭沈璧[50],屡命《皇华》[51]。阙□无鹤立之征,田夫有狼顾之惧[52]。尹上柱国武威县开国子陇西李杰[53],山河间气[54],廊庙宏材[55]。允四海之具瞻[56],裁三川之景化[57]。西京伫润[58]，稍□分陕之郊[59]；东都思理[60]，再临惟洛之邑。奸豪惩而疑滞剖，鳏寡悦而礼义行．德泽布濩[61]，颂声洋溢。正议大夫行少尹护军彭城刘祯、正议大夫行少尹上柱国博陵县开国男崔元祐[62]，并星象之奇，衣冠之秀。器惟经国，文艺袭于班扬[63]；道以匡时，令望升于台阁。佐官司录柳齐物等[64]，并陟遐自迩[65]。始当州府之劳，择士用才，终践公侯之望。朝请大夫行令博阳县开国男彭城刘体微[66]，金枝玉叶之门，上善通贤之量。历霜台之鲠直[67]，阐雷邑之风□立义□欺，兼并自息。通直郎行丞王钝[68]、朝议郎行主簿李循古[69]、承议郎行尉崔延祚[70]，莫不珪璋比德[71]，麟凤成文，藏用于东畿，安卑于西亳[72]。咸以分官济俗，共理经邦，钦若皇情[73]，特怜黔首[74]。吁嗟庙宇，申至理之馨香；拜起灵坛，奠明祈之□诚，敬如在，神听无违。言未毕而布油云[75]，礼未终而澍甘液[76]。三农有庆[77]，八政□而家邦可制[78]。非圣人之利物，岂能与于此者？是以黄发儿齿之徒相与而称曰："昔文翁以化渐蜀川[79]，犹存古庙；子产以政行郑国[80]，尚列遗祠。"况公道德均两仪[81]，神灵庇万代，而颂章斯缺，盛事莫传？蒙少忝青衿[82]，晚纡黄绶[83]。勤诚不梦，岂吾道之将衰[84]；游践难言[85]，冀斯文之未丧。颂曰：

伊太初兮[86]，惟混惟茫；暨中古兮，无制无防。大忠勤国兮，辅我君王；至道被物兮，明礼典章。乾坤可测兮，阴阳会合；威仪不差兮，礼乐铿锵。上德既丧兮，先灵如在．下人蒙庇兮，遗惠不忘。春夏炎赫兮，销流金石；官寮祈请兮[87]，拜伏坛场。神听之兮，密云已洒；人赖之兮，零雨其滂[88]。喜大田之多稼，望高廪之盈仓。羞苹蘩于祭礼[89]，建碑颂于祠堂。松柏森沈兮岁久，烟霞紫□□兮山荒。谒明神于此地，降福祚之穰穰[90]。

**注释：**

(1)周公祠碑：现存于河南洛阳偃师区商城博物馆。通高244厘米，宽90厘米，厚25厘米。半圆碑首，上雕六盘龙。题额篆书“周公词碑”。

(2)贾正义：开元二年(714)朝议郎，行偃师县尉。

(3)探赜(zé)：探索奥妙。

(4)太元：犹太空。斡运：旋转运行。

(5)中古：次于上古的时代。謩猷：通“谋猷”，计谋、谋略。

(6)光辅：多方面辅佐。《左传·昭公二十年》：“神人无怨，宜夫子之光辅五君、以为诸侯主也。”

(7)明灵：圣明神灵。

(8)公字朝明：后人考证，当为唐人讳唐睿宗李旦之故，称周公旦为朝明。

(9)格天：感通上天。《尚书·周书·君奭》：“在昔成汤既受命，时则有若伊尹，格于皇天。”

(10)元吉：大吉，洪福。

(11)体分：秉赋和素质。

(12)允集：聚集，会合。

(13)翊(yì)亮：辅佐。台衡：犹台辅，宰相之称。台：三台。衡：玉衡。都是星名，位于紫微宫帝座之前，故用来比喻宰相。陆机《赠弟四龙》诗：“奕世台衡，扶帝紫极。”

(14)冕旒(liú)：古代代父以上的礼冠。顶有延，前有旒，故曰“冕旒”。天子之冕十二旒，诸侯九，上大夫七，下大夫五。见《周礼·下官·弁师》。亦专指皇冠，借指皇帝、帝位。

(15)《鸱鸮》：《诗经·豳风》中的篇名。《毛诗序》谓：“《鸱鸮》,周公救乱也。成王未知周公之志,公乃为诗以遗王,名之曰《鸱鸮》焉。”

(16)《狼跋》:《诗经·豳风》中的篇名。历代学者大多认定此诗所说的”公孙“即”周公“。诗以”狼“的进退皆狼狈不堪的情景,来衬托周公进退从容、无所往而不宜的智慧品德。

(17)炯诫:明显的警惕。

(18)牧:统治,主管。

(19)《七月》:《诗经·豳风》中的篇名。

(20)六职:有多种说法。一谓治、教、礼、政、刑、事。一谓王公、上大夫、百工、商旅、农夫、妇功六种职别。一谓司土、司木、司水、司草、司器、司货六种官职。典刑:常刑,正法。

(21)六爻(yao):《易》卦之画曰爻。六十四卦中,每卦六画,故称。爻分阴、阳。

(22)道艺:指学问和技能。

(23)轨模:法式楷模。粉泽:装饰,润色。

(24)詟(zhé):丧胆,惧怕。

(25)四序:指春、夏、秋、冬四季。蒸尝:本指秋、冬二祭。后泛指祭祀。

(26)图经:有图画、地图的书籍或地理志。

(27)阳岑:阳,指首阳山;岑:小而高的山。

(28)通谷:大谷。在河南洛阳伊滨区。东汉在此置大谷关,为八关之一。

(29)四水:指伊、洛、瀍、涧四条河流。

(30)二室:嵩山之太室、少室。镇:古称一方的主山为镇。《周礼》:“四镇五岳。”

(31)拱:斗拱。

(32)寿宫:供神之宫。严严:紧密严实貌。

(33)居摄:因皇帝年幼不能亲政,由大臣代居其位处理政务,谓”居摄“。

(34)行化:推行教化。

(35)孝若之徘徊庭庑:见《东方朔画赞》。

(36)觚:极。阶除:指阶梯。

(37)王假:"王假由庙。"语出《周易·萃》:"萃,亨,王假有庙。"假:为至;有:语词。《彖》说:"王假有庙,至孝亨也。"意为君王到宗庙祭祀。萃为聚义。

(38)《天作》:《诗经·周颂》中的篇名。

(39)通庄:通道,往来的大道。

(40)斞(ju):舀水的器具,亦作动词,舀取。

(41)璆(qiú):美玉,亦指玉石相碰声。

(42)戴:尊奉,推崇,用户。介福:大福。

(43)歆馨:谓神灵享馨香之祭。

(44)恇(kuāng):惊恐,惧怕。

(45)刘长(前198—前174年):淮南厉王。沛县人,刘邦子。

(46)癸丑:开元元年,公元713年。

(47)甲寅:开元二年,公元714年。

(48)亢阳:盛极之阳气,指旱灾。

(49)八溪:园囿中的大小池沼。

(50)九重:指帝王。

(51)《皇华》:《诗经·小雅》中的篇名。

(52)狼顾:狼行走时,常转头看,以防袭击,比喻人有所畏惧。

(53)尹:指河南尹。上柱国:战国楚国官名。李杰(?—718年),唐相州滏阳(今河北磁县)人,曾任河南尹、御史大夫。

(54)间气:旧谓英雄豪杰上应星象,禀天帝特殊之气,间世而出,称为"间气"。

(55)廊庙:指朝廷。

(56)允:信,实。具瞻:众人所瞻望。语出《诗经·小雅·

节南山》。

(57)三川：河、洛、伊，为三川。景化：犹敬仰。

(58)伫：积聚。

(59)分陕：指周公、召公分陕而治。陕：今河南省三门峡市陕县。

(60)思理：犹构思。

(61)濩(hù)：布散。

(62)正议大夫：官名，正四品。

(63)班扬：汉班固和扬雄的并称，二人以擅辞赋著名。

(64)司录：司录、参军、司录参军事。均为官名。

(65)陟遐：远行。

(66)朝请大夫：官名，正五品散官。

(67)霜台：古称御史台为霜台。

(68)通直郎："通直散骑四郎"的简称，官名。

(69)朝议郎：官名，散官八郎之一。

(70)承议郎：官名，正六品。

(71)珪璋：一种玉器，古代朝觐的礼仪，诸侯朝王执珪，朝后执璋，常比喻人品高洁。

(72)西亳：在今河南偃师西尸乡沟一带。

(73)钦若：敬顺。

(74)黔首：平民，百姓。

(75)油云：浓密的云。

(76)澍：及时雨。

(77)三农：平地农、山农、泽农。

(78)八政：古代国家施政的八个方面。

(79)文翁(前187—前110年)，姓文，名党，西汉庐江舒人，曾任蜀郡守。

(80)子产(前？—前522年)：春秋时郑国政治家，字子美，又名公孙侨、公孙成子，姓姬，曾在郑国执政。

(81)两仪:指天地。《易经·系辞上》:"易有太极,是生两仪。"

(82)忝(tiǎn):辱,有愧于;常作谦辞。青衿:古代学生穿的衣服,衣领青色,因以称读书人。

(83)纡:系,结。黄绶:古代官员系官印的黄色丝带。皆指官吏或官位。

(84)勤诚不梦,岂吾道之将衰:出自《论语·述而》孔子语。

(85)游践:犹游踪。

(86)太初:亦作"大初。"天地未分之前的混沌元气。

(87)官寮:官僚,指官员。

(88)零雨:慢而细的小雨。滂:形容水涌出或雨量多。

(89)羞:同"馐",美味的食品。苹蘩:苹和蘩,两种可供食用的水草,互带常用于祭祀。

(90)穰穰:丰盛繁多的样子。出自《诗经·周颂·执竞》:"降幅穰穰,降幅简简。"

# 追封周公为文宪王诏

宋真宗赵恒(1)

敕中书门下(2):方岳盛仪(3),克修于封祀;古先茂烈,允尚于追甄(4)。周公昔在宗周,蔚为上圣,营鼎邑之宅,王治建中;秘《金縢》之书,忠规盖世。诰东征而法正,辅南面以道遵,创礼乐之懿文,配日月之久照。姬诵所倚(5),宣尼式瞻(6),焕乎旧章,垂之千载。今以详求大典,昭报玄休(7)。陟降(8)告成,抚巡问俗。弥节岱宗之域,鸣鸾少昊(9)之墟。逖(10)览遗风,缅怀前哲。始公胙土(11),实惟此邦,故其嗣君,得用王祭。而祠宇未构，阙孰甚焉。特议褒崇，以伸旌显，盛德不泯，载钦可久之贤；列爵有加，爰晋通王之号。式宣殊礼，永耀芳徽(12)。可追封为文宪王，于曲阜县建庙，春秋委本州正官致祭，祝文特进署，仍令有司择日备礼册命。故兹昭示，想宜知悉。

大中祥符元年(13)十一月一日

**注释：**

(1)赵恒(968—1022年)：本名赵德昌，改名赵元休、赵元侃。宋朝第三位皇帝(997—1022年在位)，宋太宗赵光义第三子，母为元德皇后李氏。历封韩王、襄王和寿王，曾任开封府尹。至道元年(995)，被宋太宗册立为太子，改名赵恒。至道三年(997)，太宗崩，他即位为帝 。景德元年(1004)，在主战派宰相寇准的劝说下，御驾亲征，挫败辽军于澶渊，最后达成"澶渊之盟"，实现宋辽百年间和平。乾兴元年(1022)，驾崩于开封延庆殿，累谥"膺符稽古神功让德文明武定章圣元孝皇帝"，庙号真宗，葬于永定陵。爱好文学，擅长书法，谚语"书中自有黄金屋，书中自有颜如玉"，出自他所撰的《励学篇》。著有《御制集》300卷传世。

(2)中书门下：官署名。

(3)方岳：四方之山岳。

(4)追甄：谓整修昭显坟墓。

(5)姬诵：即周成王。所倚：依托；依靠。

(6)宣尼：汉平帝元始元年(公元1年)追谥孔子为褒成宣尼公，后因称孔子为宣尼。式瞻：敬仰，景慕。

(7)玄休：天赐的喜庆。

(8)陟降：升降，上下。

(9)少昊：上古五帝之一。

(10)邈：远。

(11)胙土:指帝王将土地赐封功臣宗室以酬其勋劳。

(12)芳徽:盛德,美德。

(13)大中祥符元年:公元1008年。

## 文宪王颂并序

宋真宗赵恒　御制御书

若夫夹辅文、武,垂范成、康,措刑辟而惠民,制礼乐而正俗。宜乎大公刘[1]之业,克致于隆周;启伯禽之封,遂成于东鲁者也。朕以载新盛典,肇建明祠,既峻极于徽章,复揄扬于懿美[2]。赞曰:

伟哉公旦,隆彼宗周。刑罚以息,王泽斯流。

政成洛宅,庆锡鲁侯。式增显爵,用焕嘉猷[3]。

大中祥符元年十 一月二日 御书院奉敕摸勒刻石

**注释:**

(1)公刘:姓姬,名刘,后稷姬弃曾孙,他发展农耕,姬姓由他兴旺。

(2)揄扬:赞扬,宣扬。懿美:美善。

(3)嘉猷:治国的好计划。

## 周公论[1]

王安石[2]

甚哉,荀卿之好妄也[3]!载周公之言曰:“吾所执贽而见者十人,还贽而相见者三十人,貌执者百有余人,欲言而请毕事千有余人。”是诚周公之所为,则何周公之小也!

夫圣人为政于天下也，初若无为于天下，而天下卒以无所不治者，其法诚修也。故三代之制，立庠于党，立序于遂，立学于国，以为养贤教士之法。是士之贤，虽未及用，而固无不见尊养者矣。此则周公待士之道也。

诚若荀卿之言，则春申、孟尝之行，乱世之事也，岂足为周公乎？且圣世之士，各有其业，讲道习艺，患日之不足，岂暇游公卿之门哉？彼游公卿之门、求公卿之礼者，皆战国之奸民，而毛遂、侯嬴之徒也。荀卿生于乱世，不能考论先王之法，著之天下，而惑于乱世之俗，遂以为圣世之士亦若是而已，亦已过也。

且周公之所礼者，大贤与？则周公岂唯执贽见之而已，固当荐之天子而共天位也。如其不贤，不足与共天位，则周公如何其与之为礼也？子产听郑国之政，以其乘舆济人于溱、洧，孟子曰："惠而不知为政。"盖君子之为政，立善法于天下，则天下治；立善法于一国，则一国治。如其不能立法，而欲人人悦之，则日亦不足矣。使周公知为政，则宜立学校之法于天下矣，不知立学校，而徒能劳身以待天下之士，则不唯力有所不足，而势亦有所不得也。或曰："仰禄之士犹可骄，正身之士不可骄也。"夫君子之不骄，虽暗室不敢自慢，岂为其人之仰禄而可以骄乎？

呜呼，所谓君子者，贵其能不易乎世也。荀卿生于乱世，而遂以乱世之事量圣人，后世之士尊荀卿，以为大儒而继孟子者，吾不信矣。

**注释：**

(1) 选自《王安石文集》，有删减。

(2)王安石(1021—1086年):字介甫,号半山,临川(今江西抚州市临川区)人,北宋著名的政治家、思想家、文学家、改革家。庆历二年(1042),进士及第,历任扬州签判、鄞县知县、舒州通判等职,政绩显著。熙宁二年(1069),任参知政事,次年拜相,主持变法。因守旧派反对,熙宁七年(1074)罢相。一年后,宋神宗再次起用,旋又罢相,退居江宁。谥号“文”,故世称王文公。

# 姬宗世谱录序[(1)]

程　颢[(2)]

孔子之道,学于文、武,而文武之德,实惟周公成之。余自束发受书,心向周孔,尝欲东至阙里,西至成周,拜谒圣人故里,亲见其车服礼器,得遂瞻仰之诚,势睽地隔[(3)]而其愿未偿也。嘉祐庚子之冬,调主户县簿。窃念户为丰京旧都,周公退老告终之地,意先圣遗迹,犹有存焉者乎。甫莅任,急为采访,于古陵得拜王季于西郊,于泮水之东,见泮宫、辟雍遗址。于东郊,获遇灵台、灵沼、灵囿旧基,先圣遗迹昭然在目,恍然如见圣人于几筵也。而毕郢祀典,尤属户邑分办,遂北至咸阳,拜文、武、成康、周公、鲁公陵寝。圣君哲相,洋洋如在,仰止夙愿,已属克遂。而致祭之时,见有衣冠来谒,陪祀行礼者,则姬公讳辅也。询其历履,乃元圣周公六十二代,温文儒雅,洵有圣人风度,遂与订交,时相友善。予益自喜,幼读圣人书,今官圣人地,获瞻圣人陵寝,复得圣人子孙而晤对于一堂,真属快事。天若礼予私淑之衷,而默为之作合者,订交圣门,信非偶然也。姬公出其家乘,问序于予。予阅其世系，乃元圣仲子之裔，世德衍庆[(4)]，虽微显各异，而其忠厚传家，世世象贤，不愧家声则一也。我朝崇文重道，超越前代，酬功报德之典，必有特加于圣门者矣。予拭目望之，因为序，以弁其谱。

宋嘉祐四年岁次辛丑二月之吉[(5)]

户县主簿　程颢撰

**注释：**

(1)此文录于1987年4月陕西《户县志》第675页。《姬宗世谱录》被誉为“天下第一谱”，属于国家二级文物。

(2)程颢(1032—1085年)：字伯淳，号明道，世称“明道先生”。生于湖北武汉市黄陂区，河南洛阳人。北宋理学家、教育家，理学的奠基者，“洛学”代表人物。宋仁宗嘉祐二年(1057)进士，历官陕西户县、上元县主簿，泽州晋城令、太子中允、监察御史、监汝州酒税、镇宁军节度判官等职。宋神宗元丰八年(1085)，宋哲宗继位，召其为宗正丞，未行而病逝。他和弟弟程颐，世称“二程”，同为北宋理学的奠基者，后为朱熹继承发展，世称“程朱学派”。撰有《定性书》《识仁篇》等，后人集其言论所编的著述书籍《遗书》《文集》等，皆收入《二程全书》。

(3)势睽地隔：睽同暌，不合。全句意为势不合儿地亦隔。

(4)世德衍庆：世德，世代流传的功德；衍庆，衍，满溢，盛多；庆，相庆。

(5)嘉祐四年：嘉祐，宋仁宗赵祯的年号，即公元1059年。

# 姬宗世谱序

东野沛然

我周自后稷发祥以来，贤圣相继一十六世，及我元圣,承接道统,功德昭著,如日月经天,江河行地,以故长发其祥,子孙蕃衍,盖本实者支自茂,源远者流自长也。秦虽无道,輘轹[1]前代,而昭襄[2]两世,犹念周德,惮狐阳人之聚,特予奉我周公之祀,岂暴秦之独仁?亦我祖圣德之所感也!顾当日以元公俾[3]。就侯封,而次子留周侍我圣祖。暨圣祖殁,而世袭公爵,为王第卿士。于是,东周、西周,代衍公嗣。沛然忝东派七十三世之五 裔,守祀太庙,每当春秋荐献之际,顾瞻族属,仅寥寥百人,辄思东周、西周故地,代袭公爵,必有公姓公族繁衍昌炽。惜世远地隔,未能远历周秦之墟,遍为访求鳞次谱牒,骨肉天涯徒姬结遥情已耳。迨甲子冬,恭遇皇上东巡阙里,具疏奏请,蒙特姓授世爵主鬯(chàng 唱)太庙,遂于丙寅春人都奏请致祭祖陵。奉旨给限前来,及至户县,祭王季祖陵。寓公署,因思户为成文周丰京,乃元圣祖退老告终之地,岂无公族世居者乎?访之邑化侯李公,以姬姓讳箓者,对遂为先容见之。见其人,倜傥豪迈,洵圣诒克肖子也。出其家谱印证,乃七十四代孙。余不禁辗然色喜,以为主庙祭者有,余奉陵祀者有,子岁修时荐拜扫先陵责在子矣。遂委奉王季祖陵祀事,并陪祀毕、郢诸陵。鸣呼,两地一家,既分获合,夙心既慰,关情益切。濒将东返,乃执箓手,而恳款嘱曰:“慎哉!慎哉!吾宗于今,陵替衰微,不可言矣。然尊尊亲亲,祖训固昭昭在也。尚其恪守弗替,以无忝家声,若致身闻达,大振箕裘,是又在教子扬名,以显祖德矣。”尚其勉之。

康熙二十五年岁次丙寅嘉平月之吉,元圣七十三代孙,奉旨特授世袭翰林院五经博士,主鬯东野沛然撰。

**注释:**

(1)轢轹:车轮碾压,喻遭踏。

(2)昭:秦昭王。襄:秦襄王。

(3)俾:使。

(4)次子:指周公次子伯羽。

(5)暨:及;到。

(6)殁:死。

(7)忝:谦辞。

(8)顾瞻:瞻前顾后,周密的考虑。

(9)辄:文言副词,就。

(10)昌炽:昌盛。

(11)徧:普遍。

(12)迨:及;到。

(13)鬯:主管祭祀。

(14)给限:限定时间、期限。

(15)先容:先有人介绍,推荐。

(16)诒:传给;克肖:继承前人。

(17)子 :古代对男子的通称。岁修:每年有计划地进行。

(18)悬款:恳切。

(19)箕裘:比喻先辈的事业。

(20)康熙二十五年:公元1686年。

# 重修周公庙记

游淑[(1)]

岐山,太王肇基之地。周公,太王之裔也。太王城在岐山下,迤而西数十里,即卷阿,公庙在焉。旁接凤鸣之冈,中穴润德之泉,地幽势阻,万木森列,凭高纵观,饶有古色,实灵爽[(2)]之所式凭也。往年,安定,御史李公守节尝宰是邑。汎游学海,恪守圣门,嫉诞说若探汤[(3)],尊王道比珂愈[(4)],先是,有瞻庙田十余顷,久为耕者所侵,公患之,未有以觉举,适有黄冠者[(5)],私市庙作道观,行切以榜[(6)],公闻之大怒,曰:"吾可以并按若属矣。"呼冠至,责问:"若敢唐突底柱耶?"戢吏缚冠系狱,言状闻府,府以闻按察司。是公,下其事命理决之。公即正冠之罪,而褫[(7)]其牓,并赡田一为改正,其具存焉。今县令张公衮,抱先圣学[(8)],怀良吏才。三辅[(9)]蔼仁化之称,朝廷属表选之望。下车以来,悉闻其事,乃叹曰:"公之庙,日月也。不幸而为冠所毁,日月之蚀也,幸而为公所复,蚀而更明也。使他日复有毁之若冠者,则县令之责也,县令之责,而不先刻之石,终无以为质也。"于是录其本末,刻诸石,将使膺是责者,以李公之志为己任,以黄冠之欺为炯诫[(10)],斯张公之心欤!遂新庙貌,缉殿庑,构三门而隆威严,建碑亭而萃众作。工既竣,俾淑铺辞纪事,淑才微识浅,敢辱斯述,顾谀鬼神以空文,佞佛老而曲笔[(11)],较其所取,犹无愧焉,则何敢辞?铭曰:

曲阜旧宅,鲁王欲毁,一闻天音,惊悸而止。
文宪庙貌,黄冠潜移,李公力拯,仆而植之。
莫耶指日,物不可蚀,飞廉决氛,复见太极。
猗欤张侯,克大芳猷[(12)],著于贞石,何千万秋。
凡百为令[(13)],勿忘翼圣,尚监兹文,以为龟镜[(14)]。
毋使庙污,毋容冠欺,李公之志,张侯之规。
岐山苍苍,渭流洋洋,神宇俨然,岐渭之阳。

金兴定五年八月望日[15]

**注释：**

(1)游淑：金朝人，文林郎，凤翔录判官府。

(2)灵爽：指神灵，神明。

(3)探汤：探试沸水，比喻艰难困苦之境。

(4)珂愈：指孟珂、韩愈。

(5)黄冠者：道士行黄老之道，泛指道士。

(6)榜：鞭打、击打。

(7)褫(chǐ)：本指剥去衣服，后泛指剥夺。

(8)圣学：孔子之学。

(9)三辅：西汉治理京畿地区的三个官职的合称。

(10)炯诫：明显的警惕。

(11)曲笔：有意掩盖事实，谓之曲笔。

(12)芳猷：犹美德。

(13)凡百为令：是指总括，概括。

(14)龟镜：龟可卜吉凶，镜能别美丑，因以比喻可供人对照学习的榜样或引以为戒的教训。

(15)金兴定五年：公元1221年。

# 周公负成王图赋

杨维桢[1]

按《家语》：孔子观乎明堂，见周公抱成王负斧扆之图。至汉武帝，使黄门画以赐霍光[2]，则其图固有所祖矣。余读光《传》，未尝不废卷而欢曰：嗟乎，光受顾命，拥昭立宣，以匡定社稷。使大臣不疑，百姓不贰，亦不负于帝矣。余不无负于周公乎？自受襁褓之任，颛制国命。上官既诛,昌邑既废,后威遂至于震主。而况寡妻弗刑,子弟日横。宣帝芒刺于光,岂惟骖乘之际乎?光素不学,无修己之术、家庭之教,故周公之罪人也尔。吁,周公七年而反政,犹穷穷其慎畏也。光颛至二十年之久,而不知退避。周公子孙封于鲁,传世者三十。而光之族,一日而赤。人之才德相悬,固如此哉。曰:光不幸遭宣帝寡恩之主尔,孝昭明过周成,信任大将军,有毁者坐之。惜乎天不假年,光弗及终事也。吁,诚使孝昭与光始终,又果得成王之康周公于鲁者乎?因论次其事,而赋其图云:

溘余游此明堂兮(3),阅天府之图画(4)。曰典逸与王会兮,固纵览而无余。忽游目而反顾兮。俨赤舄之模糊。兹非吾尼父之所尝见,而周公抱成王负斧扆之图欤?假余生之好修兮,遂披图而求索。邅予道大西京兮,若予心之有获。昔炎汉之龙兴兮(5),历五叶之武皇(6),尧门立于钩弋兮,戾苑废予博望。志落落以多华兮,景翳翳以将暮(7)。虽服食之有方兮,恐年岁之不吾与。视嗣子之在乱兮,尤隐衷之所虑也,曰:托孤之大节兮,微重臣其孰属也?美长髯之谔谔兮(8),实汉家之柱石。方出入乎禁闼兮(9),虑尺寸之或失。夫何黄门之有图兮,乃委裘之攸寄(10)。匪徒示乎观美兮,重顾命之可贻(11)。光拜稽首兮,实兢实惧。曰惟冲人兮,是调是护。顾六尺之既脱兮,虽九死其不易。出纳政令兮,左右正直。统御庶士兮,匡定社稷。虽不周于古之人兮,愿依周公之遗则,兀砥柱于中流兮,受万国之朝宗。四海想其风采兮,咸曰汉室之周公。迨昌邑之再禅兮,好弃忠而蔽美。顾兹图之遗命兮，指皂天以永矢。爰按剑之有律兮，叱殿前之唯唯。玺组一解兮，行绝自天。金门涕泣兮，社稷忘颠。二百人之剿兮，亦足以慰先帝於酒泉。吾切悲夫子孟子之贪婪兮[12]，何持盈之弗悟也[13]？颛制以二十年之久兮[14]，曷不改乎此度也？阶党人之根据兮，彼又专之而不去也。昔周公之退政兮，犹穷穷其畏惧也，功在周室兮，报在鲁也。呜呼，势不可以纵兮，权不可以久持熟有满而不溢兮，弯而不危。自游于之失策兮，放妻祸于椒房[15]。启上心之一悟兮，恨昭台之夜长。拨一船于后昆兮，终亦罹夫殃祸。赤族氏于千户兮，流污血于平阳。君子知霍氏之颠覆兮，固不在骖乘之日也[16]。斩元勋而不殁兮，又凯为寡恩之失也？

赋已复为辞以诔之曰[17]：

君以臣而信兮，亦以臣而疑。臣以权而宠兮，亦以权而危。彼勋德之格天兮，兹功烈其何卑。彼世封之三十兮，兹九族之如斯。游魂不食兮，霍叔馁而。问扆图以何在兮？欻明堂其惊飞。顾麟阁其以圮兮[18]，愭愁云之四垂[19]。

**注释：**

(1)杨维祯(1296—?)：元代著名文学家、书画。字廉夫，号铁崖、铁笛道人，又号铁心道人、铁冠道人、铁龙道人、梅花道人等，晚年自号“老铁”“抱遗老人”“东维子”，浙江诸暨枫桥全堂人。与陆居仁、钱惟善合称为“元末三高士”。泰定四年(1327)进士。历天台县尹、杭州四务提举、建德路总管推官。著有《东维子文集》《铁崖先生古乐府》等行世。

(2)黄门：古代官名，称黄门郎或黄门侍郎，宫门多油漆成黄色，协助皇帝处理事务，最高可达从二品。

(3)溘(ke)：忽然，突然。

(4)天府：西周王室档案库。

(5)炎汉：汉自称火德王，因称中国或汉族为炎汉。

(6)五叶：本指人参的五个花瓣，也指五代、五世。

(7)翳翳：昏暗的样子。

(8)长髯：两颊的长须。

(9)禁闼：宫廷的门户，亦指宫廷、朝廷。

(10)乃委裘之攸寄：委裘，君主选贤任能，也指幼君在位，不胜礼服坐朝则委裘在地，故称。

(11)重顾命之可贻：取临终遗命之意；也有顾惜生命之意。

(12)贪婪：贪得无厌，不知足。

(13)何持盈之弗悟也：持盈，保守成业；弗悟，昏迷不醒。

(14)颛制：独断专行，操纵控制。

(15)椒房：泛指后妃居住的宫，也是后妃的代称。

(16)骖乘：古代乘车陪坐在后边的人。

(17)诔：叙述死者事迹，表示哀悼。

(18)麟阁：泛指画有功臣图像的楼阁。麒麟阁的简称。

(19)四垂：从四面垂下来。

# 重修周公庙记

王利用[(1)]

陕西岐山县有重修周公庙碑，碑文为翰林直学士、太中大夫西蜀四川道提刑按察使王利用所撰，全文如下：

至元二十七年[(2)]，岁次庚寅，秋八月中，潮日，磻溪长春宫提点方志正稽首而致语于山木老人王利用曰：

“凤翔岐山县北十里许，周公庙在焉。”金正大□□□天兵南下，例堕灰劫。至元庚辰，忠宣李公行台陕右，一日敬谒是庙，见其颓垣废址，不胜惋叹，乃诣终南重阳宫秦蜀教主真人李天乐，而议□□□。周公庙历代修建表圣德也，今兹片甓寸木，扫地无遗。若不□□于玄门，将见有亏于祀典。天乐真人嘉忠宣公崇明祀之心俾志正，以任其□□再祀。左辖汪公为国祈永，缘施财以佽其用，其弟平章敬启□，永蛙王助役以输其力，至于鸠工庀材，治荒补缺，陶冶朽墁，桷节梳，皆志正□□提举，曹道进知宫、王志禧、郭仲方等躬服勤劳而为之也。文宪王正寝、圣母、太公二殿，凡一十三楹，宫厅精舍，坛室泉亭，计百余础，经营之功迄□□辍，贞珉既磨，丐君之文以识其岁月云尔。应曰：祭法谓圣王之制祭祀也，法施于民则祀之，以劳定国则祀之，能御大菑则祀之，能捍大患则祀之，具此数美，姬公有焉。其《周书》三十余篇，而公之作居多，《诗》有四始之义，而豳之风甚悉，易也、春秋也、礼也、乐也，述作利于当时制度，仁于后世，不谓□法施于民，而可乎？其佐武灭纣，营洛迁民，纂缉熙之业，成措刑之功，不谓之以劳定国而可乎？其揄蚤沈河，祷成王之疾，藏策金縢，代武王之死，天神感诚，二王有瘳，不谓之能御大菑而可乎？其管蔡武庚率淮夷以叛，公奉命东伐，作大诰，诛管叔，杀武庚，放蔡叔，东土以宁，三年而归，诸侯咸服，宗周享治。不谓之能捍大患而可乎？其接士以谦，从权摄政，特公之分内事也，圣德如天，未易缕数，以祭法较之血食万世宜也。唐武德初，诏国子学立周公孔子庙，以公为先圣，孔子配之。显庆二年[3]，太尉长孙无忌言，周公作礼乐，当同王者祀，乃以公配武王。《国语》曰："周之兴也，鹭鹭[4]鸣于岐山。"盖岐山姬周旧邑，庙之于此亦宜也。语其形胜，则山横翔凤，两翼骞翥，泉沸镜池，与时通塞。其庙貌尊严，廊殿轮奂，使邑人过客荐时祭奉香火者，钦仰圣像，如见负斧依抱幼主位明堂，朝诸侯之仪。其之才之美之德之勤，洞感于人者，盖如此。余惟庙之修建，国家之急务，提点方师，承天乐真人之命为国兴圣王焚修之所，亦千古一胜缘也。故忘其陋而以记其实。文既竟矣，复□之以岁时，祈祷之辞，其辞曰：

德圣位圣兮，实维姬公；自公而正兮，是褒是崇；亲而二叔兮，彼罪我攻；疏而顽民兮，我迁彼从；严父配天兮，克祀厥宗；制礼作乐兮，历代肃恭；下贤礼士兮，其德有容；藏策揃蚤兮，自以为□；□父□□兮，道斯匪穷；成王感悟兮，天乃反风；庙而血食兮，载在祀典；廊殿炜焕兮，华衮星冕；周虽旧邦兮，禋事未腆；桂酒牢牲兮，以荐以□；山鸣鹭鹭兮，氛沴永殄[5]；泉名润德兮，与时晦显[6]；雨旸靡愆兮[7]，岐封沃衍；神灵垂佑兮，俾尔俾戬。

大德二年[8]，岁次戊戌，三月十五日，前凤翔府道门提点兼磻溪长春宫周公庙事真崇道大师方志正既齐德修等建，玉册提举汤泽刊。

**注释：**

(1)王利用：字国宾，北京市通州区潞城人。元朝大臣，辽朝赠中书令王籍之七世孙。历任太府内藏官、四州知州，迁监察御史，转翰林直学士，兼修实录，历任河东、陕西、燕南、四川提刑按察使，安西、兴元两路总管、太子宾客。卒于家中，时年77岁。元武宗继位后，追赠柱国荣禄大夫、同平章事，封为潞国公，谥号“文贞”。

(2)至元二十七年：公元1367年。

(3)显庆二年：公元657年。

(4)鸑鷟(yuè zhuō)：凤凰，祥瑞之鸟。

(5)氛沴：毒气，喻混乱。殄，灭绝。

(6)晦显：隐伏与显达。

(7)雨旸：雨天与晴天。

(8)大德二年：公元1298年。

## 周公裔姬姓族谱序(1)

王思诚(2)

余先世居嵫阳，因从汶邑曹先生讳元用，字子贞者，游遂家焉，有姬姓名成者，与先生相往来。一日，携族谱求先生为序，先生事务殷繁，转以示余。余思：姬乃周公之胤，曹乃振铎之后，始固一母兄弟也，其封域东西比肩，与周世相为终始，谱系昭昭可考也。

先生之托，传姬姓乎，亦所以传先生也。自知鄙俚(3)，不敢言文。然承师命，义在难辞，因得详其遗谱，悉其始末，遂掩卷而叹曰：“周公大圣人也，制礼作乐，上承尧、舜、禹、汤、文、武之道，下开孔、颜、曾、孟、程、朱之学。当是时，由周公而至孔子，五百有余岁。不有周公，仲尼焉学？将千古之道统或几乎熄矣。故孔子曰：‘久矣，吾不复梦见周公。’孟子曰：‘悦周公、仲尼之道，周公与孔子并列，所谓莫为之前，虽美弗彰；莫为之后，虽善弗传。原无相为低昂也。'"因念先世之功业,既尔无殊,则后人之食报,自应一致。然孔子之子孙世世贵显,可谓荣矣,可谓报功无爽[4]矣,独至周公子孙贫窭,无异编户[5],余甚惑焉。虽然无惑也,周公之道,功在万世,位参两间,或者久而弥彰,远而弥芳,将千百年未有之旷举,正留以待,不世出之主恩,必同孔子之子孙而并永也已。

赐进士第,通议大夫,国子监祭酒王思诚顿首拜撰

**注释:**

(1)录于山东省汶上县周公嫡裔姬姓20卷本家谱卷1,1325年续修。

(2)王思诚:字致道,山东兖州人。至治元年(1321)进士第,授管州判官,改翰林国史编修,后任翰林文字、待制、奉议大夫、国子司业、监察御史、河南、山西肃政廉访司事、通议大夫、国子祭酒等职。

(3)鄙俚:浅陋。

(4)无爽:不妨;没有差失。

(5)编户:编入户口的平民。

# 周公论

夏完淳[1]

夫大臣之厄,不败于专制,而败于犹豫;贵戚之倾,不蹶于孤介[2],而蹶于宠荣也。窃见汉宣帝时霍光辅政,事必关白[3],然后奏闻。弘羊见族,上官被诛,揽权至切也,然而不败。首创废立,放斥昌邑[4],手脱玺绶,操上至急也,然亦不败。顾疑沮芄兰之药,不忍淳于之

计,欲自发举,卒不断割。鸮鸣鼠暴,竟为酷祸,所谓犹豫之失也。金日磾种自休屠,马黄门本非大族,终鲜党与,去妻杀子,岂非至孤,而保全家声,不堕忠实。山禹之俦,缮治第宅,走马平乐,使奴上谒,出入宫禁,竟成彻屋之怪,祸萌骖乘之年,所谓宠荣之失也。

昔者周公辅成王,身履乘石[(5)],朝则负扆,谤流群叔。少主伤心,即二公不无怏怏。此时公虽大圣,得无少自引嫌,乃独任胸腹之气,芟刈股肱之任[(6)],刳心着地,何足自解,斯特恃其莫可谁何耳。

然则何不挟制嗣君,使天下自在行间,仰承至顺之词,坐为自大之计,岂非万全无失哉!而身离阙廷[(7)],独仗元戎,可谓危难不测矣。既又不能归诉冲人,自谢专擅之罪,悠悠东国之行,纷纷风雨之句,无论其心之忠与否,迹其行事,亦大非忠悫老臣所为矣。顾方变起帏闼,内外危疑,公既不能直其事,而又假托至尊,迁劫乘仁舆[(8)],则天下摇摇,遂成不释之嫌。公旦岂有投足之地耶[(9)]!

及二年之后,罪人斯得,国难虽除,而吝咎归于一人[(8)]。此时解众释甲,则有仓卒致变之忧;趋兵西下,则有威震帝京之势,虽欲待罪长安,首白归服,又安可得乎!况乎三叔既诛,公已挟盖主之威,处莫可容之迹,而不自引归,依假县官,乃孤兵坐困,曾无俯仰于防危虑患之事,若无所与者。天下岂有此等叛臣逆相哉!虽有刺骨之谈,无所摇其唇舌,既畜之疑,亦可洞胸彻臆矣。

《诗》不云乎"制彼裳衣,勿士行枚"。曾非长毂雷野,高锋彗云,进有显赫之形,退有难解之迹,此亦何必自为陈说,然后免于咎累耶[11]!所以其出也断然东行,但曰我之弗辟[12],我无以告我先王耳。乃其既还,成王执书涕流,过自刻责,而公也默然无辞,反作诗慰劳将士。苟素无断制,少结依援,又何能履变而不疑耶!是故去犹豫,避宠荣,此大臣之所以自全也。

虽然,公亦甚难矣。苟成王不可辅,何不躬行伊尹之事,身蹈放逐之举,而委曲以自保乎?不知公与伊尹异势。夫尹起自匹夫,出入夏、殷,数行间谍,求济于危难之际,孑尔一身,非豁然自任探索外,度不足自建,所以首创革鼎之图,中更放废之事,诚计无复之而不惮履危也。若周公者,虽号从龙,而体胤天家[13],本其素族,循其门望,自足保全功名;苟前业无改,嗣君可辅,又何必过自高异,负不世之疑,以求非常之功哉!此又门胄之不可以不知也[14]。

**注释:**

(1)夏完淳(1631—1647年):乳名端哥,别名复,字存古,号小隐,又号灵首。松江府华亭县(今上海松江区)人,祖籍浙江会稽。明末诗人、抗清英雄。

(2)蹶:跌倒,比喻失败。孤介:正直,直爽,不同流俗。

(3)关白:陈述,禀告。

(4)放斥:放逐,斥退。

(5)乘石:天子登车用的垫脚石。

(6)芟刈:杀戮。

(7)阙廷:借指京城。

(8)仁舆:施行仁德唯有舆论的监督。

(9)投足:此为栖身、投宿之意。

(10)吝咎:祸辱。

(11)咎累:罪过的牵连。

(12)弗辟:不掌握政权。

(13)体胤:亲生的后代。天家:对天子的称谓。

(14)门胄:门阀世系。

# 祭周公庙祝文碑[1]

赵贤[2]

万历六年[3]岁次戊寅二月壬午越朔十六日丁酉,钦差巡抚山东等处地方督厘营田都察院右副都御史赵贤,谨以牲帛庶馐之仪,敢昭告于先圣文宪王曰:唯王思兼三王,以施四事,太平开八百年,礼乐垂千万世。盖尼父不复梦见,则深自慨焉。贤小子东巡过鲁,瞻谒遗庙,亦低徊久之,而不能去,牲醴[4]薄陈,用伸虔祭。尚飨。

管理曲阜县事济宁州知州孔弘复刊石

**注释:**

(1)此碑位于曲阜周公庙元圣殿东侧,碑高210厘米,宽91厘米,厚15厘米。正书。共10行,每行25字。残为3块,已修复。

(2)赵贤(1532—1606年):字良弼,号汝泉,河南汝南人,祖籍山东济南历城区东乡人。嘉靖三十四年(1555),河南乡试举人第二,翊年进士及第,授户部郎中。历任顺德(今属广东)知府,荆州(今湖北江陵)知府、湖广参政、浙江按察使、佥都御史、副都御史、云南布政使、巡抚山东、吏部侍郎等职。

(3)万历六年:公元1579年。

(4)牲醴:指祭祀用的牺牲和甜酒;指宴飨用的牲和醴。

# 重修文宪王庙碑文

张文宪[1]

重修文宪王庙碑位于山东省曲阜周公庙内，碑文如下：

曲阜城中，吾圣夫子庙在焉。城之外东北里许，盖鲁公殿旧基也，有庙巍然，以祀文宪王。庙宇门庑，周垣列峙，其来旧矣。世职是邑者，时时修之。闻年来兵荒，相继守邑者，实拮据不暇，宪承乏代苞[2]，谒圣庙之后，继谒文宪王，见其殿宇倾坏，周垣陵夷[3]，因慨然曰："曲阜，吾夫子发祥之邦也，实吾文宪王封邑之邦，祀庙宜并辉，而文宪王，又吾夫子所梦寐，而宪章，夫子庙固时当修葺。"文宪王庙奈何坐视其倾圮，至此即欲捐俸图之。已而综县中事，知原有巡方，余公守巡两道，陈公、李公各捐俸置田若干，岁收租为修葺费，或令佃田者出力役修葺，夫既有修葺资，而可坐视其倾坏。至此，即追年来，原取租银若干，庀工计料，其未完者，责令效力版筑，而时时躬督焉。废者起之，圮者葺之，故者新之。入越月，而殿庑门斋瞻者顿忻然，与夫子之庙同焕然矣。今而后，岁有租入，岁有力役，岁有修葺之资，庶不复倾坏。至此乎，此亦余、陈、李三公之意也。工以天启七年八月初三日始[4]，以崇祯元年四月十二日讫。因竖小石记其岁月，以俟后之修葺而稽考者。固非敢借之以为名也。

崇祯元年六月望日立[5]

**注释：**

(1)张文宪(1491—1567 年)：字廷鉴，号殳山先生，浙江崇德县人。嘉靖二年(1523)进士，历任曹州同知工部尚书等职。

(2)承乏：暂任某职的谦称。代苞：低别人做事。

(3)陵夷：衰颓，衰落。

(4)天启七年：公元 1627 年。

(5)崇祯元年：公元 1628 年。望日：一般为每月 15 日，有时为 16 日。

## 周公嫡裔姬姓旧志跋

孔闻诗[1]

世之纂族谱者，大都推原忠孝，侈陈勋阀[2]。勋阀与时为盛衰，君子弗尚[3]。

至若忠孝之子孙诚贵矣。然究不如圣贤之家，贯古今而不敝，矧[4]元圣后裔，如姬姓者，又古圣人之遗胄耶。是宜为天地之所佑，相山川之所降钟，分枝析叶于龟蒙凫绎之间，而元气深厚，其生无穷，非徒恃流泽长而食福永也。为之后者辑其家乘，以嗣前人之休美[5]。将见谱系明而宗法可行，宗法行而三代之礼教可复，匪但以出自周公为荣，盖承继之责，有因是而重焉者矣，岂可作寻常谱系观之哉？今姬姓有事续辑家乘，丐文于余。余识见浅陋，何敢窥元圣之高深？辞之不获，爰赘数语，以志其盛事云。

时弘治六年[6]仲春吉日

翰林院五经博士加一级阙里孔闻诗顿首谨跋

**注释：**

（1）孔闻诗：字知言，又字四可，号过庭，孔子六十二代孙，万历四十六年（1618）举人，天启二年（1622）进士（三甲二百七十四名），授中书科中书舍人，考中吏科给事中。崇祯元年（1628），外转为真定井隆兵备副使。卒于崇祯十六年（1643）。编有《奏议》数卷。

（2）侈（chǐ）陈：夸大；过分地叙述。勋阀：建立功勋的家族。

（3）弗尚：不推崇。

（4）矧：况，况且。

（5）休美：美善。

（6）弘治六年：公元1493年。

## 元圣庙碑文

姬培成

元圣庙碑位于山东省汶上县周公庙内（此庙已毁），乾隆五十九年（1794）十月立，碑文如下：

古称不朽有三：立德、立功、立言。谓有德于仁义、中正，有裨于天地、民物；著训在当时，垂教及奕祀[(1)]。与日月同寿，山河并永，为不朽也。惟我元圣允足以当之，是以蒙累代之崇锡，享列圣之蒸尝，其庙有建于丰镐，有建于岐阳，有建于东洛，有建于鲁邦。呜呼，元圣之道德功业，既充满乎宇宙，而在天之灵，固无往而不周，奚必拘拘于此数土哉[(2)]。虽然鲁乃元圣受封之区，其后三十三公以及亿万子孙世守，而不瞀其灵，固无日而不在鲁也。故圣天子幸鲁，屡隆优典，卿大夫谒祠，表扬鸿休[3]而为子孙者，讵[4]无报本追远之意乎？奈中原多故，历灾兵燹，因致云仍流散。有元圣嫡裔姬成，祖居汶邑，傍九公墓，而居眷兹，风淳俗美，遂立茔以葬亲，建祠以妥神，创草室于墓北。厥后有庠生姬维恒，卜移茔东廓，其规模易瓦舍三楹，以便岁时荐新[5]，朔望[6]礼拜，非敢弃鲁而营汶也。谨将基址开载于后，是为记。

庙基：南至红河，北至大街，东至姬圣泗宅，西至祖茔，计地二大亩三分，庙在北截中间，东西留余地各半。

乾隆五十九年[7]十月　元圣九十代孙姬培成等

**注释：**

(1)奕祀：世代，代代。

(2)奚必：为什么一定要，何必要。拘拘：拘泥。

(3)鸿休：此处谓荫庇。

(4)讵：文言副词。意为难道，表示反问。

(5)荐新：以时鲜的食品祭献。

(6)朔望：旧历每月初一日和十五日。每逢朔望朝谒。

(7)乾隆五十九年：公元1794年。

## 祭周公祝文碑文[1]

杨茂勋[2]

维康熙六年[3]岁次丁未三月乙亥朔月二十有六日庚子，总督河道提督军务兵部尚书兼都察院右副都御史杨茂勋躬赴曲阜，谨虔牲帛，昭告于元圣周公文宪王神位前曰：

惟王成文武之德，制礼作乐，垂法万世。而道统之传，自帝而王，王而相，兼三思事，惕厉忧勤，其见于大易爻辞者，与羲文十翼并传不止。《周礼》《周官》，东征卜洛基绪，垂太平于八百年也。大启于鲁三十四公，绵延迄今，庆余东野，虽当年葬依成周，神爽无之不在，况于肇封柞胤之区乎。茂勋承乏行河，去庙密迩[4]，敬修寅恪之献，以昭希圣之心。尚飨。

曲阜县世职知县加衔东昌府通判加二级孔胤淳立石

**注释：**

(1)此碑位于曲阜周公庙元圣殿东侧，碑高228厘米。

(2)杨茂勋(？—1693年)：清镶白旗都统杨麒祥之子，汉军镶红旗人。顺治间以通满、汉文，由荫生选授太仆寺副理事，历任吏部右侍郎、河道总督、湖广巡抚、郧阳巡抚、贵州总督、四川总督。参与平定三藩之乱。

(3)康熙六年：公元1667年。

(4)密迩：靠近，贴近。

# 重修周公庙赋并序

左宣德郎、凤翔府学教授　王严

元祐元年春三月[1]，皇帝嗣位，肆大眚以新天下[2]，诏书之下郡县者，有曰：前世圣帝明王，忠贤哲义，有大功利及物，列于祀典，其陵寝庙貌废缺不完者，悉令葺治。所以竭防妥灵格于上下，稽若古训，敦厚风俗，其意甚美。当是之时，有司固当增置，然制度狭陋，草率苟完，不足以奉承朝廷尊大先古圣贤之意。今陕西转运使游公，元祐六年按行西路、饬官吏[3]，畀财用[4]，大为营建，凡一百一十间。又因其泉流，导之者为畎浍[5]，潴之者为池沼[6]，植之者为园林，培之者为亭榭，森布概列，落落如画图间，使人喜游而肆观焉。至其庙貌尊严，殿庑华焕，左右仗卫，塑画罗列，剑防森然，彩绘光耀，竦动耳目[7]。而圣像巍然居其上，仿佛如见当时坐明堂，被衮衣、抱幼君，以朝诸侯；四方万里，蛮夷戎狄，奔走俯伏听命，莫敢后时。制礼作乐、七年而致太平，以成周家卜年卜世之久。呜呼，盛哉！此亦天下之壮观也。惟周公盛德大业，具见于诗、书，而法度文物，载在《周礼》，及其行事之绪余，往往论辨发于史传诸子百家之书，仲尼又以其微意于《春秋》，以深究礼法之弊。此固非浅见，谀闻所可道也[8]。因拾其已传之迹，而系之以赋。曰：

粤惟有周，肇自履帝，后稷不窋[9]，忧勤积累，公刘基理、厘尔士女、太王避敌，从者如市，躬仁蹈义，以迨王季[10]、文王作则，德与民庇，小心翼翼，天下有二，武拯涂炭，昧爽甲子，太白授首，商纣妲己，梯航四海[11]，车书一轨。天作元辅，曰旦翊世[12]，文王之子、武王之弟，武疾未瘳[13]，公告天地，植璧秉圭，请代以死，至忠竭诚，则始见于《金縢》，受遗托孤，则恭承乎玉几。爰畀顾命，乃摄宝位，冢宰作诰，百官总己。于是辅导幼主，笞挞伯禽，坐明堂、冠冕旒[14]、抚四夷、朝诸侯，吐哺握发，制礼作乐。卜世三十，卜年七百。营洛邑、均道里、设官职、列朝市、序同异、封子弟，建磐石之固，宅维城之利。五侯九伯，犬牙相制，扬文武之烈光，率祖宗之大缔，监二代之文物，揭万世之典礼。噫嘻！我直如矢，我道如砥，变生于独，惑出于似，君子既诚，小人乃毁，贝锦萋菲[15]。箕舌哆侈，近则成王不知，召公弗喜；远则四国横议，曰公不利。据手瘏口[16]，跋胡踬尾[17]，群轻折轴，积毁销骨，青蝇上壁，点白为黑，众口铄金，呀吻利喙，鸮无好音，车有载鬼，蠹气豺目[18]，蛟涎虎噬。公于是时，了不芥蒂，是用居东以伐，作诗以遗。不顾小忿，断以大义。诛殛谗乱[19]，表暴仁智。罪人斯得，神告以异。大风偃拔，开悟主意。群公尽弁[20]，乃启金匮。曰公勤劳，训我孺稚，衮衣告归，天地荐祉，岁则大熟，禾则尽起。摄政七岁，明辟复子；启封七百，土宇世嗣。老于京师，备道全美。巍巍乎，高哉远哉兮！宣德音以不瑕，皭然不滓[21]，丰功盛烈，与日月而齐光兮！烜赫晃耀乎垂千百祀[22]。鲁侯受命，祭以天子。血食万世，流泽千纪。荣华至今，歌颂不已。汉唐而降，土木其峙，想望风采，恍惚梦寐。载在祀典，庙貌簠簋。曰岐之阳，在水之涘[23]，面终南兮俯清渭，瞻睟容兮望遗趾[24]，睥睨[25]爽垲[26]兮髣髴英气，殿沉沉兮穹窿，神其来哉兮昂昂颙颙[27]，层垣落日兮古木号风，停流澄碧兮晴影汲空，丹楹剥月兮绘壁嘘龙，繁云翳翳兮暑雨蒙蒙，遗波余泽兮几千百年，滥而为泉兮滙而为渊，釃[28]而为渠兮霈[29]而为川。钟云渠雨，溉我甫田，沃壤万亩，溯洄千里[30]，契理乱，鉴臧否，或通或塞，或涸或沸。守令得其人则决，不得其人则止，岁在阏逢[31]，漈[32]辟可荡，肆沕潏[33]以曼衍，极舒徐以逶迤。兰泽勃以滂湃，晷潋洌其栉比。潏[34]堆埼[35]，激霄坠，宗魄砢[36]，濩[37]泜沚[38]，沦湄浒，潴靡纾[39]。汹汹洞洞，瀹瀹泚泚，苍崖峨峨兮，白石齿齿。若乃支分派引，旁午错出。涤阛阓[40]，瀺井里[41]。浸淫逆折乎兰若之圃，汗漫溥博乎弦歌之地，濡鳞翼于将勦，苏根荄于已残，惟余闰之所浃，无一物而不被。至于风亭月榭，层楼观阁，流珠漱玉，清声爽韵，洋洋乎方池曲江，孤屿绝岛。沐浴长养乎春阳而秋艾，天波空鳞，云山倒影。凉飔兮皱轻碧[42]，急雨兮敛新霁[43]。皓月沉素，余霞弄绮，雁落兮修涟生，鱼吹兮圆晕起，沙堤兮蓼岸，花妍兮草媚。客有乘范蠡之舟，横桓伊之笛，延驰影以纶钩，泛凄飚而脍鲤[44]，抹毫而吟，挈榼而醉[45]，不事王侯，屣弃名利，而深入乎烟霞之际，以索于形骸之外。养乎，中和之气，此智者之所乐，而不可胜记，夫是之谓周公之水。辞曰：

我思古人兮永想风声，徘徊明廷兮瞻仰仪形。

野人何知兮桂酒芬馨，禳除凶灾兮祈请防灵。

岁时丰乐兮吏治不惊，奉法循度兮天王圣明。

我思古人兮姬公孔氏，忽乎其有见兮，邈乎其不可致。

如有用我者兮期月而已，将以敬天之命垂于无穷，诣于极治兮请俟《周礼》[46]。

**注释：**

(1)元祐元年：公元1086年。

(2)眚(shěng)：过错，灾祸。

(3)饬(chì)：饬令，上级命令下级(多用于旧时公文)。

(4)畀(bì)：给予。

(5)浍(kuài)：田间水沟。

(6)潴(zhū)：水积聚的地方。

(7)竦(sǒng)：肃敬，恭敬。

(8)謏(xiǎo)闻：孤陋寡闻。常用于谦辞。

(9)不窋(kū):姓姬,夏朝孔甲时期部落首领,周朝王室先祖,葬于甘肃庆城县,名为周祖陵。

(10)迨(dài):等到,到达。

(11)梯航:梯与船。登山渡水的工具,引申指有效的途径。这里指水陆交通。

(12)翊(yì):. 辅佐,帮助。

(13)瘳(chōu):病愈。

(14)旒(liú):冕冠前后悬垂的玉串。

(15)萋(qī)菲:花纹错杂貌。语出《诗经·小雅·巷伯》:“萋兮菲兮,成是贝锦;彼谮人者,亦已大甚!”

(16)瘏(tú):疲劳致病。

(17)踬(zhì):被东西绊倒;事情不顺利,受挫折。

(18)蠭(fēng):蜂的异体字。

(19)殛(jí):杀死。

(20)弁(biàn):古代的一种帽子。

(21)皭(jiào):清白,洁净。

(22)烜(xuǎn)赫:形容名声大,声势很盛。

(23)涘(sì):水边。

(24)睟(suì)容:温和慈祥的容貌,这里指遗像。

(25)睥睨(pì nì):最初是指古代皇帝的一种仪仗。后来有斜着眼看,侧目而视,有厌恶或高傲的意思。

(26)爽垲(kǎi):指高燥之地。

(27)昂昂颙颙(yóng):即“颙颙卬卬”。形容体毛庄重恭敬,气宇轩昂。

(28)釃(shī):疏导,分流。

(29)霈(pèi):大雨。

(30)溯(sù)洄:逆着河流往上游走。《诗经·蒹葭》中有:“溯洄从之,道阻且长。”

(31)阏(è):堵塞。

(32)漈(jì):水边。

(33)汨(mì):隐没。潏(yù):水涌出。

(34)潪(zhuó 或 jiào])):象声词,雨声或水声。

(35)埼(qí):弯曲的岸。

(36)砢(kē):众多。

(37)瀵(fèn):水由地面下喷出漫溢。

(38)泜沚(zhī zhǐ):小沚曰泜。沚,水中的小块陆地。

(39)纾(shū):和,解除,缓慢。

(40)阛阓(huán huì):街市,街道。

(41)瀺:水流声。

(42)凉颸(sī):凉风。

(43)敛(liǎn):聚集。

(44)飚(biāo):即飙。脍(kuài):把鱼、肉切成薄片。

(45)榼(kē):古代盛酒的器具。

(46)极治:政治修明,社会升平。

## 重修周公庙记(1)

王来庆

天地之所以不朽者,曰道;圣贤之所以常尊者,曰学。自《河图》《洛书》而后,虞廷精一之旨(2),至周公而大昌明于天下,上承尧、舜、禹、汤、文、武之统,下开孔、孟、周、程、张、朱之传,宣尼至圣,犹梦寐以之,况下此乎?

考诸前代崇祀之典,率以周公为先圣,孔子为先师,诚所谓不朽而常尊者也。盖公以圣人之德,夹辅王室,作述继美,《周礼》一书,无所不备。其奉成王命,大相东土，乃于涧水东、瀍水西，卜王城为朝会之所。自时中天，声施至今。此其于洛师尤著。

余承乏河郡，始至，展谒公庙，在城西廓，仅一殿，将圮。瞻拜其下，心怦然动，思有以葺之，未遑也。越明年，乃经营规制，庀材鸠工，启旧殿而新之。肖公像，衮衣绣裳，赤舄几几，俨然如在。列金人、敧器，不啻明堂遗制。公之庙也兴哉，公之灵爽实式凭[3]之。

爰是修拜殿、建两庑，以历代名宦如吴公等十六人从祀焉之。十六人者，皆能绍述周公之治以治洛者。按祭法，以劳定国，以死勤事，则祀之；能御大灾、捍大患，则祀之。非是族者，不在祀典。《诗》曰："蔽芾甘棠，勿剪勿伐"，非召公之余烈与？"《尚书》曰："保釐[4]东郊，惟毕公克成厥终。"世称象贤[5]，不忘忠厚，封于鲁而从于洛者，其伯禽乎？而君陈令德孝友，亦犹昭公之训也是以由殿旁折而入，构寝堂，颜曰"定鼎堂"。公像居中，召公、毕公配之，左右斋翼，如伯禽、君陈附之。若戟门、角门、棂星门，次第渐及。缭以周垣，五十余丈。门以外又建文昌阁。

是役也，肇始于甲寅正月，落成于今岁十二月。凡一木一石一匠一夫，皆余设备。约费千金，未尝敢以丝粒扰民间也。犹虑庙成矣，而祀典不备，虽有其举之，犹或废之，复捐俸一百四十两，购良圃五十余亩，每年可得租银二十六两余，输赋[6]之外，悉以供祭。且考祭品、置祭器，载之志乘，垂之奕世[7]，则祀事孔明[8]，庶几[9]永永不坠云。

嗟乎！以公之圣之赫赫在天下者，固不系乎庙之盛衰。然学者向往之心，非庙无以致其敬也。读其书，想见乎其人，况拜其像而不观感兴起者与？河洛夙号材薮，使其相与神而明之，悦公之道，学公之学，为忠、为孝、为节义，俾斯道常存天壤，是余之志也夫。

**注释：**

(1)录于《周庙志》。

(2)虞廷：指虞舜的朝廷。相传虞舜为古代的圣明之主，故亦以“虞廷”为圣朝的代称。

(3)式凭：依靠，依附。

(4)耋保：治理。

(5)象贤：谓能效法先人的贤德。见《尚书·微子之命》。

(6)输赋：缴纳税赋。

(7)奕世：累世，世代。

(8)祀事孔明：祭祀仪式有条不紊。

(9)庶几：希望，但愿。

## 重修周公庙记(1)

张彦珩(2)

周公之为圣人，五尺童子所知也。其勋懋迓衡(3)，诚感风雷者(4)，固彰著于《周书》诸篇。即《周礼》《周官》之尽制，《尔雅》《考工》之奥博，读书怀古之士，类能言之。若处稷、契、皋、夔之位(5)，传尧、舜、禹、汤之心，吾孔子切切于梦寐，颜、闵而下不及也(6)。厥后，孟子历叙道统，以公继文王之后，其尊之者至矣。

圣远言湮二千余年，又见瀛海王公(7)。公以一代真儒为中原师帅，下车伊始，有修葺二程祠宇之役。论者已知其由程、邵证周、孔,不知水橐之不振也。嘻,廉吏可为哉!节缩两年余,始得毕志于周公遗庙。其因革有精意,丹臒无遗力(8),详具各碑文及自记中。总之,夫不雇不役,物不值不材,寸寸而积之,成兹伟烈,公盖与孔、孟一心也。

余因是有感也。学黄老者政清静(9),学申韩者政综核(10)。公早作夜思,一惟衮衣赤舄之是程(11),故其治皆成遗泽也(12)。兹复夹辅分陕之老(13),血食一堂(14),历代子惠之长(15),分配廊庑。后人入庙兴怀,公又以《二南》治吾洛于万世已(16)!

公讳来庆,号龙章,直隶河间人。

**注释:**

(1)此文录于《周庙志》第51页。

(2)张彦珩(1605—1690年):字九如,河南洛阳人,张美含之孙。清顺治三年(1646)进士,历任户部贵州司主事、两江员外郎,附件兴化府知府,广东琼州府海南提学道副使、按察使、楚藩等。擅长书法。有《筹海纪略》《筹琼纪略》等。

(3)懋:古同"茂"。迓衡:迎太平之政。

(4)诚感风雷:见《尚书·周书·金縢》。

(5)稷:后稷,姓姬,名弃。契:赐姓子,封于商。皋:皋陶。夔:传说远古时人。

(6)颜、闵:孔子弟子颜回和闵损。

(7)王公:王来庆。

(8)丹臒:可供涂饰的颜料。

(9)黄老:黄帝和老子的合称。

(10)申韩:战国时法家申不害和韩非的合称。

(11)衮衣:古代帝王及上公穿的有卷龙的礼服。赤舄:古代天子、诸侯穿的鞋，赤色，重底。

(12)遗泽：留下的德泽。

(13)夹辅：辅佐帝王治理国家。

(14)血食：谓受享祭品。

(15)子惠：慈爱；施以仁惠。

(16)二南：指《诗经》中的《周南》和《召南》。

## 重修周公庙记(1)

朱之翰

河南府有周公庙，祀元圣周公也。问按地志，周公相成王，营涧水东、瀍水西，定洛邑，为王城；又营瀍水东，处殷顽民，为成周，并在今河南洛邑境内。而洛阳即金墉城。去河南四十里，东西相望，疆场庐舍，交阴阳而会风雨，万年厌德之烈在焉。祀周公示有初也。考之古者，释奠先师，如唐虞之皋陶、伯益，商之伊尹，皆与周公崇祀瞽宗(2)。后世，独尊事孔子，然皋陶有《谟》(3)，伊有《训》(4)，暨周公《召诰》《洛诰》诸篇，列于六经，而祭奠之典，不领于学宫，斯亦礼之可以义起者欤？夫坊、庸、马、蚕之属，世当严而奉之，与夫幽宗、雩宗(5)、山林、川谷祭，有其举之，莫或废也。以其不废，而熏藁朕蚤，相与修其精意以导迎善气，则君子有取焉。矧(6)公之法施于民，以劳定国，有合于秩祀者哉！然自兵燹以来，栋宇随颓，丹青漶灭，赤狐、苍鼠，窜伏于兔丝、燕麦之间。过者慨焉而无以致其肃，则有司之过也。

郡守瀛海王公，为政教养抚循，民大和会(7)。以其间修葺公庙。尺椽片甃，一畚一镐，节缩俸钱，为之不烦鼛鼓[8]，不饰竿牍[9]，而丹雘壮丽视昔加[10]。予校试洛中，属当盛暑，拜瞻记下，奕然如公之陟降，低回留之而不能去也。居次之郡，公以文来请曰："愿有记。"予惟兹庙之修，阐长世之善经，崇稽古之弘道，所以流政教，惟广化源，可谓知所先务矣。昔梁公奉使江南，奏毁淫祠一千七百所，惟存泰伯、伍员、季札三祠[11]。侯之志，梁公同，而反本复古，至治馨香，固宜有无穷之闻，使分陕之绩，引诸勿替[12]。我观之子衮衣绣裳，不仅云粢龙桷[13]，涂饰轮奂，如浮屠老子之宫而已也。乃载笔而记之。

**注释：**

(1)此文录于《周庙志》。

(2)瞽宗：商代的大学。

(3)皋陶：传说虞舜时的法官，《尚书·虞书》中有《皋陶谟》。

(4)伊：伊尹，名挚，商初的宰相，《尚书·商书》中有《伊训》。

(5)雩宗：祭天旱之神的坛。

(6)矧(shěn)：况且

(7)和会：犹欢会。

(8)鼛鼓：大鼓。

(9)竿牍：书札。

(10)丹雘：涂饰色彩，犹言藻饰。

(11)"昔梁公奉使江南"句：梁公：指狄仁杰，他被追赠司空、梁国公。泰伯：姬泰伯；伍员：伍子胥；季札：又称公子札，寿梦少子，诸樊弟。

(12)替：衰废。

(13)粢：谷子，泛指谷物。龙桷：刻画有龙形的椽子。

# 重修周公庙记[1]

范周

余自髫龄[2]就师傅，八岁受《尚书》经义，至穆穆迓衡[3]之句，不禁掩卷神驰，曰："嗟乎，吾安得身成周故都，一瞻宅洛之遗烈哉[4]！"

乃自少至壮，登仕籍者[5]，多历年所[6]，而始承简命[7]，以司此豫漕也。又以署之专于邺，时而会计，时而轮挽，岁无暇晷[8]。即间有暇，亦止凭眺韩陵[9]、铜雀于荒烟蔓草间，至东瀍西涧之胜，徒跂[10]焉而莫及，又未尝不拊膺太息[11]，曰："嗟乎，吾安得拜手稽首周公之堂，而副畴昔之愿哉！"

无何，而太守王君以洛邑内有公庙，岁久倾圮，特起而修之，爰以是工始未告。夫大有勋劳于王室，则祀之。古来之乃心[12]王室者，指不胜屈，然祀之于三代者，未必其祀之于汉、唐、宋、元、明；祀之于汉、唐、宋、元、明者，未必其祀之于吾朝。乃公之至于今也，已三千年矣。而周旋于朝庙者，执笾豆拜跪之仪，犹曰："某礼某礼是公之所折衷而损益也。"识金石丝竹之器，犹曰："某乐某乐是公之所裁成而昭示也。"读六经、六艺之文，犹曰："某书某书，是皆公之所黼黻[13]太平者也。"且也黄童白叟，亲耒耜而履献畎亩[14]，虽不复睹井田之盛，然犹得于沟渎封洫之遗[15]，而瞻我公之德不衰。则公也而安可无庙？公庙而安可任其倾圮而不为之再建哉！

然而，睹人士犹有疑焉者。谓公之德之业，自在今古,初不以有庙而彰,亦不以无庙而没。即曰人以庙传,而公之德之业遍于两京,遍于齐、鲁、秦、晋、郑、卫、吴、楚千八国之墟,而何独于洛?不知洛宅未相之前,"三监"且起而窥伺其隙[16],而自东都既卜之后,则化仇民而友民,不特成各安其斡年,即万世下尹兹郊者,且阴食保釐之德于无穷[17]。是以在昔为元祀,在今为世庙耳。

然当兹军兴旁午[18],而郡牧捐俸而不吝,庶民趋事而恐后,几筵榱桷[19],更绵周公之德之业而重新。即余畴昔所愿而未副者,闻之而愈为色喜,亦俾来世知太守之勤劳于是邦也。

太守王君龙章,名来庆,直隶河间人。

**注释:**

(1)此文录于《周庙志》。

(2)髫龄:童年,幼年。

(3)穆穆迓衡:见《尚书·周书·洛诰》和宋代程公许的《明禋进戒诗》,意思是近太平之政。穆穆:美好。迓衡。

(4)遗烈:前人遗留的业绩。

(5)仕籍:旧指记载官吏名籍的簿册。

(6)年所:年数。

(7)简命:简任;选派任命。

(8)暇晷:空闲的日子。

(9)韩陵:位于今河南安阳东北,"韩陵"之名与汉初名将韩信相关。

(10)跂:古通"企",踮起。

(11)拊膺:拍胸,表示悲痛,

(12)乃心:思念,怀念。

(13)黼黻:礼服上所绣的华美花纹。借指爵禄。此处谓辅佐。

(14)畎：田地中间的沟。

(15)封洫：区分田界的沟。

(16)三监：指周武王的三个弟弟管叔、蔡叔、霍叔。

(17)保釐：治理百姓，保护扶持使之安宁。

(18)旁午：四面八方，到处。

(19)榱桷：屋椽。

# 重修周公庙记(1)

曹元仁(2)

尊圣人者，并称周公、孔子。孔子王祀百代，而公缺周公焉。说者曰："相而不王，以成公之忠也，祀公于名臣至庙为宜。"或者又曰："公封之子于鲁，孔子鲁人，梦之间常若见公者。"意者公之陟降上下，时时在鲁，鲁之庙祀为宜。之二说者，余非不谓然(3)。然自王中时乂(4)，公之经营者旧矣。南望三涂(5)，北瞻岳鄙(6)，武王之所胥宇也(7)，公实终之。诞保七年(8)，冲子毖祀(9)，公实相之。降而平王东迁，虽曰日以卑弱，绵延者五百有余岁，东周之历视西较永。始基之奠，佑启唯公。《记》曰："以劳定国则祀之。"(10)公之勤劳，王室与洛相终始者，为何如哉？公之经天纬地，制作垂万世者不具论，论功德之在洛者，洛之祀公也，人心之良，夫何容(11)已。

顾公祀之于洛邑矣，而历代之兴废不常。其远者已不可考。康熙甲寅之春(12)，前郡守河间王君来庆，始于郭西之故址扩而新之。复捐置田七十五亩，以供岁祀之费。距今殆七十年,倾圮者且过半也。岁之辛酉[13],元仁来守是郡,谒公庙下,蠹焉伤之[14]。窃有志于兴,复计得一襄厥成者[15],洛令毘陵龚君[16]。即任其事,图度久之[17]。稽于故籍[18],具知王守所置祭田[19],始则硗确[20],今为膏腴,直可数倍于昔[21]。因转售得千二百金。仍置田一顷三十九亩,外余金肆佰有奇。鸠工庀材,刻日修举,经始于癸亥之夏五[22],逾月而告成事。望之翼然[23],即之焕然,庙貌加隆矣!又计田之所入,岁有余所赀,祭器、乐器、以次秩如[24]。祀事孔明[25],式礼无忒[26]。从此垂之久远,洛人世世祀公,与所以祀孔子者相埒,庶乎有以妥公之灵也乎!董[27]其事者司训部大鼎,诸生孟习苏、史世祚,例得备书。

乾隆八年[28]九月

**注释:**

(1)此文原载龚松林主编的乾隆十年《洛阳县志》。

(2)曹元仁:江西赣县人。乾隆六年(1741),擢河南府知府。

(3)谓然:以为然。

(4)乂(yì):治理,安定。

(5)三涂:在今河南洛阳嵩县西南十里。

(6)岳鄙:接近山岳的边鄙城邑。

(7)胥宇:察看可建筑房屋的地基和方向。

(8)诞保:大力治理。见《尚书·洛诰》。

(9)冲子:未成年的孩子。见《尚书·洛诰》。

(10)以劳定国则祀之:出《礼记》四十九篇的《祭法》。

(11)何容:岂可;岂容。

(12)康熙甲寅:康熙十三年,公元1674年。

(13)辛酉:乾隆六年,公元 1741 年。

(14)蠹:悲伤悲痛的样子。

(15)襄:相助,辅佐。

(16)洛令毘陵龚君:洛阳令常州武进县龚松。毘陵:常州古称。毘同“毗”。

(17)图度:揣测,揣度。

(18)稽:考核,稽核。

(19)王守:王来庆。

(20)硗确:土地坚硬瘠薄。

(21)直:同“值”。

(22)癸亥:乾隆八年,公元 1743 年。

(23)翼然:像鸟张开翅膀一样。

(24)秩如:条理井然貌。

(25)孔明:很完备,很洁净,很鲜明。见《诗经·小雅·楚茨》。

(26)忒:差错,差忒。

(27)董:主持;主管。

(28)乾隆八年:公元 1743 年。

# 元圣庙记略

潘相[1]

元圣周公,周武王同母弟也。武王十三年定天下,封公于少昊之墟曲阜,公不就封,留相武王。武王崩,成王即位,公位冢宰,正百官,命世子伯禽就封于鲁。越十四年,而公薨于沣,成王以公有大勋劳,命鲁得用天子礼乐以褒之。公之将薨也,曰:“必葬我成周,以明吾不敢离王。”成王亦让,明予小子[2],不敢臣公,故葬公于毕,从文王。

鲁公于其国立太庙祀之,在今城东北里许高阜上,即周公庙也。夫子尝入庙每事问焉。鲁国传三十四世八百七十三年,至顷公亡国,而太庙之祀遂废。周公次子为王卿士者,世袭封周公,传十世,而周公与召公共和理政,辅宣王中兴。又五世,而周公黑肩事桓王[3],以事夺封。至考王时,封其弟揭于王城,嗣周公,后是为周桓公,传威公、惠公,西周武公。武公次子班封之巩邑,号东周惠公。显王二年,周分地为二,以两周公治之。武公子咎为文公。赧王入秦,尽献其地,秦昭王迁西周公于惮狐聚[4],庄襄王迁东周公于阳人聚[5],而周之祀亦废。至汉武帝时,始封姬嘉为周子南君,嘉弟姬昭为承休侯;平帝封姬宪为郑公,光武封姬观为卫公。厥后,晋武帝又封姬章为嗣圣公,隋文帝封姬勋为昭德侯,唐高祖封姬顺为咸阳公,宋太祖封姬邠为周南公,仁宗封姬绍为郢公,皆以续周之祀也。而东鲁之庙,废不举者一千有数百年。宋真宗大中祥符元年[6],帝幸鲁,始追封公为文宪王,立新庙,春秋委本州正官致祭。元至大中[7],曲阜知县孔济修之。明成化二十二年[8],又修之,置庙户,颁祝文,命有司春秋祭祀。弘治十二年[9],山东巡抚访求周公之后,给以衣巾使奉祀[10]。正德十三年[11],始置祭田、祭器。万历二十二年[12],巡抚赵汝璧复修庙,立石坊三。

皇清康熙二十三年[13],圣祖仁皇帝幸鲁,遣使祭告,赐东野沛然翰林院五经博士,世袭。因命修庙,赐祭田、庙户。乾隆二年[14],知县孔毓琚,请帑修之[15];三十年复重修之，庙制正殿五间（旧镶嵌黑瓦，今易以绿瓦）。

殿中恭安像主，及东配鲁公像主，西金人像，殿枋恭悬。

御书额曰“明德勤施”，两楹恭悬。

御书联曰：官礼功成宗国馨香传永世；图书象演尼山统绪本先型。

后寝殿五间，安公夫人神位；殿两庑，立三十三公；主庑东间礼堂，恭勒皇上御制诗于碑，正殿南为达孝门，门外碑亭恭竖圣祖仁皇帝御制文碑。又南为成德门，又南新建棂星门，左师坊曰“经天纬地”，左石坊曰“制礼作乐”。南中石坊曰“文宪王庙”。四周墙垣共三百八十八丈，石栏、板槛，皆砌甬道，靡不饬也。

乾隆三十有六年[16]春正月乙巳，恭逢我皇上东巡，幸公庙，拈香，颁赐铜供器五。先一日，遣简亲王祭告，明禋殷礼，盖与孔子并崇焉。相以楚人[17]，自幼读公之易象诗书及周礼、仪礼诸经，深惭愚鲁无能，窥其涯涘[18]，顾窃谓：公之作述，功不当在吾至圣后，兹幸得以备员，旧封岁时，朔望谒圣像牌位，执扫除之役，修其庙宇，又获虔备祭品，从王大臣后陪祀，观礼敬诵：圣天子之诗章：瞻宸翰之炳焕[19]，仰窥乎。所重在道，而屡次祗谒之盛典，私窃重有荣焉，敢拜手而绘其庙图，并记其略，明大学士李东阳诗云：淤于庠，荐于庭，坐于庙堂，孰使我冠裳兮[20]，或饱而饫，或暖而舒，或佚而娱，孰安我起居兮。孔道之传兮，周祀之绵兮，鲁封之存兮，曷[21]以不永年兮。

**注释：**

(1)潘相（1713—1790年）：湖南安乡人，字润章，号经峰。乾隆二十八年(1763)进士。历官昆阳知州。任国子监时，著有《琉球入学见闻录》《瞥文书屋集略》。

(2)明予小子：周成王谦称。

(3)詹事：掌管皇后、太子家事。

(4)惮狐聚：古代村落的名字。据考证，位于河南汝州下店乡路庄村。

(5)阳人聚：战国阳人邑。在今河南汝州西40里。

(6)宋真宗大中祥符元年：公元1008年。

(7)元至大中：公元1308—1311年。

(8)明成化二十二年：公元1486年。

(9)弘治十二年：公元1499年。

(10)布巾：古代丧礼中覆盖死者及祭器之巾。

(11)正德十三年：公元1518年。

(12)万历二十二年：公元1594年。

(13)皇清康熙二十三年：公元1684年。

(14)乾隆二年：公元1737年。

(15)请帑修之：请示上级拨款修缮。帑(tang)：贮藏钱财的府库。

(16)乾隆三十有六年：公元1771年。

(17)相以楚人：作者潘相系湖南人，周朝时期属于楚国区域。

(18)窥其涯涘：本意为水边，边际，引申为尽头、穷尽。

(19)宸翰：帝王的亲笔手诏、御礼辞文作品之类。

(20)冠裳：官吏的全套礼服。

(21)曷(hé)：本意指的是什么、为什么，也有何日何时之意。

# 重修周公庙落成记[1]

李玉[2]

吾阙里古鲁城内，崇丘叠阜，败残瓦砾之墟，严严翼翼，旧有姬公冢宰神祠一区，良以多历年，所故，凡过其侧者，不无黍离稷苗之叹庙族。往顾严栖，告予曰："天道有盛衰之靡，常地气符兴废之回异，且如吾祖之灵场[3]，荟兮，蔚兮，久矣。"比者[4]，幸逢中丞赵公，广辟神路，列树表道，厥后，柱史孙公、商公以及督学余公，或发教补葺，或降银买田，或擢收箕裘[5]之婉娈，以充泮水清衿[6]之列，固可谓追崇之彝典矣[7]。若太守桂窓、孔公岂弟之父母，勤于协力，而不惮其勤，敏于效职，而不辞其敏，以言其种植，则作屏修平于荆棘之荒阡，或取之以徂徕之松，或间之以新甫之柏，盖不必验诸南山之桥，北山之梓，而高卑俯仰之仪，已耸壑而昂霄矣。以言其缔造，则救度筑削，染丹青之璀璨，檐牙浮岱岳之祥云，斫梁栋之峥嵘，帘幕卷蓬瀛[8]之霏雨，盖虽切戒。

夫隰畛穮蓑之耳，提芟夷蕴崇之面命，然减年从役之众，已扬袂而风生矣。广圭田而丰荐献，凡居民上者，孰不督田峻以正其疆，责理宰以入其籍。总其大纲而已矣。我公则缘丘履晦，陟垄陟溪，务期其瓯，窭满篝汉耶，满车而粢盛之备，宁忧其不洁乎？擢茂良而储作养，凡有官守者，孰不好乃静而斥其烦厌，厥劳而便于逸塞，其责任而已矣。我公则铨择材艺之云，仍躬亲当场之面试，务俾其亲师取友，日就月就，而邦桢之选，宁忧其不豫乎？

夫以宰相之右文崇化，而太守之尽瘁鞠躬，虽实一时之可喜，然溯其居敬行简之政声，饮冰食檗之清操，则有更仆未之或悉者，载考庙傍之隙地，公乃广庇寒族，为之连甍接栋[9]，恢拓阛阓，二十余家，使之各得其所，世有爱其屋乌者，匪以其爱人而胡及，于是耶。覆载洪恩，当不是过，夫快意之事，每难遂于卒，逢垂远之猷，必相资于纪载。窃念吾叟，虽曰日薄虞渊，然对客挥毫，颇知尚有余健，请濡三管于瑱珉，绝胜万民之是，若予乃不恧耄荒，勉应之曰：昔刘损为吴都守，始入阊门[10]，便谕居民，完饬泰伯之灵宫。肃允为会稽丞，经延陵季子之祠，即设苹藻之荐，以托异代之交，信史流芳，迄今耿耿，今孔公父母仰钦忠荩之休风，感慕《金縢》之赤，悯一瓦之帡幪，务令其风雨攸除一砖之砌合，必思其鸟鼠攸去，固知元圣在天之灵，必将夷怿而介以繁祉[11]矣。万福来求，予敬刮目以待。

**注释：**

(1)录于周公嫡裔姬姓山东汶上县家谱。

(2)李玉：河北大城大里北村人，乾隆时期的大内总管太监，直到70岁被送出宫安度晚年。

(3)灵场：可指祭祀仙灵神鬼的场所，也可指温泉池。

(4)比者：近来。

(5)箕裘：祖辈的事业。

(6)泮水：泮宫傍边的水。清衿：借指学子。

(7)彝典：常典，法度。

(8)蓬瀛：泛指仙境。

(9)连甍接栋：房屋连成片。

(10)阊门:皇宫的正门。

(11)繁祉:多福。

## 重修周公庙记[1]

佟凤彩

古来师万世者,惟孔子;相天下,惟周公。天既生周公,复生孔子,天之意以周公之后不可无孔子,孔子之前不可无周公。盖孔子之教出于日月之上,周公之业包乎天地之外,周公、孔子诚并行乎两间者也。孔子之庙遍国邑矣;周公之庙不少,盖见有故址而不一为之修举焉。官斯土者,其能已乎!

康熙甲寅[2],弘农太守王君来庆,因郡城西廓外有周公庙故址,遂欲力举而新之。于是剪荆芜,辟瓦砾,鸠工庀材,殿堂门庑,悉仍旧制。中肖元公遗像,衮衣赤舄,焕如也。召公、毕公、伯禽、君陈皆塑绘,严翼祔焉。历代名宦列于殿之两庑,亦既配位攸宜,质文兼尽矣。犹欲振兴文教,复建文昌阁以佐之。庙貌巍峨,宏丽美备,猗与盛哉[3]!

是役也,王君僦民之力[4],故众不以为劳. 蠲己之俸[5],故人不以为费。落成时,来请予记。予思周公之德之业,炳炳麟麟[6],光照史册,无俟予称述者。至斯庙之创自何代,圮于何时,或别有纪,或不必究其详者,皆不复道。独是周公为成王营洛邑,卜涧水之东、瀍水之西,定鼎焉。公之精诚眷恋于洛也,审矣。故孔子至洛,历郊庙之所,考明堂之则,察朝庙之制,喟然叹曰:

"吾今乃知周公之圣与周公之所以王也。"

《诗》曰："高山仰止，景行行止。"(7)吾愿洛之人士，皆灵承向慕乎周公。习其礼，乐其乐，砥砺乎诗书，汲养于道德，而文行交饬焉。若然，则无负乎周公在天之灵，即无负乎孔子；无负乎孔子，即无负乎朝作人之化。其于郡守，维持斯道之意，不重有光耶！时其襄事者某某也(8)，董之者某某也(9)，爰并志焉。

**注释：**

(1)见《河南府志》。

(2)康熙甲寅：康熙十三年，即公元1674年。

(3)猗与：亦作"猗欤"，感叹词，表示赞美。

(4)僦：租赁，这里指以钱雇佣。

(5)蠲(juan)：同"捐"，意为除去，驱除，去掉。

(6)炳炳麟麟：光明显赫的样子。

(7)高山仰止，景行行止：《诗经·小雅》："高山仰止，景行行止。"高山，比喻高尚的德行。景行，行为正大光明。

(8)襄事：帮助办事。

(9)董：监督管理。

## 重修元圣周公庙记(1)

康基田(2)

我高宗纯皇帝御极之四十有七年(3)，命陕西抚臣旁求周公后裔，爰(4)立博士兖故鲁地也。

成王初服，禽父就封，周公留相，故鲁奉公为太祖。《春秋传》称鲁公曰"世室周公"，曰"太庙"，明堂位复侈陈之，今兖之人谓公庙曰："太庙"，沿旧称也。丙辰秋，余旬宣山左过兖州，见公庙倾圮，捐资属封翁(5)，孔公宪增鸠工庀材，葺而新之。嗣余巡抚三吴道经公庙，丹楹刻桷(6)，不期月而观成。

古者，诸侯祭，因国之在其地，而无主后者，公之神常留天地，近圣人之居，俨接龙旗，奠攸宁之宇，常升白牡，明禋将享千年如一日。《左传》记："天王劳赵孟于雒，曰'美哉'。禹功明德远矣。太史公登鲁孔子之堂，曰：高山仰止，景行行止。"吾于周公亦云。

大清嘉庆四年(7)岁次己未十月，赐进士出身，诰授资政大夫兵部侍郎兼都察院右副都御史，总督江南河道、提督军务、前巡抚江苏等处地方总理粮储兼管河务、河东河道总督合河康基田撰并书。

**注释：**

(1)录于公嫡裔姬姓山东汶上县家谱六卷本卷二。

(2)康基田(1728—1813 年)：字仲耕，号茂园，山西兴县人。乾隆二十二年(1757)进士，历任湖北新阳知县、潮州通判、晋秩同知、河南河北道、淮徐道、江苏按察使、江宁布政使、江南河道总督、安徽巡抚、南河同知、江苏按察使，山东兼黄、运两河事。

(3)高宗纯皇帝御极之四十有七年：指乾隆皇帝，即公元 1782 年。

(4)爰：于是。

(5)封翁：因显贵而受封典。

(6)丹楹刻桷：柱子漆成红色，椽子雕着花纹，形容建筑精巧华丽。

(7)嘉庆四年：公元 1799 年。

# 重修周公庙记[1]

董笃行[2]

按洛为九朝都会之地，各贤保釐之邦，自君奭[3]告丰相宅，而元公卜龟定鼎，迨迁殷以密迩[4]王室，因属公以师保万民。历三纪之风移有征，实四世之弼亮[5]相继。其在《书》曰："惟周公克慎厥始，惟君陈[6]克和厥中，惟毕公[7]克成厥终，三后协心，同底[8]于道。"此东郊之治，首自周公。因公留洛，而元子[9]所以俾侯于鲁也。由周至今，虽史称河南三尹，东平罕继，然要以里均洛会，治象先见于嵩邙；符剖周疆，秦阶平于张柳[10]。则转移风化，讵不重于中州师帅哉？是九朝间名宦，数君子又继成周三后而起者也。今之视昔，亦犹后之视今。自周公而下，若召公，若毕公，若君陈、禽父，皆宜合祀以旌勋。岂定鼎以后，如汉、魏，如晋、唐，如宋、齐、元、明，不可配飨以司徽欤？但前制独有正殿，且颓废，沦于瓦砾。

我瀛海王公承简命，以保釐东郊，爰思九州之肠心在中，洛阳之盛衰关天下，欲起成周三后之治于今日，必汇汉、唐诸公之美于一身。乃与郡倅任公、洛令井公朝夕图维，期追前轨。谓人情莫不欲寿，安全长养，曲尽其方。思守位惟贵乎仁，捍患御灾，更极其至。今已讼简而刑清，抑且军安而民悦，加以悬榻[11]待士，护彗礼宾[12]，汲引忌疲，奖提不倦，一如周公之吐哺握发之勤。因偕郡学师彭君，瞻谒周庙，夙怀式时猷[13]训之思,遂兴聿新轮奂(14)之志,慨然鸠工庀材(15),抟埴(16)优至。身董(17)其事,经始于癸丑(18)之秋,迄今年落成,计费不赀(19),皆公自捐省,上不动公币,下不累民力,而崇隆炜煌(20),增昔数倍。正殿则庄绣,思兼遗像,冕蔬衮舄,俨如帝制,而勺受歌器祭物不假焉。后殿两配,胥列服之位。东西两庑,咸镌名臣之碑。肇称禋祀,广置祭田,务俾亿传有资,以继岁事于不衰。又于棂星路旁重建文昌高阁,登临四眺,则山川之回抱,形势之崚耸,地灵之疑结,气脉之郁葱,壮哉与凤城万堞相为环合。将见天下之治象,即可于洛阳之极盛而知乎!然则公真合汉、唐诸君为一人,而起成周三后于今日矣。由是弼亮圣皇,俾太和元气在宇宙间者,非所谓"乐只君子,邦家之基"(21)与!

**注释:**

(1)此文录于《周庙志》第52—53页。

(2)董笃行(1612—1687年):字天因,河南洛阳人。顺治三年(1646)进士,历任庶吉士、吏科给事中、户科给事中、补户科给事中、礼科都给事中、太仆寺卿,协理兵部督捕堂事、右通政、太常寺卿,寻迁宗人府府丞、左副都御史。

(3)君奭:召公姬奭。

(4)密迩:靠近,贴近。

(5)弼亮:辅佐,亦指相位。

(6)君陈:周公次子,名伯羽。

(7)毕公:周文王姬昌第十五子姬高,他被封于毕地,故称毕公。

(8)底:古同"抵",达到。

(9)元子:长子,指走公长子伯禽。

(10)张柳:指二十八星宿南方的朱雀七宿。

(11)悬榻:比喻礼待贤士。

(12)护彗礼宾:彗,扫把;贾总已打扫干净。

(13)猷:计谋,打算,谋划。

(14)轮奂:形容房宇高大华美。

(15)鸠工庀材:召集工匠,准备材料。

(16)抟埴:捏黏土做成陶器的坯子。

(17)董:监督管理。

(18)癸丑:康熙十二年,即公元1673年。

(19)不赀:数量极多,无法计量。

(20)炜煌:犹如辉煌。

(21)“乐只君子,邦家之基”:快乐的君子啊,国家的根基。“只”,语助词,含有“是”意。出自《诗经·小雅·南山有台》。

## 周公嫡裔姬姓家谱跋序(1)

黏本盛

韩愈之《原道》曰:“由周公而上,上而为君,故其事行。由周公而下,下而为臣,故其说长。”周公实继往开来,道统与治统,合而为圣人者也。位非君也,而辅君以出治;业非师也,而兼师以立教,然而成文、武之德,道在八百年;传孔子之学,道则在千万世矣。

后人蠡勺(2)之见,徒以一时之制作称之,非惟不知周公,抑亦不知孔子,所谓终日数十而未解乎二五也。韩宣子(3)适鲁,见《易象》《春秋》,叹曰:“周礼尽在鲁矣,吾乃今知周公之德与周之所以王也。”其时二书犹未经孔子之手,宣子去古未远,其所见为真切著详。周衰道废,孔子乃从而修明之,孔子之修,修周公也;孔子之明,明周公也。辟之昨日日没,今日日出,宁有二日夫?孔子不生他国,而生于周公之封地,《礼》《乐》《诗》《书》文,则在焉,音容梦寐神则亲之,天之所以系联二圣者,原非偶然,乃或者曰:夫子何尝师之?有然独不曰文、武之道乎?有文、武而无周公,则文、武之道或几乎息!孔子亦无所藉以宪章[(4)]。故言孔子而不言周公,非惟不知周公、孔子,抑亦不知文、武矣!不知文、武,则凡尧、舜以来,一中授受之圣人,皆茫乎不见涯涘,伥伥然,又安足以知之今异氏之学,尚能穷本溯源,剖派寻宗,枝蒂了若指掌,岂以吾儒之统,经日月而行江河,反缺有间,盖王者郊禘[(5)]追德功,之所自始,儒者释奠,推道学之所由传,事异而道同也。

唐初诏周公与孔子并祀太学,亦犹宗尧则必郊喾祖顼,则必禘黄。至房元龄、长孙无忌等,乃独升孔子,而以周公配武王之飨,夫跻乎王庙,而遗于学宫,尊之适所以外之耳。

余在垣中,旧有疏章[(6)],上言此事,与恒岳正祀并陈岳,祀既正,而周公之典有待乃退,而略采周公世家《姬姓志》,辑其图像、艺文,汇为一书,用以表章先圣,为后学仿佛之万一,庶几披卷[(7)],而求继日待旦之精神,犹辉留千古,非独为公之谱系言也。谨序。

旹[(8)]康熙元年壬寅春仲闽晋江后学黏本盛书

**注释:**

(1)录于山东省汶上县1662年续修的周公嫡裔姬姓家谱。

(2)蠡勺:一瓢勺。

(3)韩宣子(? —前497年):姬姓,韩氏,名起,谥号宣,史称韩宣子,春秋时期晋国卿大夫,六卿之一,政治生命超长的政治家。

(4)宪章:典章制度。

(5)郊禘(dì):古代祭名,即郊禘。

(6)疏章:在朝官员专门上奏皇帝的一种文书。

(7)庶几披卷:希望打开书卷阅读。

(8)旹:"时"的讹化字。

# 周公嫡裔姬姓家谱序[1]

赵增[2]

周公圣人也,又生知圣人也。自尧、舜、禹、汤、文、武,时际中天[3],千有余年,纪纲礼乐,历代各有制作,修明[4]渐广,至周始为大备,然皆赖周公之功。

思吾先师孔子为千古至圣,上绍[5]五帝三王,下传亿千万祀,血食未艾,子孙贵显,可谓生知圣人矣。然犹梦寐周公,继述不遑。即使孔子得行其道,亦不过如之周公之为,君臣、父子、兄弟而止;又不过如周公之制礼作乐而止,岂复有加于周公之上者哉?! 岂复有出于周公之范围者哉?! 是知孔子大圣,虽出类拔萃,若与周公洁比,诚无能上下也。则周公之血食不艾,子孙贵显,又何不可与孔子之子孙相为等侪[6]也乎?!

甲子冬,我皇上东巡过鲁,祭孔子兼祭周公,访其后裔东野沛然者,得览遗谱,承温谕[7]谆谆,随驾至都中,特嘉奖拔[8],世袭翰林院博士,诚千古盛典,足以上答天心[9],下协人愿,将从来未有之举,一朝特兴,此亦周公在天之灵，有以默佑之也。

夫鲁自周公肇封，递至战国，三十四世，虽其间安危治乱之不同，修短(10)废兴之各异，然享禄八百余载，迨七国卒尽，而鲁独后亡，非周公之德隆业盛，曷克臻此(11)？所以奕叶济济(12)，各居一方，而惟此姬家沟者，不失其派，即出处不侔(13)，皆有几几之遗风焉！兹列谱勒书，永传不朽，所以笃孝思之纯，绳世德于不堕(14)者，是在后人之承之也已。

旹康熙岁次戊辰孟冬日 赐进士第兵部职方司督捕主事赵增顿首拜撰

**注释：**

(1)录于周公嫡裔姬姓山东省汶上县六卷本家谱。

(2)赵增：顺治十五年戊戌科(1658)，第三甲进士，仕至兵部督捕主事。

(3)中天：天运正中，有颂扬盛世之意。

(4)修明：阐明礼义。

(5)绍：接续；继承。

(6)等侪：同等地位。

(7)温谕：敬称皇帝谕旨。

(8)奖拔：奖励提拔。

(9)天心：天意；封建时代指君主的意愿。

(10)修短：长短。

(11)曷克臻此：怎么能达到这种地步呢？

(12)奕叶济济：世世代代，人多，阵容盛大。

(13)不侔：不相等；不等同。

(14)不堕：犹不失。

# 周公后裔姬姓家谱序(1)

孙毓汶(2)

谱牒之作，何自昉(3)哉！古者，建国立宗，以厚集邦本。《周礼》小史，奠系世，定昭穆，小宗伯掌三族之辨，以别亲疏。凡世系本末，职官治之，无事人自为宗家，自为籍也。自秦废礼典，宗治始坏。汉、魏以来，谱牒遂兴，至宋之庐陵、眉山(4)复本，古立宗之法，作为族谱，而后之治谱学者尚焉。

汶阳姬姓，元圣周公之后裔也。旧有谱牒，由来已久。自周公封鲁，历三十三公，而后中叶凡数十世载之，罔有缺略。视世之述典，忘祖而妄扳显贵，以乱其统系者，为不侔矣。所以然者何也？周公圣人也，又制礼之宗也。而礼莫重于尊祖，尊祖故敬宗收族。欲敬宗收族以尊祖，舍谱何所据哉？神圣之子孙明乎此义，故纂之辑之，至今不敝(5)，是以历久而愈显欤，且余更有为姬姓庆者。昔永叔(6)生于汉东，终老于颍，未尝一至庐陵；东坡(7)颖滨宦游四方，卒葬于郏，子孙未尝归蜀。虽有族谱，所谓尊族敬宗收族者，特托之空言耳。而姬姓祖居东鲁，历数千余年不去其乡，岁晚务闲之际，长长幼幼，群讲孝友慈睦之谊。是庐陵、眉山之所空言。姬姓且见之实事而未有艾(8)也，则于旧谱牒而续修之，岂非予所乐观其成者哉？至若周公之制作礼乐，经纬天地，道继唐虞，之后文开孔、孟之先，载在经史，尽人而知之矣。谫陋若余(9)，何敢复为支字之赘！

时光绪九年[10]岁次癸未仲春月吉

钦命太子少保仓场总督兼户部侍郎丙辰榜眼孙毓汶顿首拜撰

**注释：**

(1)录于周公嫡裔姬姓山东省汶上县六卷本家谱，光绪九年(1883)续修六卷本卷一。

(2)孙毓汶：山东济宁市玉堂人(系大槐树移民后裔，当地大户人家，孙家的玉堂酱园名扬全国)，咸丰六年(1856)，考中榜眼，后在朝廷官员大考中考得一等第一名，光绪十一年(1885)，升任军机大臣。

(3)昉：起始；起源。

(4)庐陵眉山：指欧阳修；指苏轼。

(5)不敝：不败坏。

(6)永叔：指欧阳修。

(7)东坡：指苏轼。

(8)不艾：不悔恨。

(9)谫陋：浅陋。

# 周公嫡裔姬姓家谱跋序

孙辑

尚谓德泽隆者，享祀亦隆；功业盛者，子孫亦盛。而德泽之隆、功业之盛，孰有如周公者哉！道统肇自唐虞，周公实承继之，以传后圣，治法备于成周，周公实裁成之，以垂奕禩以迄于今，所行者，其礼所奏者，其乐所传诵者，其官礼、易象、诗书书，固煌煌乎，如日月之经天，山河之列地，彰彰在人耳目间也！古者立学以祀先圣、先师,周公为先圣,孔子为先师配享。唐贞观中,始以周公从祀武王。宋大中祥符初年,追封为文宪王,又立祀于曲阜。前明经筵开讲之前一日,祀周公于文华殿东,与伏羲、神农、黄帝、尧、舜、禹、汤、文、武、孔子,并列国朝,因之享祀之隆,为何如欤至其子孙之盛,则又可共见者,无论鲁之三十三君,享国最为长久。嗣后,汉平荣宽而褒鲁之秩特显,晋武擢署而恩命之锡,屡膺历代,以来世有伟人夫固述焉,而不能尽述。国朝崇圣之典,迥迈。前代又访其苗裔,立两博士,而群萃州处者,亦免其徭役,以别于齐民,不惟盛也,而且荣矣!汶阳姬姓周公之嫡裔也,人文辈出,为一邑望族,予固久闻而知之矣。今春有事辑谱牒,是殆明乎,尊祖敬宗,收族之义而为此,也可不谓之盛事哉!志局聿开,而问序于余,余虽谫陋,义不容辞,因略述周公之德泽、功业与后世享祀之典,子孙显荣之事,为之敘,而归之有览姬姓谱者,其以余言焉,是否耶?!

光猪九年岁次癸未仲春月吉日

钦命广东高廉兵备道兼水　利事务进士孙楫顿首拜撰

## 姬姓族谱序[1]

汪宝树[2]

予自释褐[3]游保阳,与缙绅大夫相周旋[4],尝闻诸显者言[5]:“山左多贵,山右多富。”予不解,所以询其故,显者曰:“晋人好贾,齐鲁多圣贤。后裔所谓贵者,非科第官爵之谓，乃华胄阀阅之谓。”予深韪[(6)]其说。因忆未第时，家居读书，好为考究之学。载籍外旁及名门宗谱，往往得其奥秘，经典所不载者，足以订史传之讹，而补方策[(7)]之不足。窃叹子孙抱残守缺，多信而有征[(8)]。史官秉简载笔，多传闻异词，与其求诸传闻者，曷若求诸有征者之为愈乎？乃浅见之士，不是之。察翻谓隆，古荒渺[(9)]，不无附会之讹，亦世之太惑不解者矣。山左姬姓藏谱凡二册，其一记世系，其一备掌故者，为《姬姓志》。窃尝取而读之，文、武、周公、鲁公之遗像，累代敕诰、祭器、碑铭、诗词罔弗备。其所记鲁诸公事实，亦视左国公，谷史记加详。但代远年遥，剞劂屡更，不无舛讹[(10)]，因为细加考订，以衷诸是[(11)]，然后称完本焉。光绪壬午[(12)]，诸姬谋为修谱之举，表弟茂寅，征予为文以志。予因取旧所考订，缮而还之，且为文以弁其首。

伏念姬为鲁裔[(13)]，鲁灭之后，顷公迁于柯，其子晦，潜于阚。阚在今汶上县，鲁诸公陵墓在焉。昭公之丧，孔子沟而合诸墓，即今姬家沟，子孙守茔墓者也。其分支别派，则各氏其姓。姓不同而昭穆世次无所不同。若曲阜周公庙，古鲁太庙也，今东野氏守之，世袭博士。今汶邑姬家沟有周公庙，肥城盛家庄亦有周公庙，皆姬姓守之。金元之世，良田千顷，簪缨不绝[(14)]。今虽不古，若然重礼教、崇信义，洵[(15)]不愧周公之家法矣。夫兴衰无定者也。以姬姓之世守先绪，后之人必能奋兴，张大其门闾[(16)]。盖圣贤教泽，与天地相终始，以古今为旦暮，而岂若醴水无源，芝草无根，仅敷荣于一时而已哉！

予周公之后也，又为姬姓之外孙，尝见其家冠、婚、丧、祭，所行多古礼。先太恭人(17)，每举其前世轶事，以诏予于周公之泽，素闻之稔(18)矣。故特撮其要略，以垂永久。若夫《赤舄》德音与龟、蒙、凫、绎之往事(19)，则千古煌煌，经传俱在，非浅学所敢赞赘也。是为叙。

赐同进士出身，敕授文林郎，直隶即用知县，加三级，随带加二级纪录四次

颍川八十九代孙汶阳汪宝树撰

**注释：**

(1)录于周公嫡裔姬姓山东汶上县六卷本家谱，光绪九年(1883)续修。

(2)汪宝树(1838—?)：字谢阶。43岁时中光绪乙卯科(1879)举人，光绪六年(1880)进士(名列83名)。曾任庆云知县。

(3)释褐：意思是脱去平民的衣服。一般形容新官上任。

(4)缙绅：古代称有官职的或做过官的人，周旋：此处指打交道。

(5)尝闻诸显者言：曾经听富贵显达的人说。

(6)深韪(wěi)：完全正确。

(7)方策：简册，典籍，亦指史册。

(8)有征：有征兆，有预兆。

(9)荒渺：荒无人烟，渺渺无垠。

(10)舛(chuān)讹：谬误、差错。

(11)以衷诸是：判断正误。

(12)光绪壬午：公元1882年。

(13)伏念：谓退而自省。

(14)簪缨不绝：世代做官。

(15)洵：实在；确实。

(16)门闾:家门;门庭。

(17)先太恭人:明清时四品官之母或祖母的封号。

(18)稔:此处意为熟悉。

(19)龟、蒙、凫、绎:指龟山、蒙山、凫山、绎山,均在山东省内。

## 周公嫡裔姬姓家谱自序[1]

姬隆堂[2]

家之有谱,犹国之有史,郡邑之有志也。史纪国政,志载郡邑事迹,谱则详夫一姓受氏之源与夫后世支派之分。礼云:"尊祖故敬宗,敬宗故收族,道于是在矣。"他姓尚多有之,况先圣之裔乎?吾姬姓系出元圣,派衍东鲁,官礼传家,祖宗之制作犹在《诗书》。继世姒续之,绵衍孔长[3],上至成周,近迨[4]本朝。凡朝廷之追崇,与林庙之遗迹,姓氏源流,族众支派,旧谱所载,秩然有叙[5]。披读之下,叹前人于此用心苦矣。

癸未之春,商于族侄茂旃、族孙庆哲,欲续修之,佥[6]以为,可于是通知族人,俾[7]各开本支,细阅文卷,以釐其错讹。卷页较多,于昔款式复仍其旧,遂付之剞劂[8],重订为书。是书也,固不敢拟国之史与郡邑之志,然于先祖功德,谨为记之,阖族世系,详为载之,信乎礼之所云:"尊祖敬宗收族",其道胥[9]在是矣。有其举之,乌[10]可或废也哉?抑又闻之,莫为之前,虽美弗彰;莫为之后,虽盛弗传。至匡予不逮[11]再为续修,是又望于吾族之继起者。

光绪九年[12]孟春,元圣九十一代孙廪生隆堂谨识

**注释：**

(1)录于山东省汶上县周公嫡裔姬姓六卷本家谱，光绪九年(1883)续修。

(2)姬隆堂：山东汶上县南站镇人，字廉村，道光十四年(1834)进士，专心设教数十年，终年89岁，墓碑在村南。

(3)孔长：家族流芳百世。

(4)迨(dài)：等到；及。

(5)叙：有一个义项同“序”，作为书籍的序言，早期多写作“叙”，后期多写作“序”。

(6)佥：都，众人的。

(7)俾：使，达到某种效果。

(8)剞劂(jī jué)：雕版；刻书。

(9)胥：皆；都。

(10)乌：何；哪里。

(11)至匡予不逮：纠正不足之处。

(12)光绪九年：公元1883年。

## 《周庙志》序

东野沛然

周封同姓之国六十，俱以鲁为宗国。则列国之公族，亦以鲁为宗者也。奈鲁自被楚伐之后，公族散失殆尽，惟东野一支乃元公季子之后[1]，世守太庙，主奉蒸尝三千余年矣[2]。每阅家志，感慨唏嘘，遥想西岐丰镐故都，必多圣祖云仍[3]。东迁以后，多徙于洛，族裔亦必繁庶[4]。但恨世远代隔，家乘散轶，未能合为一谱，以示敦睦，是可悲耳！

甲子冬[5]，余受特恩，膺世翰[6]，主祀太庙。于祖庙祀典，宗族谱牒，有察核之责。旋奉旨祭告咸阳陵墓。西行过府县，见守牧[7]，必访来族裔。至河洛，乃周室东都，圣祖分陕治地也，庙宇煌煌，祀事明备。入庙拜谒，欣慰者久之。有老人周君道昌，乃前太守访求圣裔以奉祀者。进而问之，复有姬族，多士同谒，皆系族裔。遂出其谱，余被览之，其载祀典、艺文、世系甚详，考之邑乘，王城、巩邑，封爵相衍，姬姓之族，洵有可据，盖系东周桓公讳揭之后裔也[8]。余乃序其庙志，而谓之曰：周道首重尊亲，公族与予同系圣裔，尚其率由宗训，亲亲长长，和于九族，以承先德，毋有贴戾[9]，以添前徽[10]，是则公族之所以不愧家乘者也，尚其最诸。

元圣周公七十三代嫡孙，世袭翰林院五经博士，曲阜宗生东野沛然题于洛阳道中[10]。

康熙二十六年[11]岁次丁卯甲平之吉

**注释：**

(1)东野：东野氏系周公姬旦长子伯禽(鲁元公)之后。

(2)蒸尝：本指秋冬二祭。后泛指祭祀。

(3)云仍：亦作“云礽”，远孙。

(4)繁庶：众多；繁荣富庶。

(5)甲子：康熙二十三年，即公元1684年。

(6)膺：接受，承当。

(7)守牧：郡州的长官。

(8)周桓公：战国时西周国君。姬姓，名揭。考王弟。受封于河南，以续周公之职。

(9)贴戾：罪恶。

(10)前徽：前人美好的德行。

(10)七十三代:家谱载东野沛然为七十五代。

(11)康熙二十六年:公元1687年。

# 己丑年岐山公祭元圣周公姬旦文

张海建[1]

惟吾圣祖,大德大名。盟津观兵,诛灭厉纣;把钺牧誓,助兄建周。植璧秉圭,瘳武王以许身;东定三叔,匡周室而戡乱。吐哺握发,安抚四方;制礼作乐,明法修德。摄政七载,天下归心;高风天鉴,位列三公。鞠躬尽瘁,作《无逸》以诫成王;叶落归根,随父兄而葬毕地。伟绩烈光,日月同辉!

惟吾周胄,传承嘉风。民本忠信,化被人文。礼乐之治,文明源头。孔子萦梦,尊周公为元圣;儒家崇道,奉宗法之肇造。唐宋贤俊,瞻仰拜谒;周邑在兹,历代享祀。乙酉丙戌,丁亥季春,岐民齐聚,三祭元圣。周邦风淳,树德和以发展;岐地民安,承仁礼而创新。唯德是行,世代歌颂!

惟吾岐山,华夏圣地。地留国气,天拂周风。全力突破,蔡家坡靓丽于渭水之畔;加速崛起,东北片筑强于箭括之麓;打响品牌,周文化齐名于秦汉盛唐。科学发展,古周原绽放异彩;富裕文明,新岐山景象万千。魅力和谐,西部明珠!

飘风自南,松柏凝香。人歌乐土,史著丰功。寄吾衷曲,祚祯祚祥。大礼告成,伏惟尚飨。

**注释：**

(1)张海建：1968 年生，陕西佳县人。1987 年加入中国共产党，参加工作，研究生学历，经济师。曾任陕西省宝鸡市人民政府秘书长、党组成员，市政府办公室党组书记，现任陕西省纪委监委驻陕西省委组织部纪检监察组组长。2009 年 4 月 8 日，在岐山县周公庙公祭中华元圣周公，时任岐山县人民政府县长的张海建宣读此文。

## 丙申年洛阳祝祭元圣周公旦文

姬传东

天地之中，洛阳踞雄。华夏之源，文化圣城。
古都圣城，五千文明。英才荟萃，首推周公。
上承尧舜，下启孔孟。百家尊崇，万世师宗。
巍巍圣祖，煌煌丰功。浩浩礼乐，鼎鼎元圣。
五湖称颂，四海扬名。披沥肝胆，辅佐父兄。
朝歌日暮，西岐旭升。灭商建周，操奇逐赢。
东征数年，剪除奸佞。营造洛邑，天室定鼎。
封建诸侯，屏藩周廷。礼制乐作，国昌民宁。
吐哺握发，德布礼行。百夷归顺，万国服膺。
《尚书》诸诰，《诫子》著名。圣训降祉，福益无穷。
《周易》爻辞，姬旦撰成。哲理精深，义象洞明。
忍辱负重，摄朝理政。天下归心，社稷奠定。
急流勇退，大德大勇。完人赤金，昭穆孝行。
国祚八百，最为久恒。成康盛世，歌舞升平。
文化大厦，周公厘定。孔子入周，老子迎送。
诸子述著，四书五经。儒家学说，集为大成。

公生八子，各有所封。鲁周凡蒋，胙茅祭邢。
一亿子孙，二百多姓。千枝茂葱，七洲腾龙。
中华冲融，人文勃兴。立新革故，众志成城。
国民笃志，磨砺剑锋。两岸一统，中国梦成。
千年帝都，万里鹏程。礼乐之都，重振雄风。
天下为公，世界大同。伏惟尚飨，大典告罄。

（2016年9月27日，在洛阳周公庙举行河洛文化节周公礼乐文化系列展示活动，来自全国十多个省份和港、台地区各界代表近千人，会于洛阳周公庙，祝祭元圣周公，作者创作并宣读此文。）

# 祭周公文(1)

周建启(2)

赫赫周公，姬旦是名；文王四子，后稷血统。上溯帝喾，及至有熊；继往开来，一脉相承。黄帝之后，唯我周公；文韬武略，德艺双馨。孔子之前，唯我元圣；身系国家，文明进程。先佐武王，克灭殷命；又辅成王，平叛东征。营邑都洛，定鼎土中；宣谋建极，备制颁政。拓土开疆，完善分封；宏图大版，丕基奠定。伊始儒教，礼乐形成；伦理载道，孝若风行。安和兆庶，鼓励农耕；八方幅奏，万邦朝贡。礼尚往来，丝路开通；邻里和睦，寰海征清。六合殷昌，仁恰道丰；千秋伟业，盖世丰功。

今逢盛世，春和景明；龙马精神，国运勃兴。长桥卧波，群山结青；天开绣户，复道盘宫。百业俱旺，五谷丰登；车马交织，风樯云涌。九苞凤仪，四海宾朋；航母靖海，神舟射琼。捍卫主权，划识辽空；风云变幻，波澜不惊。民族气节，傲雪俏冰；国人梦圆，华夏复兴。祭告兹辰，桃月朝奉；洛城巍峨，周庙恢宏。华装熠熠，带暖融融；太平有象，虬槐峥嵘。贵胄集拜，雅乐和鸣；奇葩香芬，钟鼓扬情。先祖眷顾，因心血浓；后昆有继，薪火传承。万舞八佾，三献九成。恭陈俎豆，尚飨和羹！

**注释：**

(1)此文为河南省周文化研究会洛阳分会提供。

(2)周建启：字修成。1955 年生于洛阳，祖籍山东曹县。曾就职于中国洛阳浮法玻璃集团公司。系中华辞赋社会员、中国辞赋家协会常务理事、中华辞赋网驻洛编辑、洛阳辞赋研究院副院长。其代表作《洛阳赋》《黄鹤楼赋》《杜康赋》《小浪底赋》，散见于《中华辞赋报》《中华辞赋》《牡丹》《中国辞赋》等报刊，并编入《中华辞赋百家赋选》《千城赋》《中华新辞赋选粹》等。

# 附　录

周公姬旦,也称叔旦,是周文王姬昌的第四子,周武王姬发的胞弟,周成王姬诵的叔父,官居三公。因其采邑在周原一带(今陕西岐山东北部),故称周公。周公生于岐,死于丰,葬于毕,谥号周文公,以同天子礼葬文王于之侧。他是西周初年伟大的政治家、思想家和军事家,中国儒家文化的先驱。由于周公立德、立功、立言、立制"四不朽",被尊称为"元圣",几千年来一直受到人们的崇敬和纪念。

为纪念元圣周公,历朝历代修建周公庙宇多达1500余座,存留至今的共有10多座,分别在贵州施秉县城北云台山上、安徽固镇县连城、河南登封告成镇、四川雅安市南周公山上、湖北襄阳、山西黎城等地,尤以陕西岐山县、河南洛阳、山东曲阜的周公庙、河南洛阳周公祠最为有名。

## 曲阜周公庙

位于山东省曲阜市东北1公里处,离孔庙约千米之遥,亦称元圣庙,原为鲁太庙。周公封于鲁,因辅佐成王,由其子伯禽代父就封。周公去世后,成王以公勋劳卓著,命伯禽在鲁都城立太庙,岁时用天子礼乐奉祀。楚灭鲁后,太庙曾一度荒废。至魏太和十五年(491),东晋皇帝司马奕晋废帝下诏在原址上重建周公庙;北宋大中祥符元年(1008),宋真宗赵恒追封周公为"文宪王”，重修周公庙。该庙从西周初年算起至今已有3000多年的历史了，是曲阜现存古庙中最早的一座。整个建筑群呈长方形，四周围以丹垣。庙内古树庇荫，松柏掩映，一派宁静肃穆气氛。

由于该庙历经唐、宋、元、明、清16次重修，现在面积达75亩，各类殿、亭、门、坊计有57间。共计三进院落，中间有砖铺甬道南北贯通。大门、二门、三门分别叫作棂星门、成德门、达孝门。棂星门内左右两侧各立石牌坊一座。东坊额刻“经天纬地”；西坊匾书“制礼作乐”，表示对周公功绩的赞颂。棂星门前原建有“文宪王庙”坊，今亦无存。二进门东北部有御碑亭一座，院两侧各有一院，东为问礼堂故址，西为更衣厅遗迹。三进门有周公庙主体建筑元圣殿，大殿宽五间，进深三间，绿瓦彩绘。殿内正中的周公像是按帝王规格塑制，正襟端坐，手执圭板，头戴挂有玉串的王冠，目光凝视，面部神态严肃而不滞板。两旁粗柱上悬挂着清乾隆帝手书的楹联：“官礼功成宗国馨香传永世，图书象演尼山绕绪本先型。”这副楹联道出了周公“制礼作乐”的首创精神。殿前的东、西两庑，甬道两侧有大小石碑13通，排成两列。元圣殿后原有寝殿，现只有遗址。“文革”期间，周公庙曾蒙受巨大灾难，现在已修整恢复旧观。周公庙西北，有一处隆起的高地，人称“望父台”，又名“伯禽台”，传为当年伯禽向西望父祭祀之地。

曲阜周公庙位于鲁国故城遗址范围内。2013年5月，被国务院公布为第七批全国重点文物保护单位。

## 岐山周公庙

位于陕西省岐山县城西北7.5公里的凤凰山南麓，面积约62万平方米。此处山环水绕，清泉长流，古木参天，风景秀丽，东、西、北三面环山，唯南边与平地相接，形似簸箕，状如倒"凹"字。因此，后世也称周公庙为"古卷阿"。岐山作为周公的出生地，其地所建的周公庙是陕西西部迄今为止规模最大、保存最为完好的一处古建筑群。1957年被列为陕西省重点文物保护单位，1992年被陕西省人民政府公布为省级风景名胜区，2006年被国务院公布为第六批全国重点文物保护单位。

古卷阿不仅是"凤鸣岐山"的周族兴隆肇始之地，而且是我国历史上最早的旅游胜地。《竹书纪年》卷七记载：周成王"三十三年王游于卷阿，召康公从，归于宗周。"成王的叔父召康公姬奭在陪同游览时，作《卷阿》诗一首以示庆贺，其中开篇就是"有卷者阿，飘风自南"的句子。由此可知，古卷阿早在西周初期，就已经成为王室贵族游乐、祭祀、吟诗、歌舞的主要场所。唐武德元年（618），高祖李渊为缅怀元圣周公姬旦的勤政德贤，准许礼部尚书长孙无忌所奏，下诏在"卷阿"腹地为其建祠立庙，始称周公祠。唐以后，渐增其治，并以姜太公、召公、姜嫄、后稷等先周历史人物的大殿点缀其间，并辅之亭、台、楼、阁等建筑多处，逐渐形成了以周三公（周公、召公、太公）殿为主体，姜嫄、后稷殿为辅，亭、台、楼、阁点缀的古建筑群。现存古建筑30多座，唐柏汉槐多株，历代碑碣30余通，整个建筑群遵循我国古代建筑的传统法则，既讲求布局对称，又依山就势；既有庙宇的庄严、肃穆，又错落有致，气势壮观，可谓是雕梁画栋、繁缛脊饰、重叠斗拱的结构精巧，又有飞檐藻井、红砖翠瓦，具有浓郁的民族传统风格。庙区东北角有一自然泉眼，其泉水数年一涌，数年一涸，水来则时泰岁丰，去则天旱不收，当地人称之为灵泉。唐宣宗李忱曾下诏给其赐名“润德泉”。庙区玄武洞内有相传唐代所雕汉白玉玄武像一尊，其像披发无冠、赤足戎装、手中掌剑、脚踏龟蛇，其玉雕工艺具有独特的艺术价值，并且当地盛传摸像可治百病，故游人均以到此摸之为快事。

岐山周公庙风景名胜区历史久远，庙宅肃穆，规模宏大，乃旅游胜地，避暑佳境。从古至今，这里一直是人们偃息游览的场所，历史上许多文人雅士、官宦名流如韩愈、苏轼、康海、薛纲、王九思、李因笃等都曾来此游历观光，凭古抒怀，留下了140多首赞景誉人、抒发情怀的珍贵诗文。

岐山周公庙自创建以来，虽屡经焚毁倾倒，但历经扩建修葺，现已成为全国最大的纪念周公及周朝先祖的祠庙，为AAAA级旅游景区。

2006年5月25日，被国务院公布为第六批全国重点文物保护单位。每年农历三月中旬有规模宏大的庙会。2015年以来，县政府、中国先秦史学会周公思想文化研究会等单位已组织召开4次全国周公思想文化研讨会。

## 洛阳周公庙

位于洛阳定鼎南路东侧、五贤街北侧，是一处古木参天、芳草萋萋、景色宜人的古建筑群，为河南省重点文物保护单位之一。庙始建于隋代末年，明、清和民国年间均曾重修，1992年牡丹花会开放，辟为“洛阳都城博物馆”。

关于洛阳周公庙的建立，《资治通鉴》记载：唐武德元年（618）九月，“李密破宇文化及还，其劲卒良马多死，士卒疲病。王世充欲乘其弊击之，恐人心不一，乃诈称左军卫士张永通三梦周公，令宣意于世充，当勒兵相助击贼。乃为周公立庙，每出兵辄先祈祷”。这说明庙宇建于隋末唐初。另一种说法是：周公曾助武王伐纣，辅成王东征，继武王摄政，在洛水之滨营建洛邑并制礼作乐，分封诸侯，建立西周典章制度，临死还嘱咐把遗体葬在“成周”，和洛阳联系密切；特别是周公姬旦择良辰吉日，召集文武百官、四方诸侯，在太庙大殿隆重举行定鼎大典、辅佐周成王“定鼎洛阳”、昭示完成灭商大业一事，更加使人们对周公感怀不已，故在洛为他建庙以示纪念，并尊奉为“元圣”。周公庙前的道路名为定鼎路。

位于南大门内的元圣庙早已被毁，仅遗址。现存的周公庙计有大殿、二殿、三殿和东西配房诸建筑及石狮一对。主要建筑是“定鼎堂”，取周公辅佐“成王定鼎于郏鄏（洛阳）”之意，面阔五间，进深三间，歇山式九脊单檐顶，上覆琉璃瓦，糟板、斗拱、柱头等物件，均为明代风格，是洛阳一带少有的明代建筑物。堂内正中有周公像，召公姬、毕公姬高分供左右，明代遗存的周公之子伯禽、君陈像配置于两侧，并有周公事迹绘画。二殿和三殿面阔进深各三间，硬山式建筑，上覆琉璃瓦，两侧有厢房，布置有周公后裔姓氏和电子触摸屏、营建洛邑等。1949 年以后，人民政府对庙内建筑物多次修葺，在三殿后边的墙壁上印制了周公撰写的《洛诰》《康诰》《酒诰》《老逸》原文和译文。

2006 年 5 月 25 日，洛阳周公庙被国务院公布为第六批全国重点文物保护单位。多年来，常有祭祀周公、成人礼、周公思想文化研讨等活动在此举行。

## 登封周公祠

我国最早的天文观测仪器是专用圭观测日影，而最早的装置圭表的观测台是西周初年在河南登封市阳城建立的周公测景台，因周公营建洛邑选址时，曾在此建台观测日影而得名。

周公祠内的测景台，原为土台，为以后几代所沿用。唐玄宗开元十一年(723)，仿“土圭”旧制，修建了石座石表，并在正面刻上当时的天文官南宫所刻的“周公测景台”5 个大字，背面刻上“通道天地有形外，石蕴阴阳无影中”的楹联。元朝郭守敬在该遗址上建造了永久性的观星台，对原有的圭表进行了改进，增设了能用来测量月亮位置的“窥几”，天文学家郭守敬在全国 27 个地方建立了天文台和观测站，此处是其中之一。明、清时重修。抗日战争时期，遭到日军炮火的破坏。周公测景台遗址现存的遗迹还有照壁、大门、戟门、周公祠、尧殿和部分明清碑刻。

周公测景台及在此基础上修建的观星台遗址是世界上现存最古老的天文台遗址,比建于公元前 2 世纪的希腊亚历山大天文台和罗得斯观星台还早 800 余年,可以说是世界天文史上的奇观。

表(直立的柱子)高八尺(267 厘米),圭是与表相连的座子。太阳照射表的影子落在圭上,夏至之日正午投影最短,仅有一尺五寸(50 厘米),冬至日影则最长。利用土圭观测日影,就能比较准确地测定出日影的长度,这为历法的制定提供了可靠的依据。在周初分封诸侯国时,周公还根据各地夏至时的日影长度来确定“诸侯受封土地的疆界”。

1961 年,国务院公布该遗址为全国重点文物保护单位,现建有中国天文博物馆。在周公测景台、周公祠附近陆续修建的古建筑群,于 2010 年 7 月 31 日,被联合国科教文卫组织批准为世界非物质文化遗产。

# 主要参考书目

《诗经》。

《尚书》。

《周陵志》[民国],林森署笺。

《周庙志》。

《东野志》[唐代],吕兆祥撰。

《沣西草堂诗集》[清代]。

《姬姓史话》,姬传东著,江西人民出版社,2007 年 8 月第 1 版。

《元圣周公》,姬传东主编,军事谊文出版社,2008 年 4 月第 1 版。

《解读周公 · 中国国学探源》,姬传东、汪承兴、杨慧敏编著,2015 年 6 月新华出版社,第 1 版。

《洛阳周公庙历史文献辑注》,扈耕田、白丁主编,2020 年 12 月黄河水利出版社,第 1 版。

《周文化与周公庙》,郭周礼主编,陕西旅游出版社,2003 年 4 月第 1 版。

《历代名人咏颂周公诗集锦》,洛阳周公庙博物馆编,中州古籍书版社,2017 年 10 月第 1 版。

山东汶上县,陕西户县,江苏滨海县,河南睢县、民权县、太康县、睢县等地姬姓家谱。

# 后 记

在许多仁人志士的支持帮助下，本书即将面世，我感慨多多，需要感谢的亲朋好友很多：一谢为本书写序的宫长为、杨朝明、谭杰；二谢资助经费的臧克、姬秦安、周遂记、姬五女、姬脉行、姬传领、张耀光、姬长清、姬国军、朱学智、姬广元、姬传平、姬鹏举、姬雅云（女）、聂宗科、姬广友 、姬广军、 姬长喜（安徽萧县）、姬绍杭、翚鸿星、周新庄、臧跃进、姬金金、姬耀航、姬镇江、姬勇；三谢积极参与本书编辑、校对、发行、征订工作的洛阳师范学院、林佳雯、姬脉贤、桂延德、姬仲、姬卿、周长利、柳建忠、姬生义、徐小兰（女）、姬长举、周火军、周献军、杨慧敏、翚向书、翚飞波、姬海成等；四谢认真审阅稿件的中州古籍出版社编辑王小方、吕兵伟（女）以及提供陕西岐山周公庙照片的唐少敏，排版印刷的周献军、周浩、马玲利（女），帮助操作电脑的张小草（女）等亲朋好友。

由于本人学识不逮、水平所限、考虑不周，书中不足之处，敬请批评指正。

姬传东

2022 年隆冬